Henr

CW00524049

VOR MIR
DER OZEAN

Wie ich nach Wellen suchte und mich selbst fand

Für Adriana

Kapitel 1

Ringkøbing Fjord, Dänemark 2014

Alles begann im Sommer 2014: Wie jedes Jahr zu dieser Zeit machte ich Urlaub mit meiner Familie in einem Ferienhaus an Dänemarks Nordseeküste. Und eigentlich war auch alles gut. Wir gingen am Strand spazieren, fuhren Fahrrad, kochten zusammen und verbrachten viel Zeit als Familie.

Normalerweise mochte ich diese Art von Urlaub. Ich fand es schön immer an denselben Ort zu fahren. Das gab mir ein Gefühl von Vertrautheit.

Aber dieses Jahr war alles anders. Ich hatte mich verändert und hinterfragte zum ersten Mal, was ich eigentlich wollte.

Und anscheinend war es etwas anderes als in Dänemark Urlaub zu machen. Denn ich begann, mich zu langweilen. Die Zeit zog sich wie Kaugummi und ich verspürte den Drang, etwas zu erleben. Aber was konnte man hier schon Großartiges unternehmen?

Zu diesem Zeitpunkt hatte ich noch keine Idee, aber ich fühlte eine Abenteuerlust in mir aufkeimen, die ich bisher von mir nicht kannte. Zum ersten Mal spürte ich mein Herz, wie es voller Energie in meiner Brust pochte. Und ich hörte seinen Ruf, mit der Aufforderung mich auf den Weg zu machen. Wohin? Das wusste ich noch nicht.

Ein paar Tage darauf eröffnete ich meiner Familie, dass ich sie alle sehr lieb hätte, aber dass dies nun vorläufig der letzte Urlaub für mich als Familie gewesen sein würde. Nächstes Jahr würde ich etwas anderes machen. Ich konnte ja schließlich nicht meine jungen Lebensjahre mitten im Nirgendwo verbringen. Ich hatte so viel Energie, soviel Lebensfreude und die durfte doch nicht einfach so verschwendet werden.

Damals war ich gerade 18 Jahre alt und befand mich mitten in meiner Ausbildung zur Kinderkrankenschwester. Ich war noch relativ jung und meine Lebenserfahrung war auch noch nicht auf dem Stand von heute. Aber es gab eine Sache, die ich durch meine Arbeit im Krankenhaus schon früh gelernt hatte: Das Leben kann für jeden von uns schneller vorbei sein als gedacht.

Und aufgrund dieser Erkenntnis war es für mich nur eine logische Schlussfolgerung, dass ich in meinem nächsten Urlaub auf jeden Fall ein Abenteuer erleben musste. Ich war mir zwar noch nicht sicher, was genau ich machen wollte, aber ich wusste, dass es möglichst aufregend sein sollte.

Ich fing an zu recherchieren und nach Möglichkeiten zu suchen, wie ich meinen Plan davon etwas „Spannendes" zu erleben, umsetzen konnte. Während meiner Ausbildung wurde mir mein Urlaub jedoch vorgegeben, was mein Vorhaben nicht unbedingt vereinfachte. Denn es gab trotzdem noch einige Ansprüche, die erfüllt werden sollten:

1. wollte ich irgendwohin, wo es warm war
2. sollte das Reiseziel nicht allzu weit weg sein
3. wollte ich endlich mal an den Atlantik und
4. sollte es etwas „Soziales" mit anderen Menschen in meinem Alter sein.

Online fand ich dann ein Angebot für junge Erwachsene im Alter zwischen 16 und 22 Jahren: Zwei Wochen Surfcamp in Südfrankreich. Diese Reise versprach, alle meine Kriterien zu erfüllen. Ich hatte ein gutes Bauchgefühl, obwohl meine Eltern von meinem Plan nicht ganz so begeistert zu sein schienen. Sie meinten, Surfen wäre „zu gefährlich", aber ich ließ mich nicht abhalten. Voller Vorfreude buchte ich meinen ersten Surftrip.

Damit, dass das Surfen mein Leben auf den Kopf stellen würde, hätte ich wohl nie gerechnet. Und so machte ich, ohne etwas zu ahnen, erstmal weiter mit meiner Ausbildung. Mit Theorie- und Praxisblöcken. Arbeiten und Schule. Lernen und Prüfungen.

Kapitel 2

Moliets Plage, Frankreich 2015

Im Sommer 2015 war es dann soweit. Mein erster Surfurlaub stand vor der Tür. Ich war genervt von meiner Ausbildung und dem Stress, den die ganzen Prüfungen mit sich brachten. Ich konnte es kaum abwarten und begann vor lauter Vorfreude schon drei Wochen vor meiner Abfahrt, meine Sachen zu packen.

Als ich dann endlich in den Bus nach Moliets stieg, war ich jedoch etwas verwirrt: Meine Mitreisenden schienen nicht dasselbe Alter zu haben wie ich. Wie konnte das sein? Ich hatte doch eine Reise für junge Erwachsene gebucht! Doch schätzungsweise musste sich das Alter der Jugendlichen zwischen 14 und 16 Jahren bewegen. Und die meisten von denen sahen auch eher so aus, als ob sie direkt zur nächsten Disco, aber nicht in ein Surfcamp fahren wollten.

Verzweifelt schaute ich mich nach einem freien Platz um und fragte mich insgeheim, ob ich überhaupt in den richtigen Bus eingestiegen war. Aber das war ich. Ich hatte sicherheitshalber noch einmal den Busfahrer gefragt.

Schließlich setzte ich mich ganz nach vorne in den oberen Teil des Doppeldeckers. Ich hatte durch die riesige glasklare Scheibe einen unglaublichen Ausblick. Neben mir saß ein freundlicher, etwas reifer wirkender junger Mann. Er hatte lange braune Haare, Augen wie ein Teddybär und eine raue Stimme und wie sich später herausstellte, war er der Koch des Camps.

Während der Fahrt unterhielten wir uns über alles Mögliche, und ich war erleichtert, jemanden in meinem Alter kennengelernt zu haben. So konnte ich wenigstens die kindischen Teenies im Hintergrund ausblenden.

Während der Reise hielten wir noch in mehreren Städten, um die restlichen „Partypeople" einzusammeln. Und erfreulicherweise sah ich durch das Panoramafenster dann doch noch ein paar ruhiger wirkende Personen in meinem Alter einsteigen, was mich etwas beruhigte.

Trotz der Fahrdauer von 21 Stunden fühlte ich mich ausgeschlafen, als wir am nächsten Morgen unser Camp in Moliets Plage erreichten.

Ich stieg aus dem Bus und atmete die frische Morgenluft ein. Für einen Moment stand ich wie angewurzelt da. Die Sonne war gerade aufgegangen und warf goldenes Licht durch die Zweige der unzähligen Pinien. Trotz des holzig, erdigen Geruches zwischen all den Bäumen konnte ich das Meer schon riechen.

Ich war vorher noch nie in Südfrankreich gewesen und hätte nicht gedacht, dass ich es dort auf Anhieb so bezaubernd finden würde.

Die Mischung aus langen Sandstränden und ewigen Pinienwäldern finde ich auch heute noch unvergleichbar schön und nahezu magisch.

Nach dem Frühstück wurden uns die Zelte zugeteilt und wir lernten unsere beiden Surflehrer kennen: Louis und Adrien. Die zwei sahen aus wie Brüder, waren aber angeblich keine. Sie waren braungebrannt und hatten ausgeblichene Haare, die zu einzelnen Strähnen verfilzt waren. Beide waren relativ schmal, doch unter ihren Shirts zeichneten sich definierte Muskeln ab. Ihre Augen strahlten. Von der ersten Minute an war ich fasziniert von ihrer Erscheinung. Jeder von ihnen hatte eine so unglaubliche Ausstrahlung, wie ich sie nie zuvor bei irgendeinem Menschen gesehen hatte. *Ob diese wohl vom Meer kommt?*, fragte ich mich.

Als Adrien uns das Material zeigte und uns den Surfplan für die nächsten Tage erklärte, sog ich alle Informationen in mich auf. Auch wenn ich vorher noch nie surfen gewesen war, stand für mich fest, dass ich alles darüber lernen wollte.

Am nächsten Morgen ging es dann auch schon los. Bei Sonnenaufgang zogen wir unsere Neoprenanzüge an und holten die Surfbretter. Sie waren riesig und schwer zu händeln. Unsere Surflehrer erklärten uns, wie wir die Boards am besten zu zweit tragen können: Man läuft zu zweit hintereinander und auf jeder Seite hält man ein Board. „Double Carry" nannten sie das. Schwer bepackt liefen wir dann mit unseren Brettern unter den Armen los.

Der Weg zum Strand führte uns über Pfade voller Piniennadeln. Nach ein paar hundert Metern erreichten wir die Düne, von der aus wir in der Ferne das Meer erkennen konnten.

Die Sonne war gerade aufgegangen und ich spürte einen warmen Wind auf meiner Haut. Nach insgesamt 20 Minuten Fußmarsch erreichten wir schließlich den Strand von Moliets Plage.

Wir setzten uns mit unseren Surflehrern in einen Kreis in den Sand. Louis und Adrien erklärten uns, warum wir schon so früh surfen gingen. Das lag daran, dass zu diesem Zeitpunkt Ebbe war. Die Wellen würden dann besser brechen und wir könnten Schaumwalzen surfen. Die meisten von uns verstanden nicht genau, was sie damit meinten. Wir wollten doch Surfen lernen. Und das sollten wir auf einer Weißwasserwelle? Ich konnte mir nicht vorstellen, dass man darauf genug Gleichgewicht finden könnte. *Aber gut*, dachte ich mir. Erstmal abwarten.

Als erstes starteten wir mit Aufwärmübungen. Am Strand auf- und ablaufen, Herumhüpfen und einigen Dehnübungen. Dann begannen unsere Surflehrer, uns die ersten Schritte zu erklären. Während Louis uns zeigte, wie man richtig paddelt, spähte ich über seine Schultern. Das Meer sah so einladend aus. Es schimmerte noch leicht golden von der Morgensonne und es waren nur wenige Leute unterwegs. *Ob mir wohl kalt wird mit dem Neoprenanzug?,* fragte ich mich.

Ungeduldig wippte ich mit den Füßen im Sand auf und ab. Ich wollte endlich surfen.

Unsere Erwartungen wurden jedoch direkt zunichte gemacht, als Adrien uns verkündete, dass das Surfen Lernen ein langer Prozess sei und wir vermutlich am ersten Surftag noch nicht auf dem Brett stehen würden.

„Zuerst müsst ihr ein Gefühl für das Board und die Wellen entwickeln", erklärte er uns. Er forderte uns auf, mit dem Brett an unserer Seite ins hüfthohe Wasser zu gehen, eine Weißwasserwelle auszusuchen und diese im Liegen bis zum Strand zu surfen. *Das klingt ja nicht so schwer*, dachte ich mir, aber wir wurden alle eines besseren belehrt. Schon das Herauslaufen ins Meer stellte uns vor eine große Herausforderung. Die Wellen kamen von überall und wir hatten Mühe, unsere Bretter festzuhalten.

Nach ein paar Versuchen jedoch hatten wir den Dreh raus und wir versuchten im Liegen nach rechts und links zu fahren. Manchmal fuhren wir uns mit unseren Boards gegenseitig über den Haufen, aber das machte uns nichts. Wir fanden alles ziemlich spaßig und genossen es einfach, im Wasser zu sein.

Schließlich pfiff uns Louis aus den Wellen, um uns die nächste Aufgabe zu erklären. Diese bestand darin, sich während des Gleitens mit den Armen hochzudrücken. (Das ganze sollte aussehen wie die Kobrapose beim Yoga.) Auch das gelang uns allen schnell und die ersten fingen an zu fragen, wann sie denn endlich aufstehen dürften. Bibbernd standen wir vor unseren Surflehrern. Wir schauten sie an und hofften noch einmal zurück ins Wasser gehen zu dürfen. Aber unsere Surfstunde war für den ersten Tag leider beendet.

Mit einem breiten Grinsen im Gesicht machten wir uns auf den Weg zurück ins Camp und erst jetzt bemerkte ich, wie erschöpft ich doch war.

Kapitel 3

Die erste Weißwasserwelle

Am nächsten Tag empfingen unsere Surflehrer uns am Strand. Sie wirkten etwas „hangover", vermutlich hatten sie wieder zu viel getrunken. Doch selbst ihr ständiges Gähnen tat ihrer umwerfenden Ausstrahlung keinen Abbruch. *Wahrscheinlich gehört Party machen dazu, wenn man Surflehrer ist,* dachte ich. Und irgendwie fand ich die zwei von Tag zu Tag cooler.

Wir fingen mit Aufwärmübungen am Strand an und wiederholten dann im Wasser die Übungen von gestern. Nach einiger Zeit machte Adrien uns ein Zeichen aus dem Wasser zu kommen.

„Heute wollen wir versuchen, aufzustehen", verkündete er.

„Stellt euch in einer Reihe nebeneinander auf."

Ich fragte mich, was das sollte, aber tat was er sagte. Adrien fing am einen Ende der Schlange an. Nach und nach gab er jedem von uns einen kleinen Schubser in den Rücken, sodass wir nach vorne stolperten. Wir sollten versuchen, so stehenzubleiben.

„Merkt euch, wie ihr gerade steht, das vordere Bein ist das, mit dem ihr nachher auch auf dem Board vorne stehen müsst."

Ich stand mit dem rechten Fuß vorne.

Adrien schaute mich an: „Du bist ein Goofy", sagte er.

Die Leute, die mit dem linken Fuß vorne standen betitelte er als „Regular".

Er begann uns die Dreischritttechnik zu demonstrieren. Diese sollte wohl am einfachsten sein. Adrien legte ein Surfboard in den Sand und warf sich bäuchlings darauf. Dann begann er zu paddeln, drückte den Oberkörper hoch und stand innerhalb von einer Millisekunde auf dem Board. Ich war beeindruckt. Gleichzeitig überfordert. Wie hatte er das gemacht? Noch einmal demonstrierte Adrien uns das Ganze, diesmal langsamer. Diese drei Schritte waren bei ihm zu einer fließenden Bewegung geworden, zu einem geschmeidigen Sprung.

Nachdem er mit seinen Demonstrationen fertig war, sollten wir den „Takeoff" auf unseren Boards üben.

Wir paddelten im Sand mit unseren Händen und versuchten dann, mit der gleichen Geschmeidigkeit wie Adrien aufzustehen. Das gelang den wenigsten von uns. Wir sahen wohl eher aus wie kleine Trampeltiere, die versuchten, sich irgendwie vom Liegen ins Stehen zu hieven.

Nach ein paar Versuchen war unser Takeoff nicht viel besser als vorher, aber unsere Surflehrer schickten uns trotzdem zurück in die Wellen. Voller Tatendrang liefen wir mit unseren Surfboards unterm Arm los, um das neu Gelernte direkt in die Tat umzusetzen.

Das Aufstehen gestaltete sich auf der schwankenden Wasseroberfläche jedoch schwieriger als gedacht. Ich versuchte alles so zu machen, wie Adrien es uns gezeigt hatte. Ich suchte mir eine gute Schaumwalze aus, legte mich auf mein Brett und paddelte, was das Zeug hielt. Doch beim Versuch aufzustehen, befand ich mich immer schneller als ich mich versehen konnte rechts oder links neben meinem Board im Wasser. Ich versuchte es immer und immer wieder. Aber es wollte einfach nicht funktionieren. Irgendwas schien ich falsch zu machen.

Ich stand ein wenig geknickt neben meinem Board im Wasser und beobachtete die anderen. Bei den wenigsten schien das Aufstehen zu funktionieren. Nur Zoe, einem schwarzhaarigen, sportlichen Mädchen aus meiner Gruppe gelang es nach ein paar Versuchen, sich auf dem Board aufzurichten und eine Weißwasserwelle zu surfen. Ich freute mich für sie. Wenigstens eine Person, bei der das ganze schon halbwegs nach Surfen aussah.

Nun war auch mein Ehrgeiz geweckt. Wenn Zoe es schaffte, musste ich das doch auch irgendwie hinbekommen. Also probierte ich es wieder und wieder. Doch jedes Mal, wenn ich meine Füße unter meinen Körper zog, rutschte mir das Brett zur Seite und ich fiel unelegant ins Wasser. Das Brett war einfach zu wackelig. Ich war frustriert.

Bis zum Ende der Stunde wollte es bei mir nicht klappen mit dem Takeoff. *Aber gut, wir haben ja noch einige Surfstunden vor uns,* dachte ich mir.

Den nächsten Tag quälte ich mich in meinen nassen, kalten Neoprenanzug. Wobei mich die Tatsache, dass er nass und kalt war dabei noch am wenigsten störte. Viel schlimmer war der Geruch nach Urin, den der Leihneo an sich hatte. Meine Arme waren schwer vom gestrigen Paddeln und ich hatte am ganzen Körper Muskelkater. Und auch meinen Mitstreitern schien es nicht anders zu gehen. Im Schneckentempo machten wir uns auf den Weg zu unserer nächsten Surfstunde.

Auf dem Weg zum Strand unterhielt ich mich mit Zoe. Sie war genau wie ich 19 Jahre alt und auch das erste Mal surfen. Ich fragte, wie sie es gestern geschafft hatte, direkt aufzustehen. Sie zuckte mit den Schultern.

„Einfach so halt", antwortete sie und grinste mich an. Sie erzählte mir, dass sie jeden Winter zum Snowboarden in die Schweiz fuhr. Ich vermutete, dass ihr das einen Vorteil brachte.

Am Strand angekommen warteten wir mit unserer Gruppe auf Adrien und Louis. Ein paar Minuten später sah ich sie gemütlich die Sanddüne herunterspazieren. Von Pünktlichkeit hielten sie anscheinend nicht viel. Als die beiden bei uns ankamen fiel mir direkt auf, dass sie wieder getrunken hatten, aber anders als gestern wirkten sie dieses Mal nicht sonderlich motiviert. Adrien zog seine dunklen Augenbrauen hoch als er einen Blick auf die Wellen warf. Seufzend warf er seine Tasche in den Sand und kam auf uns zu. Mit einer Kopfbewegung deutete er uns, das Meer zu beobachten. Die Wellen an diesem Tag waren größer und durch den Wind konnte man kaum eine klare Linie ausmachen. Es war ein heilloses Durcheinander. Mir war ein bisschen mulmig, denn auch die Weißwasserwellen erschienen mir riesig.

Trotz wehender roter Fahnen sollte der Surfunterricht heute stattfinden.

„Geht nicht ganz so weit rein!" warnte Louis

„Und bloß nicht das Brett loslassen!", rief Adrien uns noch hinterher.

An diesem Tag stand niemand auf seinem Board. Wir schafften es alle kaum hinauszulaufen. Die Strömung drückte uns ständig in eine andere Richtung. Der Wind peitschte uns um die Ohren und wenn wir mal eine Welle erwischten, war diese so stark, dass sie uns direkt vom Board schleuderte. Gefühlt verbrachte ich mehr Zeit unter als über Wasser.

Irgendwann verließen die ersten das Wasser und setzten sich an den Strand. Anscheinend hatten sie keine Lust mehr von den Wellen durchgespült zu werden. Und schon nach einer halben Stunde standen nur noch Zoe und ich im Wasser. Trotz der schlechten Bedingungen waren wir motiviert zu surfen aber nach einigen weiteren Minuten mussten auch wir einsehen, dass unser Vorhaben heute wenig Sinn hatte. An der Kraft des Ozeans konnten wir Menschen nicht viel ändern.

Am nächsten Tag sah die Lage schon wieder ganz anders aus. Schon von der Düne aus konnte ich erkennen, dass das Meer heute friedlicher war. Es wehte kein Wind und es zogen sich kleine feine Linien auf dem Ozean. Das Wasser sah wunderschön aus. Wie magisch angezogen liefen wir im Eilschritt hinunter zum Strand. Auch die Flagge der Lifeguards war heute gelb statt rot.

Adrien und Louis schienen sich auch über die Bedingungen zu freuen. Sie übten ein paar Takeoffs mit uns am Strand und ließen uns dann direkt ins Wasser gehen.

„Gute Konditionen müssen wir ausnutzen", sagte Louis.

Das Paddeln klappte heute schon viel besser. Meine Muskeln schienen sich langsam an die ungewohnte Belastung zu gewöhnen.

Ich war schon jetzt besessen vom Surfen und wollte es unbedingt lernen. Heute wollte ich es auf jeden Fall schaffen aufzustehen und auch die anderen waren nach dem gestrigen Tag hochmotiviert. Ich paddelte viele Wellen an, doch irgendwie hatten sie heute weniger Kraft und ich wurde nicht von jeder angeschoben. Nach einiger Zeit erwischte ich dann aber eine etwas größere Weißwasserwelle. Ich spürte, wie das Board unter mir zu gleiten begann und die Welle mich anschob. Ich nahm die zunehmende Geschwindigkeit und die Stabilität, die das Board dadurch bekam, wahr. Langsam drückte ich mich mit den Armen hoch. Ich stellte meinen hinteren Fuß auf und krabbelte über meine Knie in eine Art Hockposition. Jetzt musste ich nur noch aufstehen. Ich hielt den Atem an. Vorsichtig drückte ich meine Knie durch. Wackelig stand ich auf dem Board. Ich surfte tatsächlich auf einer Welle! Und für ungefähr zwei Sekunden fühlte ich mich wie die Königin der Welt. Dann spürte ich einen heftigen Ruck und ich musste vom Board springen. Die Finnen meines Surfboards hatten sich im Sand vergraben.

Was war das für ein unglaubliches Gefühl gewesen? Ich war so begeistert, dass ich die Welt um mich herum vergaß. Wie durch Watte hörte ich noch, wie meine Surflehrer mir zujubelten, aber da rannte ich schon wieder zurück ins Wasser. Total stoked.[1]

---

[1] Stoked: englisch, steht für die Begeisterung die durchs Surfen entsteht

Kapitel 4

Die erste grüne Welle

Einige Tage später wurde unsere Gruppe aufgeteilt. Die eine Hälfte der Gruppe durfte mit Louis zusammen rauspaddeln. Ins Line-up. So nennt man den Bereich im Wasser, in dem die Surfer auf noch ungebrochene grüne Wellen warten. Mein Herz machte einen freudigen Hüpfer bei dem Gedanken daran, gleich bei den „richtigen Surfern" zu sitzen. Aufgeregt trat ich von einem Fuß auf den anderen, während ich einem Surfer dabei zusah, wie er eine Welle anpaddelte.

Das Meer wirkte wie die Tage zuvor auch sehr ruhig. Die Wellen waren klein aber klar zu erkennen.

Louis ging voran. Bis ins hüfttiefe Wasser liefen wir mit den Brettern an unserer Seite. Dann schwang er sich elegant auf sein Board und paddelte los. Nach ein paar Metern hielt er an, um auf uns zu warten. Wir brauchten alle ziemlich lange, um auf unsere Boards zu klettern. Es war nicht einfach die Balance zu finden. Doch wenig später konnten wir ihm hinterherpaddeln. Es sah einfach so leicht und geschmeidig aus bei ihm. Mit einer Bewegung schien er gleich fünf Meter vorwärts zu kommen. Er drehte sich zu uns um und konnte sich ein Grinsen nicht verkneifen. Einige von uns verloren immer wieder das Gleichgewicht und wurden um einige Meter zurückgeworfen, sobald ihnen eine Weißwasserwelle entgegenkam.

Nach ein paar Minuten hatten wir es dann alle ins Line-up geschafft. Stolz saßen wir auf unseren Surfboards, zwar noch etwas wackelig aber wir saßen. Jetzt fühlte ich mich schon fast wie eine richtige Surferin.

Die Wellen kamen in regelmäßigen Abständen. Sie waren winzig. Aber das machte mir nichts. So würde ich wenigstens nicht allzu tief zu fallen. Immer wieder bauten sich die Wellen auf. Wie aus dem Nichts entstanden kleine Wellenberge, die aussahen wie flüssiges Glas. Ich genoss es schon, einfach nur die Bewegungen des Ozeans zu spüren.

Zoe fing an sich über die „Babywellen" zu beschweren. Aber fasziniert von der Schönheit die sich mir bot, hörte ich ihr nur mit halbem Ohr zu.

Louis paddelte die erste Welle an, um uns zu zeigen, wie das Ganze aussehen sollte. Mit einer Leichtigkeit sprang er auf sein Board. Er surfte die Welle nicht gerade herunter sondern an der grünen Fläche entlang. Seine blonden Haare wehten dabei im Fahrtwind. Kurz bevor die Welle vorbei war, sprang er vom Board. Und auch dabei sah er so umwerfend aus, dass wir ihm vom Line-up aus begeistert zujubelten.

Ich war beeindruckt von der Eleganz und Leichtigkeit, mit der er sich auf der Welle bewegte.

Bei den ersten Wellen, die ich anpaddelte, machte ich direkt einen Nosedive[2]. Es war gar nicht so einfach eine grüne Welle zu erwischen. Während die Weißwasserwellen einen von hinten anschoben fuhr man bei der grünen Welle einen Art Wasserberg hinunter. Und während man auf das Wellental zu düste, sollte man dann auch noch aufstehen. Meistens hatte ich zu viel Gewicht im vorderen Bereich des Boards, sodass ich immer wieder senkrecht ins Wasser eintauchte. Wenn ich die anderen dabei beobachtete, sah das Ganze ziemlich lustig aus. Man durchbrach auf eine unelegante Art die Wasseroberfläche, das Brett schoss in die Höhe und schlug meistens nur wenige Zentimeter entfernt von einem auf das Wasser. Zoe suchte sich immer die größten Exemplare aus und stürzte bei jeder Welle, die sie anpaddelte. Ihre Freundin Emma und ich versuchten uns eher an den Kleineren.

Nach unzähligen Versuchen wurde unser Fleiß dann aber endlich belohnt. Gemeinsam paddelten wir eine Welle an. Sie war nicht sehr kraftvoll, aber wir mussten an der richtigen Stelle gewesen sein. Ich fühlte, wie ich den Wellenberg hinunterglitt und stand auf. Als ich hochschaute, sah ich auch Emma auf ihrem Surfbrett stehen. Ihr sommersprossiges Gesicht strahlte. Die Welle brach hinter uns und gemeinsam surften wir diese noch bis zum Strand. Wir grinsten uns an, schnappten uns überglücklich unsere Boards und liefen zurück ins Wasser.

---

[2] Wenn die Nose (vorderer Teil des Surfboards) bei einem Takeoff zuerst ins Wasser eintaucht und der Surfer nach vorne vom Brett rutscht

Kapitel 5

Videoanalyse

Die Tage darauf verbrachten Zoe, Emma und ich unsere Zeit auch außerhalb der Surfstunden im Wasser. Statt wie die anderen am Strand rumzuliegen, wollten Zoe und ich besser werden. Unsere Ansprüche an uns selbst waren hoch. Ich kannte zwar zu diesem Zeitpunkt keinen Profisurfer- von Kelly Slater, Alana Blanchard oder John Florence hatte ich noch nie etwas gehört und ich wusste auch nicht, dass es sogar Weltmeisterschaften im Surfen gab. Trotzdem hatte ich einen unsagbaren Antrieb. Ich wollte die Wellen einschätzen können. Das Meer lesen. Ich wünschte mir, mich genauso wendig und anmutig auf der Welle bewegen zu können wie Louis.

Dass es für die verschiedenen Manöver, die die beiden Surflehrer auf der Welle machten Begriffe gab, wusste ich nicht. Ich konnte es zwar noch nicht ganz greifen, aber tief in meinem Herzen spürte ich, dass Surfen für mich noch eine große Bedeutung haben würde. Es war für mich der Inbegriff von Freiheit. Auf einmal gab es nichts, was mich mehr faszinierte als Louis und Adrien mit den Wellen tanzen zu sehen. Ich analysierte ihre Bewegungen bis ins kleinste Detail und war mir einer Sache sicher: Ich wollte genauso gut werden. Woher dieser Ehrgeiz plötzlich kam, wusste ich nicht. In meinem Leben hatte ich nie zuvor so einen Anspruch an mich selbst gehabt. Weder in irgendeiner Sportart noch in der Schule oder bei der Arbeit. Doch vom Meer fühlte ich mich herausgefordert und wie magisch angezogen.

Bei einfachen Bedingungen fühlten wir uns mittlerweile auch ohne Surflehrer sicher im Wasser. Wenn es kleine Wellen gab wagten wir uns zu den anderen Surfern ins Line-up. Zoe und ich paddelten unermüdlich alle Wellen an, die uns gut erschienen. Wir surften Schaumwalzen und grüne Wellen und feierten uns für den jeden Erfolg.

Emma saß die meiste Zeit weiter draußen. Fast schon hinter dem Line-up. Sie beobachtete uns und fing jedes Mal an zu lachen, wenn Zoe und ich wieder um eine Welle kämpften. Sie schien unsere Motivation eher amüsant zu finden.

Manchmal legte Emma sich auf ihr Board und schaute in den Himmel. Sie beobachtete die Möwen, wie sie ihre Kreise zogen. Manchmal hörte ich sie zufrieden seufzen. Sie schien so voller Frieden und Gelassenheit zu sein, wofür ich sie insgeheim bewunderte. Jedes Mal, wenn die Strömung sie zu weit abgetrieben hatte, paddelte sie auf unsere Höhe zurück. Dann sonnte sie sich wieder.

Abends kamen wir meist völlig erschöpft im Camp an. Emma war die einzige von uns, die noch Energie aufbrachte, um länger wach zu bleiben und feiern zu gehen. Zoe und ich fielen meist direkt ins Bett und schliefen wie ein Stein. Auch wenn alle anderen nachts betrunken umherliefen, kreischten und lachten. Ich wurde nie wach, außer einmal, als ich ein Tröpfeln an meiner Zeltwand hörte. Einer der partywütigen Jugendlichen pinkelte gegen mein Zelt. Aber auch das störte mich nicht weiter und ich schlief direkt wieder ein.

Morgens standen wir mit dem ersten Sonnenlicht auf, um surfen zu gehen. Eigentlich hatte ich mir vorgestellt, im Urlaub jeden Tag auszuschlafen, aber ich war glücklich darüber, dass ich es nicht tat. Eines der schönsten Dinge war es, den Sonnenaufgang im Meer zu erleben. Alles war ruhig. Normalerweise hörte man nichts. Keinen Wind. Nur das Rauschen der Wellen. Manchmal waren auch andere Surfer mit uns im Wasser und wir bestaunten ihr Können. Sahen zu, wie sie im goldschimmernden Wasser auf den Wellen dahinglitten.

Abends saßen wir oft mit Louis und Adrien zusammen. Das rötliche Abendlicht schien durch die Pinien und während die Beiden erzählten, sahen sie aus wie Götter. Sie erzählten Geschichten vom Surfen, ihren größten Wellen und den Orten, an denen sie schon überall waren. Manchmal hatten wir, in dem wir viel über Wellenentstehung, Strömungen und Anfängerfehler lernten. Genau diese Fehler musste ich leider auch bei mir feststellen. Gegen Ende der ersten Woche wurden wir von Louis beim Surfen gefilmt. Später sahen wir uns in unserer Gruppe die Aufnahmen an. Viele von uns waren schockiert, als sie sich selbst auf Video sahen. Man schätzt sich einfach oft falsch ein. Auf dem Wasser fühlen sich alle Bewegungen anders an. Es kann hart sein, durch eine Aufnahme dann mit der Wahrheit konfrontiert zu werden. Und auch ich war schockiert, als ich mich zum ersten Mal surfen sah. Louis drückte den Playbutton der Sequenz und ich lief knallrot an. Von seinem Surflevel war ich definitiv noch Lichtjahre entfernt. Mein Takeoff war keine fließende Bewegung, eher kraxelte ich mich über meine Knie auf mein Board. Mein ganzer Körper war zu angespannt. Es sah überhaupt nicht locker aus, nicht annähernd so wie bei Louis. Zudem nahm ich durch jahrelanges Tanzen eine Art Ballerinapose ein und stellte mich automatisch auf meine Zehenspitzen. Dadurch fiel es mir schwer, das Gleichgewicht zu halten und nach ein paar Metern fiel ich vom Brett. Es war peinlich, mich selbst surfen zu sehen und ich war froh, als Louis das Video anhielt. Ich hätte nicht erwartet, dass es so unvorteilhaft aussehen würde. Und auch wenn das Feedback größtenteils positiv ausfiel, war ich nicht zufrieden mit mir. Erleichtert atmete ich aus, als Louis endlich die nächste Aufnahme anmachte. Auf dem Bildschirm konnte man nun Emma erkennen. Sie machte einen Nosedive nach dem anderen und wurde von den Wellen ordentlich durchgewaschen. Vermutlich war sie vom gestrigen Abend immer noch etwas angeschlagen und hatte daher kaum Konzentration. Sie musste über sich selbst lachen, als sie sich in dem Video immer wieder unelegant vom Brett segeln sah. Auch Louis musste über Emma schmunzeln. Als er sich gerade unbeobachtet fühlte, zwinkerte er ihr unauffällig zu.

Kapitel 6

Vollkommen

Nach der Videoanalyse war ich zunächst ziemlich entmutigt. Es war mir unangenehm gewesen, mich auf dem Video zu sehen und ich wollte unbedingt, dass das nächste besser werden würde. Auch, wenn wir jetzt, so kurz vor Ende des Surfurlaubes, natürlich kein Video mehr machten. Fest stand, dass ich auf jeden Fall noch viel zu lernen hatte, wenn ich irgendwann so gut surfen können wollte wie Louis und Adrien.

Zum Glück hielt meine Unzufriedenheit nicht lange an. Abends überredete mich Zoe, mit auf die Campfeier zu gehen. Als ich den Partybereich sah, verschlug es mir die Sprache. Die Atmosphäre war an Romantik kaum zu übertreffen: Überall hingen Lichterketten, die Bänke waren zur Seite gerückt, sodass sich eine Tanzfläche bildete. Es lief entspannte „Surfer Hippie Musik" und auf der Tanzfläche tummelten sich schon die ersten verschmusten Pärchen.

Im Schatten der Pinien entdeckte ich etwas abseits Emma und Louis. Eng umschlungen tanzten sie zu Ukulelenmusik. Das Knistern zwischen den beiden war noch bis zu uns zu spüren.

Als Emmas Blick in Zoes und meine Richtung fiel, konnte ich mir ein Grinsen nicht verkneifen. Sie lächelte zurück und schmiegte sich dann näher an Louis Brust.

Zoe und ich wollten nicht weiter stören, holten uns jeder ein Bier und setzten uns in eine der freien Hängematten. Wir hatten zwar nicht besonders große Lust zu tanzen, aber wollten trotzdem das Geschehen genießen.

Das Mondlicht warf Schatten auf den von Pinniennadeln bedeckten Boden. Ein kühler Luftzug strich über meine Haut und ich fröstelte etwas.

„Ist dir kalt?" Ohne auf eine Antwort zu warten stand Zoe auf und lief zu ihrem Zelt. Kurze Zeit später kam sie mit ihrem Schlafsack zurück, den sie wie eine Decke über uns ausbreitete. Ich fühlte mich wohl in ihrer Gegenwart und vergaß, dass schon bald unsere letzte Surfstunde sein würde.

Wir beobachteten die anderen beim Tanzen, unterhielten uns über Gott und die Welt. Immer wieder lief eine von uns los, um neues Bier zu holen. So verflog die Zeit, bis es plötzlich zwei Uhr nachts war...

Nebeneinander lagen wir in der Hängematte und betrachteten den Sternenhimmel. In meinem leicht angetrunkenen Zustand fühlte ich mich so unbeschwert und plötzlich waren alle Sorgen, die ich hatte, vergessen.

„Bist du auch so müde?", fragte Zoe und gähnte. Ich nickte noch, dann fielen meine Augen zu.

Auf einmal spürte ich warme Sonnenstrahlen auf meiner Haut, ich blinzelte. Verwirrt schaute ich mich um. Über mir sah ich die Äste der Pinien. Noch immer lag ich in der Hängematte von gestern Abend. Neben mir die schlafende Zoe. Ich streckte mich, schaute über den Rand der Hängematte hinaus und entdeckte unsere Surfgruppe, die schon dabei war, ihre Boards zu holen. Schnell weckte ich Zoe und sprang aus der Hängematte. In Windeseile schlüpften wir in unsere Neoprenanzüge und liefen zum Materialzelt, um unsere Boards zu holen. Mit einem Morgenlauf konnten wir unsere verschlafene Zeit wieder aufholen, sodass wir noch pünktlich zum Surfunterricht erschienen.

Als ich gerade bis zu den Knien ins Wasser gegangen war, spürte ich etwas an meinen Knöcheln. Ich sah ein paar kleine Fische zur Seite schwimmen. Es war das erste Mal, dass ich hier welche sah. Erschrocken machte ich einen Hüpfer zur Seite. Zoe fing an zu lachen, als sie mich quietschen hörte.

„Du hast Angst vor Fischen?!"

Ich grinste sie an und wurde rot.

„Ich doch nicht!"

Um sie vom Gegenteil zu überzeugen, warf ich mich auf mein Board und paddelte Richtung Line-up, doch ich hörte sie noch hinter mir kichern.

An diesem Tag waren die Wellen winzig. „Sommerwellen" nannte Adrien sie. Ich war froh darüber, denn so konnten wir rauspaddeln und grüne Wellen surfen. Doch Zoe schien über die vorherrschenden Bedingungen alles andere als begeistert zu sein. Sie hätte in unserer letzten Surfstunde lieber richtige „Bomben" gesurft. Doch ich versuchte, mich auch von dieser Aussage nicht irritieren zu lassen.

Zoe und ich hatten uns in den letzten Tagen deutlich verbessert. Wir standen länger auf dem Surfboard und surften die Wellen fast immer bis zum Strand. Wenn die Bedingungen es zuließen und es nicht zu groß für uns war, surften wir auch grüne Wellen. Wir fuhren diese zwar gerade herunter und nicht an der grünen Fläche, aber das konnte man zu diesem Zeitpunkt auch noch nicht von uns erwarten. Diese Wellen waren definitiv unsere Highlights und wir feierten uns für jede steile Abfahrt ins Wellental, die nicht in einem Nosedive endete.

Da Louis die meiste Zeit eher mit Emma beschäftigt war, gab Adrien uns Tipps. Auch er schien es seinem Kollegen nicht zu verübeln, dass er jetzt quasi alleine arbeiten musste.

Adrien ermutigte uns dazu, auf der Schaumwalze nach links oder rechts zu fahren. Durch Gewichtsverlagerung klappte das bei uns beiden auch schon ganz gut. Manchmal schafften wir es nicht mehr, einen Crash zu vermeiden und unsere Boards machten auf unangenehme Weise Bekanntschaft miteinander. Ich hoffe bis heute, dass niemandem aufgefallen ist, wie sehr ich das Surfboard demoliert hatte. Wobei man zu meiner Verteidigung sagen muss, dass es auch vorher schon in keinem guten Zustand war.

An diesem Vormittag gab es einen Moment, der mir noch lange in Erinnerung bleiben sollte. Nach ein paar guten Wellen, die ich bekommen hatte, drehte ich mich zu Adrien um. Er zeigte mir den Daumen nach oben und strahlte mich an. Ich lief tiefer ins Wasser. Als es mir bis zur Hüfte reichte, blieb ich stehen. Ich blickte mich um: Das Meer schimmerte grünlich. Einzeln kamen kleine Wellen angerollt. Langsam bauten sie sich auf und brachen dann ganz sanft. Auf einmal wurde ich ganz still und atmete tief ein und aus. Plötzlich war mein Ehrgeiz vergessen. Die Füße im Sand vergraben stand ich da und schaute den anderen beim Surfen zu. Ich spürte, wie die Wellen an meinem Körper vorbeiliefen. Spürte, wie ich mich immer verbundener mit dem Meer fühlte. Als ob ich darin zerfloss. In diesem Moment schien mein Leben stillzustehen. Mein Kopf war frei von allen Sorgen und ich wurde von einem tiefen Glücksgefühl durchströmt, das so stark war, dass mir alles, was ich bisher gefühlt hatte, oberflächlich und unwichtig erschien. Nie zuvor hatte ich mich so gefühlt. So vollkommen. Ich ließ meine Hand auf der glänzenden Wasseroberfläche treiben. Tränen liefen mir über die Wangen. Ich spürte den Frieden des Ozeans, seine unendliche Kraft. Es war ein Gefühl von nach Hause kommen...

Schnell wischte ich mir die Tränen von der Wange. Was war nur los mit mir? Als ob es eine Verbindung mit dem Ozean gab, die ich mir nicht erklären konnte. Und in diesem Moment wurde mir eins klar: Ich wollte dem Meer und den Wellen folgen.

Kapitel 7

Zurück nach Deutschland

Am nächsten Tag war es soweit: Der Abschied stand bevor. Ich stocherte in meinem Müsli herum, niemand sagte ein Wort. Als hätte man all die Farben aus dem Camp genommen und einen grauen Filter darüber gelegt.

Warum fiel mir dieser Abschied nur so unheimlich schwer?

Nachdem wir gegessen und unser Geschirr gespült hatten, wollte Zoe noch einmal zum Strand, um sich vom Meer zu verabschieden.

„Willst du mitkommen?"

Ich schüttelte den Kopf. Fragend schaute sie mich an. Meine Augen füllten sich mit Tränen. Ich drehte meinen Kopf zur Seite in der Hoffnung, dass sie meine glasigen Augen nicht sah.

„Okay", sagte sie und lief los.

Ich weigerte mich dem Meer „Tschüss" zu sagen. Ich wollte nicht, dass dieser Urlaub vorbei war, dass das Surfen ein Ende haben sollte. Davon wollte ich mich noch nicht trennen.

Doch mit dem Verfrachten unseres Gepäcks in den Bus, musste auch ich einsehen, dass diese Zeit nun enden würde. Für uns ging es zurück nach Deutschland, zurück in den Alltag. Was hätte ich dafür gegeben, noch eine Weile in Moliets bleiben zu können. Dafür, weiter Surfen zu gehen und am Meer sein zu können. Stattdessen ging meine Ausbildung weiter. Und ich spürte das erste Mal, dass sich irgendwas nicht richtig anfühlte. Wollte ich wirklich Kinderkrankenschwester werden? Plötzlich war ich mir nicht mehr sicher. Doch den Gedanken schob ich direkt zur Seite, so kurz vor dem dritten Lehrjahr konnte ich ja nicht einfach aufhören.

Die Rückfahrt fühlte sich komisch an. Als hätte ich mich in Moliets ein Stück mehr gefunden und mich besser kennen gelernt. In den letzten Wochen war ich eine andere Person gewesen, zum ersten Mal konnte ich wirklich ich selbst sein und hatte nicht mehr das Gefühl, eine Maske aufzusetzen, so wie ich es auf der Arbeit tat. Ich hatte mich angekommen gefühlt. Und das sollte nun vorbei sein? Irgendwie wollte ich das nicht akzeptieren.

Mit den Pinienwäldern und dem Ozean ließ ich auch mein neues Ich zurück. So fühlte es sich zumindest an.

Wir fuhren vorbei an Wäldern und Wiesen, durch Städte und Dörfer. Zurück nach Deutschland. Emma drückte ihre Stirn gegen die Scheibe. Sie schluchzte. Zoe und ich wussten nicht, was wir sagen sollten und nahmen sie nur fest in den Arm. Wir planten, irgendwann nochmal einen Surftrip zusammen zu machen.

Kapitel 8

Flughafen Amsterdam Schiphol, Oktober 2016

Nach der Zeit in Frankreich fühlte ich mich leer und lustlos. Mein Körper glich einem Roboter, meine Seele schrie nach etwas, das ich noch nicht ganz greifen konnte. Ich versuchte, mich auf meine Ausbildung zu konzentrieren und nicht zu viel ans Surfen zu denken. Doch meine Versuche missglückten und ich flüchtete mich immer mehr in diese andere Welt. Eine Welt, in der ich mich viel wohler fühlte. Ich kaufte mir meinen ersten Neoprenanzug, Bücher und Filme übers Surfen und klebte Wände meines WG Zimmers mit Bildern von berühmten Surfern zu.

Im Sommer 2016 standen meine Examensprüfungen an. Ich war im Dauerstress, geplagt von Selbstzweifeln und Versagensängsten. Es kam mir schon fast so vor, als hätte es die Zeit in Frankreich gar nicht gegeben, als wäre es einfach nur ein zu schöner Traum gewesen.

Da ich meine Ausbildung aber unbedingt beenden wollte, um einen Abschluss in der Tasche zu haben, gab ich mein Bestes, mich auf meine Prüfungen zu fokussieren. Damit hatte ich ziemlich viel zu tun und eigentlich keine Zeit, meine Gedanken ans Surfen zu verschwenden. Doch ich hatte Fernweh. Ich vermisste das Meer, das Surfen und das Gefühl von Freiheit. Eine tiefe Sehnsucht, die ich mir nicht erklären konnte. Ich verspürte den Drang zurück zu fahren und ich wollte nichts mehr, als mich endlich wieder verbunden mit dem Ozean zu fühlen. Ich wollte auf einer Welle stehen und endlich wieder spüren, dass ich am Leben war.

Mein einziger Lichtblick in der Examenszeit war der nächste bevorstehende Surftrip mit Zoe und Emma, den wir tatsächlich einige Monate zuvor geplant hatten.

Im Oktober 2016 ging es dann endlich los. Ich war voller Vorfreude. Alle Prüfungen lagen hinter mir und ich konnte mich nach drei Jahren Ausbildung endlich „examinierte Gesundheits-

und Kinderkrankenpflegerin" nennen. Oder auch einfach Kinderkrankenschwester. Ich war erleichtert, bestanden zu haben und nun etwas in der Tasche zu haben. Aber war ich auch wirklich glücklich darüber? Ich wusste es nicht.

Wir trafen uns bei Zoe zuhause, um von dort aus mit dem Auto nach Holland zu fahren. Aufgrund unseres geringen Einkommens mussten wir den günstigsten Flug buchen, den wir finden konnten- aus Amsterdam. Ich hatte unterschätzt, wie lang die Strecke sein würde, aber uns blieb keine andere Wahl.

Unser Flug sollte am frühen Morgen gehen, von daher planten wir spätabends loszufahren. Es war stockdunkel und nasskalt, als ich den Motor anließ und wir Zoes Einfahrt verließen, um Richtung Holland aufzubrechen. Die regennasse Autobahn glänzte im Licht der Straßenlaternen golden und der monotone Ausblick während der Fahrt machte es mir schwer, die Augen offen zu halten. Doch mit jedem gefahrenen Kilometer spürte ich ein Stückchen Lebendigkeit in meinen Körper zurückkehren.

Emma und Zoe waren durchgehend am Gähnen und ich stellte das Radio leiser, damit sie schlafen konnten.

Ich war dankbar, als wir wohlbehalten auf dem riesigen Parkplatz des Flughafens ankamen.

Als wir die Empfangshalle betraten und auf die Anzeigentafel schauten war unser Flug mit „delayed" markiert. Vor Müdigkeit brauchte mein Gehirn einen Moment um zu begreifen, was das bedeutete: Wir mussten am Flughafen übernachten! Auch wenn wir alle nicht sonderlich begeistert waren, versuchten wir das Beste daraus zu machen. Wir hielten Ausschau nach einem geeigneten Schlafplatz, aber mussten feststellen, dass schon alle guten Sitze belegt waren. Da wir keine Lust hatten noch weiter zu suchen, kuschelten wir uns nebeneinander auf einen nicht allzu dreckig aussehenden Teppichboden. Wir deckten uns mit unseren Jacken zu und stellten einen Wecker.

Morgens gegen acht Uhr war es dann endlich soweit und wir hoben ab. Den Start hatte ich schon komplett verschlafen und auch von der Landung auf Fuerteventura bekam ich nichts mit. Emma weckte mich, ich blinzelte mit den Augen und spähte an meinem Sitznachbarn vorbei aus dem Fenster. Das Wetter hatte sich um 180° gedreht, statt Regen und Kälte schien hier die Sonne.

Vom Flughafen aus fuhren wir mit dem Bus Richtung Norden der Insel. Die Menschen standen dicht an dicht, die Luft war heiß und stickig und es roch nach Schweiß. Ich schaute aus dem Fenster: Die Landschaft erschien mir auf den ersten Blick sehr wüstig und karg.

Zu diesem Zeitpunkt konnte ich natürlich nicht ahnen, dass sich diese Einstellung später noch ändern würde.

Vor lauter Müdigkeit nahm ich die restliche Reise bis zu unserer Unterkunft ziemlich gedämpft wahr, so, als wäre ich betrunken oder hätte andere Substanzen zu mir genommen.

Nachmittags gingen Emma, Zoe und ich zu unserer Surfschule, um die Surfstunden zu organisieren.

Zurück im Appartement wollte sich bei mir aber trotzdem keine richtige Vorfreude einstellen. Stattdessen sehnte sich mein Körper nach etwas, das ich ihm lange verwehrt hatte: Schlaf. Ich fühlte mich so energielos wie selten in meinem Leben. Alle Glieder waren schwer wie Blei. Der Stress der letzten Tage, Wochen und Monate hatte mich mit einem Schlag eingeholt.

Kapitel 9

Fuerteventura, Oktober 2016

Am nächsten Morgen wurden wir dank Zoe schon früh wach. Sie schien hochmotiviert zu sein und hüpfte wie ein Duracellhäschen durchs Apartment. Ich rieb mir die Augen und gähnte.

Zoe hielt mir eine dampfende Tasse hin, die ich dankend entgegennahm. Anders als Emma und ich brauchte Zoe keinen Kaffee zum Wachwerden.

Bei schönstem Wetter machten wir uns wenig später auf den Weg zur Surfschule. Ich spürte ein Kribbeln in meinem Bauch. Wie Schmetterlinge. Eine Mischung aus Vorfreude und Nervosität, als ob man verliebt ist und gleich seinen Schwarm trifft.

Dieses Gefühl ging tatsächlich nie verloren und noch heute spüre ich diese Art von Aufregung bevor ich ins Wasser gehe.

An der Surfschule angekommen, wurden wir von unserer Surflehrerin begrüßt. Sie stellte sich mit einem freundlichen Lächeln auf den Lippen vor:

„Ich bin Simona." Ihre Stimme klang angenehm- melodisch und irgendwie ruhig. Sie war mir direkt sympathisch und ich hatte das Gefühl, ihr vertrauen zu können.

Obwohl es mir klar war, dass es auch Frauen in diesem Beruf gibt, hatte ich irgendwie nicht damit gerechnet, auf eine Surflehrerin zu treffen. Sie war vielleicht so groß wie ich, aber ziemlich muskulös. Ihre langen braunen Haare waren durch die Sonne ausgeblichen, ein paar Strähnen umspielten ihr sommersprossiges Gesicht. Von ihr war ich genauso beeindruckt wie von Louis und Adrien damals in Frankreich. Was hatten diese Menschen nur an sich, das ihre Ausstrahlung so besonders machte?

Als unsere Gruppe vollständig war, verteilte Simona die Surfboards. Anders als in Frankreich, wo wir zum Strand gelaufen waren, fuhren wir mit einem Van zum Surfspot. Elegant kletterte Simona auf das Autodach und nahm unsere Boards entgegen. Sie stapelte sie übereinander und zurrte sie dann mit zwei Gurten fest. Das Auto- ein rostiger Ford Transit, machte keinen besonders vertrauenserweckenden Eindruck. Die Türen waren verrostet und die Kofferraumklappe schien nicht mehr richtig zu schließen. Notdürftig knotete Simona die zwei Kofferraumtüren mit einem Seil zusammen, damit sie während der Fahrt nicht aufgingen. Skeptisch schauten wir uns an, stiegen jedoch trotzdem ein. Simona kutschierte uns unter lautem Klappern zu den Klippen von Corralejo. Ich befürchtete, dass der Van bei der holprigen Straße jederzeit auseinanderfallen könnte. Wir fuhren an ockerfarbenen Steinlandschaften vorbei und hielten schließlich am Ende einer Anhöhe. Überall waren Surfschulbusse zu sehen.

Wir kletterten aus dem Van und schauten uns erst einmal um. Es gab mehrere Trampelpfade die hinunter zum Strand führten. Der Sandstrand schien wie aus einem Gemälde, er war naturbelassen und hatte etwas Wildes an sich. Er wurde durch einzelne dunkle Felsen, die aus dem Sand ragten, in mehrere Abschnitte unterteilt. An einigen konnte man schon Surfschulen im Wasser erkennen.

Beim Anblick des Atlantiks machte mein Herz einen Hüpfer. Ich war erstaunt, es sah ganz anders aus als in Frankreich. Die Wellen schienen viel steiler und schneller zu brechen. Außerdem schien es kein Face zu geben, an dem man entlang surfen konnte. Die Welle klappte einfach um. (Später fand ich heraus, dass man sowas Closeout nannte). Doch trotz des unglaublichen Ausblicks machte mir die Größe der Wellen ein wenig Sorgen. In meinem Magen rumorte es, während Zoe begeistert in die Hände klatschte, als sie die Wellen sah. Sie neigte definitiv dazu, sich selbst zu überschätzen.

Emma schaute mich fragend an. Sie schien sich nicht sicher zu sein, was sie von der Situation halten sollte. Die Wellen waren bestimmt so groß wie wir.

„Ich hoffe, wir paddeln raus!", rief Zoe.

Ich hoffe nicht, dachte ich. Wie konnten wir ein und dieselbe Situation nur so unterschiedlich einschätzen? Genervt von ihrem draufgängerischen Verhalten drehte ich mich um und begann meinen Neoprenanzug anzuziehen.

Ich war erleichtert als uns Simona erklärte, dass wir heute unter keinen Umständen rauspaddeln würden. Am Anfang wollte sie erst einmal einschätzen, wie gut wir surfen können.

„Außerdem sind die grünen Wellen heute auch zu stark für Anfänger. Wenn ihr gut genug seid, könnt ihr morgen mit Jerome und dem Fortgeschrittenenkurs zum Riff fahren", sagte unsere Surflehrerin.

Zoe schien zuerst etwas enttäuscht, aber die Aussicht am Riff zu surfen, schien sie anzuspornen.

Nach einem ausgiebigen Aufwärmtraining und Wiederholungen von Take-offs am Strand ging es dann auch endlich ins Wasser. Zoe preschte direkt los. Emma und ich ließen uns etwas mehr Zeit.

Ich genoss es, beim Gehen den Sand unter meinen Füßen und die Sonne auf der Haut zu spüren. Ich sog die salzige Luft ein. Viel zu lange war ich nicht am Meer gewesen, ich hatte schon vergessen, wie es sich anfühlte. Als ich die Wasserkante erreichte, blieb ich einen Moment stehen. Ich blickte in das glasklare Wasser vor mir, es schwappte über meine Füße. Die Kälte weckte mich auf und entflammte gleichzeitig ein Gefühl der Lebendigkeit in mir. Ich wurde vom Meer mit offenen Armen empfangen und spürte wieder dieses Glücksgefühl.

Auf einmal konnte ich nicht schnell genug im Wasser sein. Mein Ehrgeiz hatte mich wieder gepackt und ich lief Zoe hinterher. Wieso war ich noch so weit hinten? Ich schmiss mein Surfboard ins Wasser und lief fast bis zur Impactzone- die Stelle, an der die Wellen brechen. Simona hatte Recht gehabt: Die grünen Wellen waren heute wirklich einige Nummern zu groß für uns. Sie brachen extrem schnell, als ob sie einfach umklappten. Also blieb uns keine andere Wahl, als uns auf das Weißwasser zu beschränken. Nach Frankreich fühlte sich das zuerst wie ein kleiner Rückschritt an, aber die Freude zurück im Wasser zu sein, überwog.

Beim Anpaddeln der ersten Wellen merkte ich schnell, dass ich eigentlich nichts verlernt hatte. Meine Arme fühlten sich zwar noch etwas schwach an, aber trotzdem erinnerten sie sich wie automatisch an die Paddelbewegung. Mein Take-off war immer noch etwas schleppend, aber ich schaffte es, auf jeder Welle aufzustehen. Die ersten Weißwasserwellen zu reiten fühlte sich wieder an wie Fliegen. Ich breitete die Arme aus und jauchzte vor Freude. Schon nach kurzer Zeit reichten mir die normalen Schaumwellen aber nicht mehr aus. Ich wollte mehr und ich suchte mir nur noch die besonders großen Exemplare aus. In rasender Geschwindigkeit ließ ich mich von den monströsesten Weißwasserwellen zum Strand befördern. Ich spürte wieder die Kraft des Ozeans. Das Adrenalin schoss durch meine Adern, ich war wieder da. Wie hatte ich es nur so lange ohne dieses Gefühl ausgehalten?

Viel zu schnell war die Surfstunde vorbei und Simona pfiff uns aus dem Wasser. Wir schleppten uns die Klippen hoch zurück zum Auto. Ich keuchte, meine Kondition war definitiv nicht mehr die beste.

Nachdem wir die Boards und Neoprenanzüge verladen hatten stiegen wir ein. Emma und ich saßen nebeneinander auf der Rückbank. Ihre Haare standen von den Wellen in alle Richtungen ab, ihr Gesicht war rot von der Sonne. Sie rieb sich die Augen und lehnte ihren Kopf an meine Schulter. Auch ich war erschöpft. Zoe war vorne auf den Beifahrersitz geklettert. Simona drehte den Schlüssel und startete den Motor. Erwartungsvoll schaute Zoe unsere Surflehrerin an. Diese schien ihren Blick nicht zu bemerken. Zoe räusperte sich. Fragend blickte Simona sie an.

„Können wir denn jetzt zum Riff fahren?", fragte Zoe sie.

Simona nickte.

„Das würde ich euch empfehlen. Ihr seid schon zu gut für die Anfängergruppe."

Kapitel 10

North Shore, Fuerteventura

Zurück in der Surfschule schrieb uns Simona direkt in die Fortgeschrittenengruppe ein.

„Ihr werdet morgen früh mit Jerome zum Riff fahren."

Ich war ein bisschen traurig darüber, dass wir nicht mehr bei Simona Unterricht hatten. Aber sie erklärte uns, dass sie nur für die Anfänger zuständig sei. Ich versuchte mir meine Enttäuschung nicht anmerken zu lassen. Mir hatte der Unterricht bei ihr wirklich gut gefallen denn sie hatte eine motivierende Art und man merkte, dass sie das Meer lesen und Gefahren abschätzen konnte. Ich hatte mich bei ihr als Surflehrerin wirklich gut aufgehoben gefühlt.

Am nächsten Morgen klingelte unser Wecker schon um 5:30 Uhr. Jerome wollte mit uns eine „Early Bird Session" machen. Ich quälte mich aus dem warmen Bett. Die Nacht hatten mich Albträume von todkranken Kindern wachgehalten. Es war einfach noch viel zu früh. Und stockdunkel. Natürlich war Zoe schon wieder in Topform und auch Emma schien nicht sonderlich müde zu sein.

Als ich in den Spiegel schaute, begrüßten mich graue Augenringe, die bis zu den Knien hingen. Besorgt musterte Emma mich:

„Willst du wirklich surfen gehen? Du siehst irgendwie nicht gut aus."

Ich begann mich anzuziehen.

„Mir geht's super", versuchte ich sowohl mir als auch Emma einzureden.

Natürlich wollte ich unsere erste Surfstunde am Riff nicht verpassen. Meine erste Stunde im Fortgeschrittenenkurs.

Da Emma sich noch ihre wasserfeste Wimperntusche hatte auftragen müssen, waren wir ein bisschen knapp in der Zeit und mussten zur Surfschule joggen, um pünktlich zu sein.

Mit einem genervten Blick begrüßte uns Jerome. Er half uns mit den Brettern, wechselte aber sonst kein Wort mit uns. Seine schlechte Laune ließ er uns spüren, indem er uns einfach ignorierte. Ich verstand nicht, was sein Problem war. Wir waren zwar als letzte angekommen, aber doch trotzdem noch pünktlich gewesen.

Bis zu diesem Tag hatte ich nur entspannte und lässige Surflehrer kennengelernt, die es mit der Zeit meist selbst nicht so genau nahmen. Jerome überzeugte mich vom Gegenteil. Er würdigte uns während der Fahrt keines einzigen Blickes.

Wir fuhren die meiste Zeit über eine Schotterpiste. Es war noch dunkel. Das Auto klapperte während der Fahrt und heulte schließlich auf, als wir nach 20 Minuten anhielten.

Die ersten Sonnenstrahlen machten sich mittlerweile hinter den Vulkangesteinen auf den Weg und man konnte den Spot, an dem wir gleich surfen würden, erahnen. Wir holten die Bretter vom Autodach und zogen unsere Neoprenanzüge an. Jerome begann uns zu erklären, wie der Riffspot funktionierte.

„Es ist wie ein großer Kreis", sagte er.

„Ihr müsst im Kanal[3] rauspaddeln, dann nach rechts, dort könnt ihr eine Welle surfen und müsst dann wieder in den Kanal zurückpaddeln und anschließend das Ganze von vorne".

Er schien immer noch genervt.

„Ganz einfach, wie ein großer Kreis", wiederholte er noch einmal.

Er erwähnte noch, dass wir nicht allzu weit nach vorne surfen sollten, weil wir sonst auf dem Riff landen würden. Und dann hätten wir ein Problem. Ich versuchte zu erkennen, was er meinte. Es war noch immer halbdunkel. In ca. 180 Metern Entfernung konnte ich Wellen erkennen. Links davon befanden sich Steine, die gefährlich aus der Wasseroberfläche ragten. Jerome sah meinen Blick und erwähnte:

„Ach ja, und da hinten sind Felsen."

„Da solltet ihr aufpassen, die Strömung wird euch in die Richtung dieser Steininsel ziehen. Falls ihr zu nah an die Felsen treibt, kann es gefährlich werden und ich habe keine Lust irgendwen von euch zu retten."

Halleluja! Was war das bitte für ein Typ?

---

[3] Kanal/ Channel: der Bereich an einem Surf Spot an dem keine Wellen brechen, meist mit viel Strömung verbunden

Er wies uns noch darauf hin, dass wir, sollten wir vom Board fallen, dies nur flach und wie ein Seestern tun sollten. Auf keinen Fall mit dem Kopf zuerst fallen, sonst könnten wir uns schwer verletzen. Aber solange wir ganz „kontrolliert" fallen würden, würde nichts passieren.

Jerome lief los und die anderen folgten ihm. Sie waren schon einmal hier gewesen und kannten sich daher etwas besser aus. Emma, Zoe und ich schauten uns an. Meine Freundinnen wirkten zuerst nicht ganz überzeugt aber dann lief Zoe voran und tat ganz selbstbewusst.

„Easy", sagte sie. Ich schaute aufs Meer hinaus. Die Sonne war noch immer nicht ganz aufgegangen und das Wasser schien bedrohlich dunkel.

Außer ein paar anderen Surfern waren keine Leute im Wasser zu sehen.

Und der Fakt, dass alle von ihnen Helme trugen, verunsicherte mich nur noch mehr.

Jerome war schon ungefähr 100 Meter entfernt von uns. Ungefähr 180 Meter mussten wir rauspaddeln, um in Line-up zu gelangen. Unser Surflehrer hielt es nicht für nötig zu warten und drehte sich auch nicht einmal zu uns um. Er war nur an seinen weißen Haaren und dem roten Board zu erkennen. Ich fühlte mich unwohl und hatte nicht den Eindruck, dass es ihm auch nur auffallen würde, wenn eine von uns abtrieb. Emma und ich wateten hinter Zoe ins Wasser. Es war so trüb, dass man kaum etwas erkennen konnte. Bis zur Hüfte waren wir umgeben von Algen. Sie bildeten eine wabbelige Masse, die das Vorankommen erschwerte. Es schauderte mich durch dieses dunkle, sumpfartige Gewässer zu laufen. Was hier wohl noch alles herumschwamm?

Meine Knie zitterten, aber ich wollte mir vor Zoe nichts anmerken lassen. Sie schmiss sich auf ihr Board und paddelte los. In ihren Augen sah ich für einen kurzen Moment Zweifel aufblitzen, aber sie war gut darin, diese zu überspielen. Emma zögerte etwas, als sie ins Wasser ging.

„Kommt schon!", rief Zoe.

Zusammen paddelten Emma und ich unserer Freundin hinterher. Nach einer gefühlten Ewigkeit hatten wir die Strecke bis zu Jerome überwunden. Es überraschte mich, aber er hatte tatsächlich im Line-up gewartet. Wir setzten uns auf unsere Boards, mitten auf dem Ozean. Weit entfernt vom Ufer.

Die Sonne ging langsam auf und ließ das Wasser nicht mehr ganz so bedrohlich aussehen.

Emma saß nur ein paar Meter neben mir. Beunruhigt suchte sie die Wasseroberfläche neben sich ab. Ich wollte nicht wissen, nach was. Louis hatte ihr eindeutig zu viele Horrorstorys erzählt.

Aber es war auch für mich ungewohnt, so weit draußen auf dem Meer zu treiben.

Zoe versuchte direkt ihre erste Welle zu surfen und Jerome zeigte sich überraschenderweise hilfsbereit. Er paddelte zu ihr, half ihr zum Peak zu kommen und suchte eine gute Welle aus.

Dann gab er ihr einen kleinen Schubs gegen das Tail[4]. So bekam sie genug Schwung, um zügig aufzustehen und die Welle ca. zwanzig Meter weit zu surfen.

An diesem Tag waren die Wellen nicht sonderlich groß. Vielleicht hüfthoch. Was eigentlich eine gute Größe für mein damaliges Level war, aber meine Müdigkeit und die Tatsache, dass ich zum ersten Mal an einem Riff Spot war, verunsicherten mich. Im Vergleich zum Strand brachen die Wellen hier relativ langsam und gemächlich, fast in Zeitlupentempo. Sie waren nicht so radikal und man hatte genügend Zeit, aufzustehen. Wenn man alles richtig machte, konnte man die Welle deutlich länger surfen als am Strand. „Spilling Wave[5]" nannte man sowas wie Simona mir später erklärte.

Der morgendliche Sport machte mir mehr zu schaffen als gedacht. Und ich war weniger mit Surfen und mehr damit beschäftigt, mir den Sonnenaufgang anzusehen.

Ich versuchte mich zu orientieren und herauszufinden, wie der Spot funktionierte. Wo die besseren Surfer die Welle anpaddelten.

---

[4] der hintere Teil des Surfboards

[5] durch ein allmähliches Gefälle des Meeresbodens brechen diese Arten von Wellen länger und sanfter

Jerome war die ganze Zeit mit Zoe beschäftigt, er pushte sie und schubste sie in die guten Wellen. Vielleicht war es etwas kindisch, aber ich weigerte mich ihn um Hilfe zu bitten, da er vorhin so unfreundlich zu uns gewesen war. Er hatte nur Augen für sich selbst und Zoe, seine anderen Surfschüler, inklusive Emma und mir schien er nicht wirklich wahrzunehmen. Irgendwann kam Zoe erneut auf uns zu gepaddelt.

„Oh mein Gott, es ist der Wahnsinn!" rief sie. „Warum sitzt ihr denn da nur rum?!"

Diese Aussage konnte ich nicht auf mir sitzen lassen. Nun wollte auch ich mir meine erste Welle vornehmen. Da Jerome damit beschäftigt war zu surfen, versuchte ich alleine eine Welle zu bekommen. Ich paddelte nach rechts, Richtung Peak[6], wie er es gesagt hatte. Und tatsächlich wurde ich nur einige Sekunden später von einer kleinen grünen Welle mitgenommen und konnte diese ein paar Meter surfen.

Als ich wieder im Channel ankam, sah ich Emma die nächste Welle anpaddeln. Vermutlich hatte sie diese kleiner eingeschätzt, denn sie stieß einen kurzen Schrei aus, als sie bemerkte, wie tief sie ins Wellental fuhr. Ich hielt die Luft an, doch sie schaffte es aufzustehen und ich jubelte ihr zu. Ein paar Sekunden später brach die Welle zusammen und die Schaumwalze hinter ihr wurde so groß, dass sie nicht wusste, wie sie abspringen sollte. Den richtigen Zeitpunkt hatte sie verpasst, denn sie war schon viel zu weit vorne und steuerte direkt auf das felsige Riff zu.

„Emma" rief ich. „Spring ab!"

Viel zu spät ließ meine Freundin sich von ihrem Brett fallen. Das Wasser war an der Stelle schon sehr flach, vielleicht noch kniehoch. Irgendwie stand sie auf dem steinigen, von Seeigeln bevölkerten Riff. Ihr Board hatte sich zwischen zwei scharfkantigen Felsen verfangen. Verzweifelt saß ich im Kanal und rief ihr zu:

„Emma du musst versuchen zurück zu mir zu kommen!" Sie konnte mich nicht hören.

„Paddel hier rüber!", rief ich lauter, aber sie war zu weit weg.

---

[6] Peak: der höchste Punkt einer Welle und der Punkt an dem die Welle beginnt zu brechen. Von hier aus starten erfahrene Surfer in die Welle

Ich sah nur, wie sie versuchte ihr Board aus den Felsen zu befreien. Alle paar Sekunden wurde sie dabei von einer Weißwasserwelle überspült, sodass sie nicht von der Stelle kam. Ich rief Jerome, der gerade an mir vorbeigepaddelt war. Er drehte sich um.

„Emma hängt da vorne fest." Ich zeigte Richtung Riff. Er zuckte mit den Schultern.

„Die kommt da schon wieder raus", antwortete er nur achselzuckend. Entrüstet schaute ich ihn an.

„Entspann dich mal!", rief er mir noch zu, aber da war er schon wieder weg. Was war nur los mit dem? Wütend schaute ich mich um. Niemand sonst schien mitbekommen zu haben, dass Emma ein Problem hatte. Ich paddelte in ihre Richtung. Verzweifelt rief sie mir zu.

„Ich komm hier nicht weg!" Und schon brach die nächste Weißwasserwelle über ihr zusammen. Ich wusste nicht, was ich tun sollte. Ich hatte selbst kaum noch Kraft und es hätte nichts gebracht mich auch noch auf das steinige Riff zu begeben. Ich wurde ungeduldig.

Aber nach ein paar Minuten schaffte sie es endlich, das Board aus den Felsen zu befreien. Sie legte sich darauf und begann im flachen Wasser zurück Richtung Channel zu paddeln. Ich kam ihr bis zur Weißwasserkante entgegen. Als sie zurück im sicheren Kanal war, fing sie an zu schluchzen.

„Ich hatte echt Angst."

„Ist ja alles gut gegangen", versuchte ich sie zu trösten.

Nachdem sie sich beruhigt hatte, entschlossen wir, trotzdem noch einmal raus zu paddeln und es erneut zu versuchen.

Zoe winkte uns schon von weitem zu.

„Wo wart ihr denn solange? Jerome hat mir gezeigt, wie ich die Welle nach rechts surfen kann."

Eigentlich mochte ich sie echt gerne, deshalb wollte ich nichts sagen, was ich im Nachhinein bereuen würde. Also paddelte ich wortlos an ihr vorbei. Von Jerome war weit und breit nichts zu sehen. Nach ein paar Minuten fiel uns auf, dass unser Surflehrer schon an Land gegangen war.

„Vielleicht sollten wir auch rausgehen", sagte Zoe. Wir stimmten ihr zu und paddelten, ohne noch eine Welle zu nehmen, zum Ufer zurück.

Genervt stapfte ich zum Auto. Jerome lehnte an der Autotür. Er drehte sich eine Zigarette und ließ sich von den anderen Surfschülern bewundern. Ich legte mein Board ab, fing an, mich aus meinem Neo zu pellen und wickelte mir schnell ein Handtuch um. Nun schien er mich zu bemerken. Er musterte mich.

„Ich hab ganz vergessen euch Bescheid zu sagen, dass die Stunde vorbei ist."

Mir blieb die Spucke weg. Wieder wusste ich nicht, was ich darauf antworten sollte. Wütend drehte ich mich von ihm weg und zog mich um, dann setzte ich mich auf die Rückbank des Vans. *Ein Wunder, dass er noch nicht ohne uns gefahren ist*, dachte ich mir. Wie konnte man nur so arrogant sein?

Kapitel 11

Ein guter Surflehrer

Als Jerome geparkt hatte, sprang ich aus dem Wagen und lief in die Surfschule. Simona stand gerade hinter dem Tresen und plante die nächsten Surfstunden.

„Wie hat es euch am Riff gefallen?", fragte sie.

„Ich komme zurück in deine Gruppe", antwortete ich nur. Noch eine Surfstunde mit Jerome würde ich beim besten Willen nicht überstehen. Fragend schaute Simona mich an.

„Bist du sicher, dass du es nicht noch einmal versuchen willst?"

Ich nickte.

„Ganz sicher!"

„Dann morgen Mittag um 12 bei mir."

„Du gehst wieder zurück zu den Anfängern?", fragte Zoe ungläubig.

„Warum?! Das hast du doch nicht nötig."

„Diesen „Surflehrer" kann man doch vergessen, der hat einfach kein Verantwortungsbewusstsein!" versuchte ich ihr zu erklären.

Zoe schaute mich verdutzt an.

„Ich weiß echt nicht was dein Problem ist, Jerome ist wirklich ein korrekter Typ."

Hilfesuchend schaute ich zu Emma.

„Naja", stammelte sie. „Vielleicht hat er nur eine harte Schale."

„Ist das dein Ernst Emma?! Es hat ihn nicht mal interessiert, dass du auf dem Riff festhingst!" erwiderte ich.

„Wahrscheinlich hat er es nur nicht bemerkt", mischte Zoe sich ein.

Langsam reichte es mir. „Es würde ihm doch nicht mal auffallen wenn eine von uns ertrinken würde!"

Zoe verdrehte die Augen.

„So ein Quatsch, du bist doch nur eifersüchtig. Vielleicht solltest du wirklich zu den Anfängern gehen. Emma und ich bleiben bei Jerome in der Fortgeschrittenengruppe. Da, wo wir hingehören!"

Mit diesen Worten drehte Zoe sich um und stapfte aus der Surfschule.

Ich war fassungslos. Emma sagte kein Wort. Wieso konnte keine der beide sehen, wie unreif und verantwortungslos Jerome war?

Emma schaute mich entschuldigend an.

„Ich weiß auch nicht, was mit ihr los ist."

„Und du willst ernsthaft weiter bei dem Surfunterricht nehmen?", fragte ich sie. Ich konnte es einfach nicht glauben.

Emma versuchte sich zu verteidigen:

„Naja, ich will keinen Streit mit Zoe."

Genervt schüttelte ich den Kopf.

Den Tag über wechselten Zoe und ich kaum ein Wort miteinander. Die meiste Zeit gingen wir uns aus dem Weg bis Emma die angespannte Stimmung zwischen uns nicht mehr ertragen konnte. Sie wollte den Streit schlichten und schlug vor, gemeinsam etwas essen zu gehen. Des Friedens willen stimmten wir ihr zu. Beim Essen tat Zoe so, als ob nie etwas passiert wäre. Ich beließ es dabei, denn auch ich hatte keine Lust zu streiten.

Am nächsten Morgen fuhren die beiden mit Jerome zum Riff. Ich hingegen machte mich auf den Weg zum Unterricht mit Simona.

An den Klippen angekommen, konnte ich auf dem Ozean feine Linien erkennen, die bis zum Horizont reichten. Es wehte ein ablandiger Wind, der den Staub der Wüste aufs Meer fegte. Ich spürte wie der Sand gegen meine Waden wehte. Die Wellen waren wieder relativ groß, brachen aber nicht ganz so schnell wie am ersten Tag, an dem wir hier waren. Es gab kaum Close-outs und die Channel waren gut zu erkennen. Schon von der Anhöhe aus, konnte ich einige gute Surfer im Wasser erkennen.

Plötzlich hatte ich wieder Schmetterlinge im Bauch und konnte es kaum abwarten ins Wasser zu kommen. Voller Vorfreude lief ich hinunter zum Strand. Dass ich nicht mit am Riff war, machte mir nichts.

Wir setzten uns in einem Kreis in den warmen Sand und Simona erklärte uns das Wichtigste zu den heutigen Bedingungen. Zur Strömung, den Wellen und dem Wind. Sie wollte, dass wir uns sicher fühlten. Das schien ihre oberste Priorität zu sein. Sie erklärte uns, dass man nur mit genug Wissen über das Meer ohne Angst ins Wasser gehen und besser werden kann. Und ich glaubte ihr.

Wir machten ein paar Trockenübungen im Sand. Nach einigen Take-offs mit den anderen schickte mich Simona ins Wasser.

„Du kannst schon mal vorgehen, du kommst auch ohne mich zurecht."

Dieser Satz beflügelte mich. Vor Selbstbewusstsein strotzend machte ich mich mit meinem Board auf den Weg ins Wasser. Der Strand schien mir viel ungefährlicher zu sein als der Riffspot, es gab keine Steine, die mir in den Weg kommen konnten und ich musste nicht so viel paddeln.

Ich freute mich darüber, dass Simona mich forderte, anstatt mich wie einen totalen Anfänger zu behandeln.

Ein paar Minuten später machte sich auch unsere Surflehrerin mit den anderen Surfschülern auf den Weg ins Wasser. Wie eine Entenmama lief Simona voran, ihre Surfschüler watschelten ihr hinterher.

Ich stand etwa hüfttief inmitten der hereinrollenden Weißwasserwellen als Simona auf mich zukam:

„Du solltest rauspaddeln."

Sie lächelte mich ermutigend an. Ich zögerte. Die Wellen waren nicht gerade klein heute. Im Line-up saßen hauptsächlich fortgeschrittene Surfer. Immer wieder hielt ich den Atem an, wenn einer von ihnen eine Welle anpaddelte. Bei ihnen sah es so leicht aus. Wie sollte ich durch die Weißwasserwellen kommen? Ich fühlte mich hin und hergerissen. Ich wollte unbedingt ins Line-up und die grünen Wellen surfen, aber die große Dünung verunsicherte mich. So gewaltige Wellen war ich bis zu diesem Zeitpunkt noch nicht gesurft.

Wie angewurzelt stand ich einige Meter vor der Impactzone[7]. Eine Welle nach der anderen türmte sich vor mir auf und brach nur ein paar Meter vor mir in sich zusammen. Das donnernde Geräusch, das dabei entstand, ließ mich zusammenzucken. Gleichzeitig war ich fasziniert von der gewaltigen Kraft des Ozeans und fühlte mich im Angesicht dessen ziemlich unbeholfen.

Bei jeder Welle spürte ich ein Beben unter meinen Füßen und die Energie, die von ihnen ausging. Ehrfürchtig sog ich die salzige Luft ein. War ich diesen Bedingungen wirklich schon gewachsen?

Während ich so dastand übte Simona mit den anderen das Aufstehen in den Weißwasserwellen. Als ich mich zu ihr umdrehte, schüttelte sie nur verständnislos mit dem Kopf.

---

[7] der Bereich, wo die Welle gerade bricht, bzw. gebrochen ist

Sie deutete mir raus zu paddeln, aber meine Füße waren wie festgewachsen. Ich traute mich nicht.

Nach ein paar Minuten hörte ich hinter mir das Geräusch spritzenden Wassers. Simona hatte sich ihr Board geholt und kam auf mich zugeeilt.

„Wir gehen da jetzt gemeinsam raus, das kann ich ja nicht mit ansehen."

Langsam erwachte ich aus meiner Starre.

„Na los, es ist gerade Setpause[8]!" rief Simona.

Sie lag schon auf dem Board und paddelte los. Auf einmal waren meine Zweifel wie weggeblasen, ich wusste, dass ich ihr vertrauen konnte und fasste so den Mut ihr ins Line-up zu folgen. Ich warf mich auf mein Board und beeilte mich ihr hinterherzukommen. Die entgegenkommenden Weißwasserwellen waren in der Setpause leicht zu überwinden. Wir erreichten das Line-up, bevor das nächste Set hereinrollte.

„Paddel noch weiter raus!", rief Simona mir zu.

Vor mir türmten sich riesige türkisfarbene Wasserberge auf. So schnell ich konnte, drückte ich das Wasser unter meinem Surfboard weg. Die Welle wurde steiler und steiler. In letzter Sekunde schaffte ich es, über sie hinwegzugleiten, bevor sie in sich zusammenbrach. Simona war die ganze Zeit neben mir gewesen. Sie ließ mich nicht aus den Augen und hatte dabei gleichzeitig auch die anderen Schüler, die sich im Weißwasser aufhielten, im Blick. Als die Wellen wieder kleiner wurden paddelten wir gemeinsam zum Peak.

---

[8] Pause zwischen den einzelnen Sets, gekennzeichnet durch kaum/kleine Wellen, **Set:** eine Gruppe von Wellen

Ich hörte, wie meine Surflehrerin mich anfeuerte, als ich direkt die nächste Welle anpaddelte. Sie war größer als gedacht. Ich paddelte so stark ich konnte und spürte die unbändige Kraft unter meinem Board. Leider war diese Welle auch besonders steil. Als ich nach unten schaute, erschrak ich. Wie in Zeitlupe eröffnete sich vor mir ein Abgrund von gut einem Meter. Das Wasser war so klar, dass ich den sandigen Untergrund sehen konnte. Auf einmal befand sich mein Surfboard nur noch mit der hinteren Hälfte in der Welle. Der vordere Teil ragte heraus und befand sich in der Luft. Ich bekam Panik, die Welle war viel zu steil! Ich wollte noch zurückziehen, doch es war zu spät und ich wurde mitgerissen. Ich spürte, wie ich mit dem Rücken auf den Sand geschleudert wurde. Ich hielt die Luft an und versuchte, mit meinen Armen den Kopf zu schützen, während ich umhergewirbelt wurde. Nach ein paar Umdrehungen unter Wasser konnte ich schließlich wieder auftauchen. Nach Luft schnappend schaute ich mich um, doch alles was ich erkennen konnte, war das Weißwasser um mich herum.

Ich zog mein Surfboard an der Leash[9] zu mir heran, kletterte darauf und paddelte schnell zurück ins Line-up. Mir war ein bisschen schwindelig, aber ich fühlte das Adrenalin in meinen Adern pulsieren und wollte es gleich noch einmal probieren.

„Alles in Ordnung?", fragte mich Simona, als ich im Line-up ankam. Ich nickte. Sie grinste mich an.

„Versuch nächstes Mal eine etwas kleinere Welle zu nehmen und dein Board schon vor dem Takeoff etwas nach rechts auszurichten. Ich zeige dir was ich meine."

Sie paddelte zum Peak. Die anderen Surfer schienen sie zu kennen und machten ihr Platz. Mit Leichtigkeit bekam sie die nächste Welle und kam ins Gleiten. Mit der rechten Hand drückte sie das Board herunter, sodass mehr Gewicht auf dieser Seite war und es sich leicht nach rechts drehte. Mit einem schnellen Sprung landete sie in einer perfekten Position auf dem Board. Sie surfte ein kurzes Stück und sprang dann wieder ab.

Anders als an dem Riff Spot musste der Takeoff hier zügig und sauber sein. Viel Zeit zum Aufstehen hatte man nicht, dafür brach die Welle zu steil und zu schnell.

---

[9] Verbindungsleine zwischen Surfer und Surfboard

„Versuch es nochmal", sagte Simona. Nervös blickte sie zu den anderen am Strand. Ich sah, wie sie die Leute durchzählte und dabei die Lippen bewegte. Die Gruppe schien vollständig zu sein, da sie sich wieder mir zuwandte.

„Wir nehmen eine der nächsten. Die werden etwas kleiner sein." Wir paddelten zum Peak. Die Wellen liefen kraftvoll unter uns hindurch. Simona saß neben mir und deutete auf eine Welle, die noch weiter draußen auf dem Ozean war.

„Die wird gut."

Durch die Strömung waren wir relativ weit nach draußen getrieben worden.

„Paddel weiter zum Strand!", rief Simona.

Ich blickte über meine Schulter und sah die Wellen hinter mir. Wenn ich eine davon bekommen wollte, musste ich mich beeilen, um am richtigen Punkt den Take-off machen zu können. Ich keuchte vor Anstrengung. Meine Arme brannten, als ich versuchte, die nächste Welle zu bekommen aber ich war noch immer zu weit hinter dem Brechungspunkt. Sie war noch nicht steil genug.

„Paddel weiter!", rief Simona. Auf einmal spürte ich einen Stoß am Tail meines Boards, Simona hatte mich angeschoben.

Durch ihren Schubser gelang es mir, die Welle noch zu erwischen. An einem relativ flachen Punkt der Welle, begann das Surfboard zu gleiten, ich verlagerte mein Gewicht nach rechts, wie es Simona mir gezeigt hatte. Ich fuhr die schräge Ebene hinunter und stand auf. Da die Welle dieses Mal noch nicht allzu steil war, blieb mir ein bisschen mehr Zeit für den Takeoff. Vor Freude entfuhr mir ein lautes Glucksen, während ich auf der Welle nach rechts surfte.

Simona nahm die nächste Welle zum Strand, um den Rest der Gruppe weiter im Weißwasser zu unterrichten. Sie grinste mir noch zu und deutete mir, wieder raus zu paddeln und weiter zu üben.

Sie schien mir viel zuzutrauen und ich war froh, dass sie mich so pushte.

Auch die Tage darauf schien ich eine Art „Sonderbehandlung" von ihr zu bekommen. Hin und wieder paddelte sie mit mir ins Line-up und half mir die guten Wellen auszusuchen. Wenn ich stürzte, erklärte sie mir wo meine Fehler lagen und was ich machen konnte, um diese zu vermeiden. Sie wollte, dass ich über meine Grenzen ging und mir endlich mehr zutraute.

Und tatsächlich verbesserte ich mich innerhalb der paar Tage nochmal ein ganzes Stück. Der Ehrgeiz hatte mich gepackt und ich begann an mich selbst zu glauben.

Simona wurde mehr und mehr zu meinem Vorbild. Nicht nur, dass sie stark und athletisch war, auch sonst hatte sie die Ausstrahlung einer wilden Amazone. Sie sprühte vor positiver Energie und ihr Tagesziel schien erreicht, wenn sie uns beim Surfen lächeln sah. Wenn ich eine gute Welle bekam, dann schien sie sich fast genauso zu freuen wie ich mich selbst.

Durch sie lernte ich, worauf es beim Surfen wirklich ankommt. Es geht nicht darum am gefährlichsten Riff zu surfen, die größte Monsterwelle zu nehmen oder gar darum der „beste" Surfer mit den radikalsten Turns zu sein. Nein. Es geht darum, Spaß zu haben, seine Ängste zu überwinden und sich selbst kennenzulernen. Es geht darum, zu vertrauen. Dem Ozean und sich selbst. Im Moment zu sein und zu atmen...

Adrien meinte einmal zu mir: „Der beste Surfer ist der, der am meisten Spaß hat." Und damit hatte er Recht. Manche Menschen haben diese besondere Verbindung mit dem Ozean. Dass man denkt, in einem früheren Leben mussten sie eine Meerjungfrau oder ein Meermann gewesen sein. Bei ihnen wirkt das Surfen nicht wie ein Kampf. Vielmehr scheint es ein Tanz zu sein. Ein Tanz mit den Wellen. Fließende aufeinander abgestimmte Bewegungen. Und was sie alle gemeinsam hatten, war dieses besondere Leuchten in ihren Augen. Simona war eine davon.

Umso stolzer war ich, dass sie meine Surflehrerin war. Auch wenn Zoe dachte, ich könne in der Anfängergruppe keine Fortschritte machen. Ich war mir sicher, die bessere Surflehrerin an meiner Seite zu haben, denn ich hatte viel von ihr gelernt: Über den Ozean und die Wellen. Aber das wichtigste war, dass sie in mir die Glut für diesen Sport neu entfachte. Und aus dieser Glut war wie von selbst ein loderndes Feuer entstanden. Ich hatte den Anspruch, mich zu verbessern. Ich wollte richtig surfen lernen, jede Welle bekommen, die ich mir aussuchte und verstehen, wie sie verlaufen würde. Ich wollte das Meer lesen können.

Nach der letzten Surfstunde entstand in mir der Wunsch, so gut zu werden wie Simona. Und dann war da plötzlich ein Gedanke: Ich wollte auch Surflehrerin werden...

Kapitel 12

Alltag

Der Surfurlaub war viel zu schnell vorbeigegangen und ich musste zurück in mein Krankenschwesternleben. Schichtdienst, todkranke Kinder und Überstunden bis zum Umfallen bestimmten meinen Alltag. Ich versuchte mich anzupassen. Meine Maske aufzusetzen. Ich versuchte zu vergessen, dass es das Surfen gab und es mich ans Meer zog. Mein Wunsch Surflehrerin zu werden schien mir in dieser traurigen Realität zu weit entfernt. Hatte ich tatsächlich vor ein paar Wochen noch geglaubt, Surflehrerin werden zu können? Schnell fühlte ich mich wieder meiner Arbeit verpflichtet. Ich litt mit den sterbenden Kindern und den besorgten Eltern. Innerhalb von ein paar Monaten hatte ich das Gefühl, mich selbst verloren zu haben. Eher gesagt wusste ich nicht mehr, wer ich war. Hatte ich es je gewusst?

Ich fühlte mich gefangen, verpflichtet mich anzupassen. Und je mehr ich versuchte, dem gesellschaftlichen Bild zu entsprechen, desto schlimmer fühlte ich mich.

Zwischendurch kamen immer wieder Erinnerungen zurück. An die Zeit im Wasser. Voller Frieden. Perfekt laufende, glasklare Wellen schlichen sich in meinen Kopf, während ich dabei war, Infusionen aufzuziehen oder Medikamente zu richten. Sogar beim Windeln wechseln sah ich mich selbst im Line-up sitzen. Verbunden mit dem Ozean. Meine Beine die im Wasser baumelten...

Wieso wollten die Bilder nicht aus meinem Kopf verschwinden? Es war die reinste Folter. Diese Tagträume zu haben, zu schön um wahr zu sein. Den Wunsch zu haben, etwas anders zu machen, neue Wege zu gehen. Im Gegensatz dazu meine Kollegen, die nur den einen, standardisierten Weg kannten und alles darüber hinaus für unerreichbar hielten. Einen Beruf auszuüben von dem ich wusste, dass er mich kaputt machen würde. Aber, der sinnvoll war. Und wichtig für alle Kinder und Eltern, die mich brauchten.

Mit den Monaten fühlte ich mich immer weniger wie eine Kinderkrankenschwester, doch ich hatte meine Maske, mein ganzes Verhalten perfektioniert, sodass niemand bemerkte, wie schlecht es mir wirklich ging. Wie zerrissen ich mich fühlte.

Jede Nacht quälte mich ein immer wiederkehrender Traum. Ich sah mich selbst als Surflehrerin an den Stränden der Welt unterrichten. In Costa Rica, Portugal, Neuseeland...
Meine Gedanken ans Surfen wurden nicht weniger. In meinem Kopf wurde ich von Setwellen überflutet. Ich konnte das Schaukeln des Meeres, seine Wogen spüren, wenn ich im Bett lag. Und nach ein paar Monaten wuchs in mir die Hoffnung, dass es doch irgendeinen Weg geben musste. Zurück zu kehren, ans Meer. Meinen Traum vom Surfen zu verwirklichen. Ich spürte, dass ich zurück musste. Ich konnte nicht anders.

Doch immer wieder versuchte ich dieses keimende Pflänzchen Hoffnung mit Steinen zu überschütten, es platt zu trampeln oder aus der Erde zu reißen. Erfolglos. Kontinuierlich bahnte es sich seinen Weg an die Oberfläche. Bis ich es schlussendlich nicht mehr ignorieren konnte. Ich musste einfach meinem Herzen folgen.

Nach einigen Monaten auf der Kinderintensivstation konnte und wollte ich nicht mehr. Endgültig. Ich sah meine Kolleginnen, über 50, blass und abgemagert, mit Augen ohne jegliches Leuchten. Graue Strähnen, die ihre faltigen Gesichter umspielten. In der Umkleide erzählten sie mir von ihrem Burnout oder ihrer Depression. Welche Klinik die beste dafür sei, wo sie sich behandeln ließen und was sie mir für später empfehlen würden. Die meisten von ihnen waren komplett abgestumpft und zeigten kaum noch Gefühle. Das Schicksal der Kinder ließ sie kalt. So schien es zumindest.

Und auch ich hatte negative Veränderungen an mir bemerkt. Ich war müde und kraftlos, mein Immunsystem war durch den Schlafmangel angegriffen und ich wurde oft krank. Ich bekam Erkältungen, Magen-Darm-Erkrankungen, Grippe. Ich nahm trotz ständigem Hände desinfizieren alles mit, was auf den Krankenhausfluren herumkreuchte. Meine Gedanken kreisten entweder um die Kinder, die mir ans Herz gewachsen waren oder ums Surfen. Es gab kein Dazwischen.

So gut wie jeden freien Tag wurde ich von meiner Stationsleitung angerufen und gefragt, ob ich nicht kurzfristig einspringen könnte, da wieder jemand krank war. Meine Freizeit verbrachte ich also mit Überstunden oder damit, zu schlafen. Ich hatte keine Energie mehr, Freunde zu treffen oder raus zu gehen. Ich isolierte mich immer mehr, unfreiwillig, aber ich konnte nicht anders. Dazu kam die Angst, so zu werden wie meine Kolleginnen. Denn darauf würde es hinauslaufen, wenn ich so weiter machte. Aber ich stellte mir meine Zukunft anders vor. Wenn ich in ihrem Alter sein würde, wollte ich etwas erlebt haben und nicht meine Lebenszeit auf dieser elenden Station verbracht haben. Meine Gedanken machten mich fertig. Ich konnte nicht mehr einen so verantwortungsvollen Job ausüben, der mir jegliche Lebensenergie raubte. Auch wenn es vielleicht auf meinem Lebenslauf gut aussah, dass ich in einer Universitätsklinik gearbeitet hatte. Ich wollte die Welt sehen, frei sein.

Ich begann mich zu informieren, ob es Möglichkeiten gab, als Kinderkrankenschwester im Ausland zu arbeiten. Ich wollte neben der Arbeit Surfen können, am Meer leben. Den Traum Surflehrerin zu werden hatte ich fürs erste wieder begraben. Mein Körper war von der stressigen Arbeit und den Nachtschichten zu mitgenommen. Ich hatte keine Kondition und keine Kraft mehr.

Alles was ich wollte, waren geregelte Arbeitszeiten, um die Energie aufzubringen, an freien Tagen surfen zu gehen. Direkt auszuwandern schien mir allerdings etwas zu riskant. Ich suchte nach Alternativen: Online fand ich eine Agentur, die soziale Fachkräfte in den USA an Familien mit beeinträchtigten Kindern vermittelte. Ein ähnliches Programm wie das klassische Aupair-Programm. Nur mit besserer Bezahlung und „kranken" statt gesunden Kindern.

Da mir alles besser schien als die jetzige Situation, bewarb ich mich nur ein paar Tage später. Amerika wäre wohl nicht unbedingt meine erste Wahl gewesen und New York erst recht nicht, aber ich hatte trotzdem die Hoffnung, dort surfen zu können.

Über Skype fand ich eine passende Gastfamilie für mich. Sie bestand aus zwei verheirateten Männern und ihren zwei frühgeborenen Kindern, die mittels Eizellenspende und Leihmutterschaft gezeugt worden waren. Während unseres ersten Skype Interviews hatte ich bei den beiden direkt ein gutes Bauchgefühl. Sie lebten in einem Vorort von New York City und wirkten herzlich und gastfreundlich.

Nach einem zweiten Gespräch ein paar Tage später hatten wir dann unser „Match" und das Ausreisedatum stand fest.

Bis es dann losging, waren aber noch einige Dinge zu erledigen: Es mussten Sachen gepackt, ein Visum und eine Auslandsreisekrankenversicherung organisiert werden. Die Wohnung musste ausgeräumt und der Job gekündigt werden.

Als ich das Büro meiner Chefin betrat, um mein Arbeitsverhältnis zu beenden, klopfte mir mein Herz bis zum Hals. Ich hatte ein schlechtes Gewissen, zu gehen. Schließlich gab es so wenige Krankenschwestern und wir alle wurden gebraucht. Doch ich wollte mich nicht mehr verheizen lassen. Ich wollte meine Gesundheit, meine Freiheit und mein persönliches Glück nicht mehr anderen Menschen überlassen.

Meine Chefin war über meine Kündigung nicht sehr verwundert. Die Fluktuation war relativ hoch. Ständig kamen und gingen die Leute. Sie meinte, ich könnte gerne wiederkommen, wenn ich zurück in Deutschland wäre. Sie schien zufrieden mit meiner Arbeit gewesen zu sein. Ich sagte „ja" dachte aber: *Auf keinen Fall komme ich hierher zurück!*

Mit diesem Kapitel hatte ich erst einmal abgeschlossen. Ich fühlte mich endlich wieder wie ein freier Mensch, als ich den Krankenhausflur zum Ausgang marschierte.

Kapitel 13

New York, USA, Mai 2017

Der Abschied am Flughafen war traurig, aber ich spürte, dass es das Richtige war, Deutschland den Rücken zu kehren. Ich musste diesen Weg gehen und neue Erfahrungen machen.

Ich wollte endlich wieder genug Energie haben, um zu surfen. Ich wollte wieder das Wasser auf meiner Haut spüren, den Geruch von nassem Neopren in der Nase haben...

Die ersten Tage mit meiner Gastfamilie waren ungewohnt. Alles war neu und ich musste mich zunächst in der amerikanischen Großstadt zurechtfinden. Die Häuser, die Autos, die Straßen, alles war riesig. Ich war überwältigt von den ganzen Eindrücken.

Jack war superherzlich. Er freute sich, dass ich da war und behandelte mich vom ersten Tag an wie ein Familienmitglied. Damien hingegen war etwas kühler und zurückhaltender.

An die Arbeit gewöhnte ich mich schnell. Ich arbeitete montags bis freitags von 9:00-17:30 Uhr. Am Wochenende hatte ich frei. Überstunden musste ich in der Regel auch nicht machen. Ich fühlt mich um Längen entspannter, da ich nicht fürchten musste, dass eins der Kinder sterben würde. Beide waren trotz ihrer Frühgeburtlichkeit gesund und munter und auf dem besten Weg, zu quietschfidelen Krabblern heranzuwachsen. Und auch von meinem Gehalt konnte ich gut leben.

Schon in der ersten Woche lernte ich andere Professional Aupairs aus meiner Agentur kennen. Die meisten von ihnen waren Erzieher, Lehrer oder Krankenschwestern. Trotz unterschiedlicher Berufe hatten wir aber eine Sache gemeinsam. Wir alle brauchten eine Pause von unseren sozialen, aber dafür zerstörerischen und ausbeuterischen Berufen. Uns alle verband ein Freiheitsdrang und der Wunsch, ein neues Land und eine neue Kultur kennenzulernen.

Auf einem dieser Treffen lernte ich Maria kennen. Auf den ersten Blick sah sie aus wie eine typische Tussi. Obwohl sie eine perfekte Porzellanhaut hatte, war sie geschminkt. Sie trug Markenklamotten und an ihren Handgelenken klimperten mehrere Goldarmbänder.

Ihr klassisches „Zahnpastalächeln" und die hellgrünen Augen wurden von einem weißblonden Bob eingerahmt. Wie ich später feststellen musste, hatte ich sie anfangs definitiv in die falsche Schublade einsortiert. Im Laufe der Monate wurde sie zu meiner engsten Vertrauten in Amerika. Es stellte sich heraus, dass ihre tussige Art nur eine Fassade war, denn sie war alles andere als oberflächlich. Sie war einer der liebevollsten Menschen, die ich je kennengelernt hatte. Ich konnte mich immer auf sie verlassen, sie war unheimlich fürsorglich und gewissenhaft.

Nach einigen Wochen in Amerika wollte ich endlich wieder surfen gehen. Ich googelte den Weg zum Rockaway Beach und fragte Maria, ob sie mitkommen wollte. Leider hatte sie anderweitige Verpflichtungen- sie musste arbeiten, also machte ich mich an einem Samstag im Juni alleine auf den Weg. So konnte ich erst einmal in Ruhe die Gegend erkunden und mir die Bedingungen anschauen.

Glücklicherweise durfte ich das Auto meiner Gasteltern benutzen. Die Fahrt von dem Vorort, in dem ich wohnte, bis zum Rockaway Beach dauerte ungefähr eine Stunde. Ich hielt an einem bekannten Coffeeshop, in dem ich mir einen Kaffee und ein Stück Zitronenkuchen zum Frühstück holte. Auch wenn ich Maria gerne dabei gehabt hätte, genoss ich es, alleine unterwegs zu sein. Während der Fahrt hörte ich Musik. Das Fenster hatte ich heruntergelassen, der Wind zerzauste meine Haare. Und ich fühlte mich nach all den Monaten zum ersten Mal wieder frei und unbeschwert.

Die Route führte mich mitten durch die überfüllten Straßen von Manhattan. Nach eineinhalb Stunden Fahrt durch stockenden Verkehr kam ich dann endlich an. Ich stieg aus dem Auto, es wehte ein leichter Wind. Es war nicht wirklich warm für einen Junitag. Wolken verschleierten den Himmel. Es roch nach Abgasen. Trotzdem konnte man einen algig fischigen Geruch wahrnehmen. Ich war tatsächlich wieder am Meer, es konnte nicht allzu weit weg sein. Ich atmete tief ein und machte mich auf den Weg zu der Surfschule, die ich auf Google Maps gefunden hatte. Queens war wirklich nicht der schönste Stadtteil von New York. Ich fühlte mich wie im Ghetto, es gab keine Grünflächen, überall war Asphalt. Zwischen den einzelnen Plattenbauten gab es eingezäunte Spielplätze. Alles wirkte etwas trostlos, als hätte man die Farbe aus dem Bild genommen. Definitiv keine Gegend, in der ich nachts alleine umherlaufen würde.

Schließlich erreichte ich mein Ziel, einen kleinen ranzigen Surfshop. Von außen sah er ziemlich verfallen aus, dafür war der Shopmitarbeiter umso sympathischer. Freundlich erklärte er mir etwas zu den heutigen Bedingungen und verlieh mir ein blaues 7,2 " Softboard Ich machte mich im Neoprenanzug auf den Weg zum Strand. Der Weg führte durch einige vollgeparkte Straßen. Alles wirkte schmutzig und auf den Bürgersteigen lagen Scherben. Nach ein paar Minuten Fußmarsch erreichte ich die Hauptstraße und stand vor einer Ampel. Als ich die Straße überquerte, fühlte ich mich in meinem Neo und mit dem Surfboard unterm Arm wie ein bunter Hund.

Auf der anderen Straßenseite, befand sich hinter einem Zaun der Rockaway Beach. Er war riesig. Kilometerlang erstreckte sich der Sand ostwärts. Ich legte mein Board ab und beobachtete einige Surfer im Wasser. Sie schienen nicht sonderlich gut zu sein. Auch sie surften mit Softboards. Die meiste Zeit saßen sie im Line-up. Ab und zu paddelte mal jemand eine Welle an, doch selten bekam er sie auch. Durch den Wind wurde die Wasseroberfläche unruhig und unübersichtlich.

Obwohl die Wellen klein waren und überhaupt nicht furchteinflößend aussahen, hatte ich wieder dieses nervöse Kribbeln im Bauch. Die Schmetterlinge waren zurück. Wie ein Magnet wurde ich vom Wasser angezogen. Ich hatte keine Angst und spürte eine Zuversicht, obwohl ich das erste Mal ganz alleine surfen war. Das Wasser erinnerte mich an die brackige, bräunliche Ostsee und ich konnte kaum etwas erkennen. Bis zur Hüfte lief ich hinaus. Zuerst surfte ich ein paar Weißwasserwellen um reinzukommen.

Doch schon nach kurzer Zeit wurde mir langweilig und ich machte mich auf den Weg ins Line-up zu den anderen Surfern. Die Wellen waren so klein, dass es relativ einfach war. Fast wie von selbst bewegte sich mein Board vorwärts. Ich spürte das Wasser an meinen Händen und hörte das gleichmäßige Platschen.

Ich lächelte den anderen Surfern zu. Einige begrüßten mich herzlich mit einem „Hey, how are you doing?" so, wie man meistens von Amerikanern begrüßt wurde. Einige Surfer schienen hingegen nicht sehr erfreut über meine Anwesenheit.

Und aufgrund ihrer ablehnenden Art traute ich mich anfangs noch nicht, eine Welle anzupaddeln. In diesem unbekannten Revier konnte ich nicht einschätzen, wie die Leute reagieren würden, wenn ich ihnen aus Versehen in die Quere kommen würde. Und von Vorfahrtsregeln hatte ich zu diesem Zeitpunkt noch nicht so viel gehört.

Nach ein paar Minuten Herumsitzen im Line-up nickte mir ein braunhaariger Surferdude mit einem freundlichen Lächeln zu. *Das muss wohl eine Aufforderung sein,* dachte ich und paddelte meine allererste grüne Welle in New York an. Wie unwirklich sich dieser Moment anfühlte. Die Welle war überhaupt nicht steil, verglichen mit der auf Fuerteventura. Durch den Onshorewind wurde sie sogar noch flacher gepustet. Es gab nicht wirklich ein Face [10], also blieb mir keine andere Wahl, als die Welle geradeaus Richtung Strand zu surfen. Das Gefühl, wieder auf dem Brett zu stehen war unbeschreiblich. Ich quietschte vor Freude. Der braunhaarige Typ grinste mich an.

Ein paar Frauen winkten mir vom Strand aus zu. Das schien in New York normal zu sein. Die Leute beobachteten die Surfer und feierten jeden noch so kleinen Erfolg. Und vielleicht fühlte ich mich ein bisschen wie ein Profisurfer bei der Worldsurfleague. Auch, wenn ich zu diesem Zeitpunkt noch am Anfang meiner Surfkarriere stand und nicht viel konnte. Ich mochte die Positivität, die mich umgab.

Im Sommer fuhr ich fast jedes Wochenende mit den anderen Aupairs aus meiner Gegend zum Rockaway Beach. Ich war die einzige von uns, die surfen ging, die anderen lagen meistens am Strand. Sie sonnten sich, lasen oder quatschten über ihre Gastkinder. Nach ein paar Stunden wurde ich dann meist genervt aus dem Wasser gerufen, weil irgendjemand von den anderen kurzfristig doch arbeiten musste. Oft wäre ich lieber länger geblieben, aber da die Fahrt mit den anderen meist sehr unterhaltsam war und wir uns die Spritkosten teilen konnten, fuhr ich doch immer mit.

Irgendwann schaffte ich es dann auch mal, Maria zu überreden, mit mir surfen zu gehen.

---

[10] der ungebrochene Teil der Welle, auf dem ein fortgeschrittener Surfer Manöver macht

Erst war sie nicht sonderlich begeistert von der Idee, sie behauptete, nicht sonderlich sportlich zu sein, was ich bei ihren regelmäßigen Shoppingmarathons allerdings bezweifelte. Ausdauer musste da doch vorhanden sein. Erst versuchte Maria noch, sich herauszureden, aber ich wollte sie unbedingt dabei haben und schaffte es schließlich, sie zu überreden.

An einem warmen Samstagmorgen holte ich sie in der Upper East Side ab. Die Straßen sahen aus wie geleckt, die Gebäude waren prunkvoll und erinnerten an Luxushotels und vor nahezu jedem Hauseingang stand ein Türsteher. Es war das erste Mal, dass ich sie von daheim abholte und war von dieser wohlhabenden Gegend ziemlich beeindruckt. Damit hatte ich nicht gerechnet.

Meine Gastfamilie und ich bewohnten ein typisches Einfamilienhaus mit Vorgarten. Nichts Besonderes.

Ich hielt an der Hausnummer, die Maria mir genannt hatte. Ein paar Minuten später stolzierte sie aus der Drehtür heraus. Sie grüßte dem Türsteher freundlich zu und stieg zu mir ins Auto. Wenn man sie sah, wäre man nicht auf die Idee gekommen, dass sie als Aupair arbeitete. Und dass sie jetzt mit mir surfen gehen würde, damit hätte man vermutlich noch weniger gerechnet.

An der Surfschule angekommen runzelte sie die Stirn. Sie sagte nichts, aber ich fühlte ihr Unbehagen.

„Glaub mir, du wirst deinen Spaß haben!" versuchte ich sie zu überzeugen.

Sie lächelte verkrampft und nickte. Sie sah aus, als wäre sie am liebsten direkt wieder umgedreht.

Im Surfshop war ich mittlerweile schon ein altbekannter Hase. Selbstständig suchte ich für Maria ein Board und einen passenden Neoprenanzug raus und drückte ihn ihr in die Hand.

Ein paar Minuten später kam sie aus der Umkleide. Ich musste lachen. Sie hatte den Neoprenanzug falsch herum angezogen und den Reißverschluss der eigentlich an den Rücken gehörte bis zu den Brüsten hochgezogen.

„Irgendwie sitzt das Ding komisch." Ich erklärte ihr, dass sie ihn andersrum anziehen musste, auch Maria musste nun über sich lachen.

„Das ist voll anstrengend den wieder auszuziehen!", sagte sie und deutete auf ihre künstlichen Fingernägel. Ich schüttelte nur den Kopf und seufzte.

Als wir unsere Boards durch die grauen Straßen zum Strand trugen, wirkte Maria etwas nervös.

„Gibt es hier Haie?", fragte sie besorgt.

„Ich glaube nicht. Zumindest habe ich noch keinen gesehen", antwortete ich.

Am Strand angekommen, legten wir zunächst unsere Boards in den Sand. Man merkte, dass Wochenende war: Der Strand quoll trotz eines bedeckten Himmels über vor Menschen.

Ich begann Maria das Wichtigste zu erklären.

Die Schaumwalzen kamen in regelmäßigen Abständen, liefen relativ lange und schienen genug Power zu haben.

Maria schaute auf ein paar Surfer im Lineup.

„Die Wellen sind aber ganz schön groß."

Tatsächlich hatten die grünen Wellen eine gute Größe für mein Level, nicht ganz klein, vielleicht hüfthoch.

Heute wollte ich allerdings nicht rauspaddeln, sondern meine Zeit mit Maria im Weißwasser verbringen. Ich wollte, dass sie sich sicher fühlte bei ihrer ersten „Surfstunde".

„Wir surfen die kleinen Weißwasserwellen hier vorne", beschwichtigte ich sie.

Sie nickte und schien erleichtert.

Ich erzählte ihr alles was ich wusste - über das Board, das Paddeln und die ersten Gleitübungen. Ich gab mir Mühe dies genauso ausführlich zu tun, wie meine Surflehrer es damals taten, aber wahrscheinlich vergaß ich trotzdem die Hälfte.

Zuerst weigerte sich Maria, sich mit mir aufzuwärmen. Sie fand es unangenehm, von den anderen Leuten am Strand beobachtet zu werden. Ich erklärte ihr, dass es wichtig war, sich aufzuwärmen um Verletzungen zu vermeiden und schließlich überwand sie ihre Scham und fing sogar an zu lachen, als wir durch den Sand liefen.

Außer Atem und mit rotem Gesicht zeigte ich ihr, wie sie die Leash an ihrem Knöchel befestigte, dann nahmen wir ihr Board und liefen bis ins hüfttiefe Wasser.

Ich hatte mein Surfboard erstmal am Strand liegenlassen. So konnte ich Maria besser helfen und für sie da sein.

Und komischerweise fühlte ich mich im Wasser noch sicherer, als ich plötzlich die Verantwortung für zwei Menschen hatte. Ich zeigte ihr, welche Schaumwalze gut sein würde und erklärte ihr, wie sie paddeln musste. Maria legte sich auf ihr Board, fing an zu paddeln und als die Weißwasserwelle an dem Tail ihres Boards war, gab ich ihr noch einen kleinen Extraschubs. Sie hatte fast schon zu viel Geschwindigkeit. Sie glitt auf der Welle, drückte sich in die Kobrapose und fuhr bis zum Strand. Wie eine kleine Robbe strandete sie im Sand. Sie drehte sich zu mir um und ich konnte sehen, wie sie von einem zum anderen Ohr grinste. Ich jubelte Maria zu.

Schon nach ein paar Wellen wurde sie immer besser und stellte sich- im Gegensatz zu mir - als ein richtiges Naturtalent heraus. Schnell wollte sie zum nächsten Schritt übergehen- dem Aufstehen. Wir gingen zum Strand zurück und ich versuchte ihr so gut ich konnte, die Dreischritttechnik zu demonstrieren. Nach ein paar Versuchen befand ich ihren Take off für gut genug, um das Ganze im Wasser auszuprobieren.

Schon nach ein paar holprigen Versuchen schaffte sie es, sich aufzurichten. Sie stand für einen kurzen Moment auf dem Board und fiel dann ins Wasser. Wie konnte sie direkt an ihrem ersten Surftag schon aufstehen? Ich war wirklich beeindruckt und unglaublich stolz auf Maria- und auch ein bisschen auf mich, schließlich hatte ich heute zum ersten Mal Surfunterricht gegeben und mich als Surflehrerin ausprobiert.

Sie wollte es immer und immer wieder probieren und paddelte eine nach der anderen Welle an. Es war schön zu sehen, wie wohl sie sich im Wasser fühlte und wie das Lächeln nach jeder gesurften Welle immer größer wurde. Nun konnte ich Simona wirklich verstehen. Ich konnte mir keinen schöneren Job vorstellen und am liebsten wäre ich noch stundenlang mit Maria im Wasser geblieben.

Sie war wie ausgewechselt, sprang umher und freute sich wie ein kleines Kind. Selbst wenn sie unelegant im Sand strandete, machte sie sich nichts aus den Leuten, die ihr zuschauten. Ihr tussiges Gehabe war wie weggeblasen.

Ein bisschen erinnerte sie mich an mich selbst, als ich das erste Mal surfen war. Ich war so unbeschwert und frei gewesen. Alle Sorgen des Erwachsenendaseins waren vergessen. Im Wasser konnte ich wieder Kind sein, ich konnte mit den Wellen spielen und es gab nichts, worüber ich mir Gedanken machen musste.

Schon seit meiner Kindheit, hatte ich das Meer geliebt. Ich mochte die Schwerelosigkeit, wenn ich darin plantschte, den salzigen Geruch und das Rauschen der Wellen. Es gab kein schöneres Geräusch. Während unserer Strandspaziergänge, war ich als Kind immer damit beschäftigt gewesen, Muscheln und Treibholz zu sammeln. Ich bastelte mir daraus Schmuck und stellte mir vor, wie ich als Meerjungfrau durch die Ozeane dieser Welt schwamm.

Warum hatte ich die Welt solange nicht durch meine Kinderaugen sehen können?

Als ich Maria beobachtete, war es, als legte sich ein dichter Nebel. Auf einmal konnte ich erkennen, dass ich vor lauter „erwachsen sein" das Kind in mir verloren hatte. Ich hatte die kindliche Seite in mir verborgen. Um erwachsen zu sein. Um ins System zu passen. Um all das Aushalten zu können. Das Surfen war wie ein Schlüssel zu einer Tür, hinter der ich mein kleines Ich selbst eingesperrt hatte. Es öffnete dieses Schloss und ich konnte mich langsam selbst wiederfinden. Ich konnte wieder Spaß haben und auch mal „den Ernst des Lebens" vergessen.

Plötzlich wurde ich aus meinen Gedanken gerissen. Etwas streifte mein Bein. Etwas Glitschiges. Ich erschrak, bewegte mich aber nicht und blieb wie versteinert stehen. Meine Arme, die eben noch entspannt im Wasser baumelten, presste ich nun an meinen Oberkörper. Alle meine Muskeln waren angespannt- bereit zum Angriff. Oder zur Flucht.

Zuerst traute ich mich nicht in das trübe Wasser zu schauen, tat es dann aber doch. Ich erblickte etwas Rötliches neben mir. Es war ein Stachelrochen, der seine Flügel auf und ab bewegte, während er an mir vorbeizog. Er hatte eine rötlich braune Farbe, seinen ca. 30 cm langen Stachel zog er hinter sich her. Es sah sehr elegant aus, wie er sich mit seinen Flügelschlägen fortbewegte. Aber mir schauderte es und mein Herz klopfte. War das Gift aus dem Stachel tödlich?

Wenn ich auf dem Surfboard lag, vergaß ich immer wieder, dass im Meer Tiere lebten. Und dieser Rochen erinnerte mich an die Tatsache, dass auch Haie die Weltmeere bevölkerten. Ängstlich ließ ich meinen Blick über die Wasseroberfläche schweifen. Wenn man genau hinsah, konnte man noch weitere Rochen dieser Gattung erkennen. Es waren nicht viele, vielleicht fünf, aber das reichte mir fürs Erste, um die Flucht ergreifen zu wollen.

Ich hielt nach Maria Ausschau. Sie stand ein paar Meter weiter und blickte Richtung Horizont. Sie schien nichts gemerkt zu haben. Wahrscheinlich wäre sie ausgeflippt, hätte sie die Tiere gesehen.

„Maria! Ich habe Hunger, wollen wir rausgehen?", rief ich betont locker.

„Ja, nur noch eine Welle!", rief sie und paddelte die nächste Schaumwalze an. Ich war froh, dass sie so widerstandslos an den Strand folgte.

Wir saßen im Sand und aßen unsere Bagels mit Creamcheese.

„Willst du nochmal surfen gehen?", fragte Maria und deutete auf mein Board. Ich schüttelte mit dem Kopf und behauptete, dass mir kalt sei. Glaubte ich vor ein paar Minuten noch, dass Surflehrerin ein Traumjob wäre? Plötzlich war ich nicht mehr sicher. Der Rochen war zwar weder groß noch hatte er mir etwas getan, doch das reichte, um in mir ein Gefühl der Angst aufkommen zu lassen. Und wie sollte man Surflehrerin werden, wenn man schon vor einem kleinen Rochen Angst hatte?

Kapitel 14

Pawleys Island, South Carolina 2017

Im Sommer 2017 verkündeten mir meine Gasteltern, dass wir für einen Monat nach South Carolina fahren würden.

„Die Großeltern besuchen", sagte Jack. Ich war nicht sehr begeistert, schließlich waren alle meine Freunde in New York und wie ich es bisher mitbekommen hatte, schien in Pawleys Island nicht sonderlich viel los zu sein. Dass ich dort surfen gehen könnte, war mein einziger Lichtblick.

Ich hatte mir in Queens für 350$ ein gebrauchtes Softboard gekauft. Die reinste Abzocke, aber immer noch günstiger, als mir ständig eines leihen zu müssen. Mit zwei Gurten befestigte ich es auf dem Autodach. Das Board musste natürlich mitkommen, wenn wir schon mitten ins Nirgendwo fuhren. Die gesamte Strecke von New York nach South Carolina fuhren wir mit dem Auto. Insgesamt 14 Stunden waren wir unterwegs. Mit zwei kleinen Säuglingen und einer verrückten französischen Bulldogge auf der Rückbank. Es war der reinste Albtraum. Alle paar Stunden mussten wir anhalten, weil die Kleinen Hunger hatten oder die Windel voll war. Ich dachte schon, Damien würde einen Nervenzusammenbruch bekommen und uns alle gegen die Wand fahren, so gereizt wirkte er.

Erleichtert atmete ich auf, als wir in die Einfahrt des Grundstücks meiner Gastgroßeltern einbogen. Wir wurden herzlich begrüßt, meine Gastoma Ann drückte mich so fest an sich, dass ich kaum noch Luft bekam. Sie war einer der liebsten und fürsorglichsten Menschen, die ich in meinem Leben kennengelernt hatte.

Fast jeden Tag kochte sie für uns und sie gab sich immer sehr viel Mühe, aber Damien und ich konnten ihr Essen nicht ausstehen. Ich hatte ein schlechtes Gewissen, schließlich stand sie stundenlang am Herd, aber das, was dabei herauskam, war einfach ungenießbar. Wie konnte mein Gastgroßvater das Zeug nur jeden Tag essen?

Nach ein paar Tagen fand ich heraus, dass Damien seine eigenen Snackvorräte angelegt hatte, die er immer dann plünderte, wenn Ann gerade außer Haus war.

Meistens wollte er mir nicht einmal etwas abgeben, weil er Angst hatte, sonst nicht satt zu werden und ihre „Gerichte" essen zu müssen. Also legte auch ich mir einen Vorrat in meinem Nachttisch an, um irgendwie über die Runden zu kommen.

Pawleys Island war ein seltsamer Ort. Fast wie ein Dorf. Jeder kannte jeden. Die Leute saßen auf ihren Terrassen und tauschten den neuesten Klatsch und Tratsch aus. Etwas außerhalb dieser Gemeinde gab es ein Cafe, zu dem ich manchmal mit dem Rad fuhr. Das Fahrrad hatte keine Gangschaltung, weshalb ich relativ lange brauchte. Zum Strand fuhr man in Pawleys Island mit dem Golfwagen. Obwohl ich niemanden kennenlernte, der Golf spielte, hatte jede Familie ein solches Gefährt.

Der Strand von Pawleys Island war wunderschön. Weißer Sand, der sich kilometerlang erstreckte und im Vergleich zum Rockaway Beach war es dort fast immer menschenleer. Manchmal gab es ein paar Angler, die sich ihr Stühlchen aufgebaut hatten und auf den großen Fang warteten. Dabei tranken sie Bier und starrten auf die unendlichen Weiten des Ozeans. Es gab weder Rettungsschwimmer, noch sah ich jemanden im Wasser, als ich zum ersten Mal am Strand war.

Ich war etwas verwundert, weil ich dachte, ich könnte hier gut surfen gehen. Und ich war auch sehr motiviert, mein „neues gebrauchtes Surfboard" endlich auszuprobieren, aber weit und breit waren keine Surfer zu entdecken. Ich fragte meine Gastoma, weshalb denn niemand im Wasser sei.

„Naja", fing sie an, „letztes Jahr wurde hier einem kleinen Jungen die Kniescheibe von einem Hai rausgebissen." Ich starrte sie an.

„Ernsthaft?", fragte ich.

Sie nickte und fuhr fort: „Man muss auch sagen, dass er selbst schuld war, er ist in einem großen Fischschwarm schwimmen gegangen. Das hätte er nicht machen dürfen."

Ich wusste nicht, was ich sagen sollte. Bisher war ich nicht im Wasser gewesen. Ich war nur bei einem Spaziergang einmal bis zu den Knien reingegangen. Und schon da war mir aufgefallen, dass das Wasser Badewannentemperatur hatte. Kein Wunder, dass sich Haie hier wohlfühlten.

„Du solltest mit Seth surfen gehen. Er ist wirklich ein guter Surfer und kennt sich aus", sagte Ann zu mir. „Er wohnt direkt gegenüber." Sie deutete auf ein gelbes Haus, auf dessen Terrassengeländer einige Neoprenanzüge zum Trocknen aufgehängt waren. *Eine Surferfamilie,* dachte ich und nickte Ann zu. Als ich erfuhr, dass Seth gerade einmal 17 Jahre alt war, war ich mir aber nicht mehr so sicher, ob ich mit ihm surfen gehen wollte. Ob ich hier überhaupt noch surfen wollte.

Ein paar Tage vergingen und dann kam der Moment, in dem ich meine Meinung änderte. Schließlich wollte ich doch Surflehrerin werden. *Wieso ging ich nicht surfen?* Kurzentschlossen nahm ich mein Board, schnallte es auf den Golfwagen und machte mich allein auf den Weg zum Strand. Mein Gastgroßvater Jerry war gerade am Angeln und auf meine Bitte, ob er vielleicht ein wenig nach Haien Ausschau halten könnte, lachte er.

„Ja, ich rette dich auch zur Not." Ich glaubte ihm kein Wort. Er hatte einen so dicken Bierbauch, dass ich bezweifelte, ob er damit überhaupt schwimmen konnte – bestenfalls auf der Wasseroberfläche treiben.

Ich hatte ein schlechtes Gefühl, als ich das warme Wasser betrat. Es war relativ klar, aber ich wusste nicht, ob diese Tatsache das besser machte. Wollte ich wissen, was da unter mir schwamm? Ich nahm mein Board und lief Schritt für Schritt tiefer ins Meer. Ich spürte einige Fische gegen meine Beine schwimmen. Trotz der Wärme hatte ich kalte Hände. Pelikane kreisten über dem Meer. Niemand außer mir war im Wasser. Niemand. Zum ersten Mal fühlte ich mich unwohl, so allein mit dem Ozean. Um meine Zweifel vor Jerry zu verbergen, schwang ich mich auf mein Board und paddelte Richtung Line-up. Meine Hände zitterten, als ich das warme Wasser mit jedem Paddelzug von mir wegdrückte. Mein Blick wanderte unsicher umher, wachsam, ob irgendetwas in meiner Nähe schwamm. Doch ich konnte nichts entdecken.

Im Line-up angekommen wartete ich auf die ersten Wellen. Zum Glück waren es kleine Bedingungen heute, perfekt um wieder reinzukommen. Immer noch sah ich mich unsicher um, als ich plötzlich etwas Merkwürdiges entdeckte. Die Wasseroberfläche um mich herum wurde unruhig und begann sich zu bewegen. Was konnte das sein? Stocksteif saß ich auf meinem Board. Es war ein riesiger Fischschwarm, der sich auf mich zu bewegte. Nur, dass diese Fische nicht schwammen wie normale Fische, sondern sprangen. Ich fühlte, wie sie an meinen Beinen vorbeitauchten. Einige hüpften direkt vor meiner Nase aus dem Wasser und landeten sogar auf meinem Surfboard. Sie zappelten ein paar Mal und platschten dann zurück ins Wasser. Erschrocken schrie ich auf. Ich fühlte mich wie in einem schlechten Traum.

Die Lust am Surfen war mir vergangen und ich nahm die nächste Welle zurück zum Strand. Das waren mir eindeutig zu viele Fische hier. Jerry lachte.

„Bist du auf meinen Angelhaken getreten oder warum kommst du schon raus?"

„Nein", antwortete ich. Während er mit mir sprach, ließ er seine Angelroute nicht aus dem Blick.

„Guck mal dort hinten!", rief er plötzlich und zeigte auf den Ozean. Ich sah mehrere Flossen aus dem Wasser ragen und erschrak.

„Hast du etwa noch nie Delfine gesehen?", fragte er und konnte sich ein Grinsen nicht verkneifen.

„Die gibt es in Deutschland nicht", antwortete ich bissig und drehte mich um.

Die nächsten Tage arbeitete ich freiwillig länger und badete die Kleinen abends so lange, bis ihre Haut förmlich verschrumpelt war. Ich las ihnen vor und brachte sie sogar noch ins Bett, was eigentlich gar nicht mehr zu meinen Aufgaben gehörte. Auf das Surfen hier in diesem Aquarium hatte ich nicht mehr so große Lust und ich freute mich schon wieder auf den Rockaway Beach.

Ein paar Tage später klopfte es an unserer Haustür. Seth stand im Türrahmen. Ich fragte ihn, ob er zu Ann oder Jerry wolle. Er schüttelte den Kopf.

„Nein, ich wollte dich mit zum Surfen nehmen. Ann meinte, du würdest dich freuen, wenn ich dir Bescheid sage, wenn ich gehe."

Ann stand nur ein paar Meter weiter, versteckt hinter einer Gardine zwinkerte sie mir zu.

Das konnte doch nicht ihr Ernst sein! Wie kam sie auf die Idee, hinter meinem Rücken ein Treffen zu organisieren? Am liebsten hätte ich mich direkt wieder umgedreht. Stattdessen lächelte ich Seth an und sagte: „Ja, klar. Ich hole nur kurz mein Brett." Meine Gastoma wünschte mir viel Spaß, während mir Seth half, das Softtop auf das Dach des Golfwagens zu schnallen. Als wir aus der Einfahrt Richtung Strand fuhren, winkte sie mir noch von der Terrasse hinterher.

Ich hatte nicht sonderlich viel Lust, aber Seths Motivation war so groß, dass sie schließlich auf mich abfärbte und ich ihm dann doch ins Wasser folgte. Heute waren kaum Fische zu sehen. Vereinzelt schwamm mal einer umher, das war's aber auch schon. Die Wellen heute waren gut und nicht sonderlich groß. Wie Ann gesagt hatte, war Seth für sein Alter wirklich ein guter Surfer. Mit seinem Shortboard machte er die abgefahrensten Turns und als wir nebeneinander im Line-up saßen, erzählte er mir, dass er Profisurfer werden wollte.

Durch sein gutes Auge bekam auch ich ein paar schöne Wellen. Manchmal gelang es mir am Face entlang zu surfen. Ich fuhr nicht mehr immer nur geradeaus Richtung Strand. Nach einer besonders schönen Welle, die ich nach rechts gesurft war, hörte ich, wie mir jemand zujubelte. Es war der große Bruder von Seth, Zac. Er stand mit einer Luftmatratze unterm Arm an der Wasserkante und grinste mich an. Schon ein paar Minuten später war er bei uns im Line-up angekommen. Es war sehr belustigend, wie er versuchte, die Wellen mit diesem Surfboardersatz anzupaddeln. Aber es klappte erstaunlich gut. Seth und ich konnten uns nicht mehr halten vor Lachen und meine Ängste waren wie weggeblasen.

Manchmal saßen Seth und ich gemeinsam im Line-up und konnten weit in der Ferne Delfine aus dem Wasser springen sehen. Es war unglaublich. Ich vergaß alle anderen Tiere im Wasser und war wieder fasziniert von der Schönheit der Natur. Ich dachte wieder an meinen Traum, Surflehrerin zu werden. Nie erzählte ich jemandem davon, weil ich Angst hatte, man würde mich komisch finden oder mich auslachen. Und da ich ein paar Tage zuvor noch wegen einigen Fischen das Wasser verlassen hatte, fragte ich mich, wer mich ernst nehmen würde. Trotzdem war ich hochmotiviert meine Surffähigkeiten zu verbessern und bat Seth, mir einige Tipps zu geben.

Die Tage darauf wurde es stürmisch in South Carolina. Der Hurricane „Irma" fegte an Amerikas Ostküste entlang. An Surfen war nicht zu denken. Während eines Strandspaziergganges sah ich allerdings Seth und seinen Bruder in den riesigen Wellen. Eigentlich waren sie nur damit beschäftigt, gegen die gigantischen Wasserberge und die Strömung zu paddeln und dabei nicht unterzugehen. Surfen sah ich sie nicht. Wie konnte man nur so lebensmüde sein? „Willst du nicht auch surfen gehen?", fragte mich Damien. Ich zog die Augenbrauen hoch. Er lachte. Obwohl er mich gerne ärgerte, wusste ich, dass er mich mochte. Und wenn er mich nicht gerade mit Sprüchen aufzog, zeigte er mir Videos von Haisichtungen auf YouTube. Die Orte, an denen die Haie gesichtet wurden, waren tatsächlich alle relativ nah, aber ich ließ mich nicht verunsichern. Stattdessen schlug ich meiner Gastfamilie vor, abends noch den Film „Open Waters" zu schauen.

Ein paar Tage später holte Seth mich wieder zum Surfen ab. Das stürmische Meer hatte sich wieder beruhigt. Es wehte kein Wind und die Sonne schien wie fast immer in South Carolina. Wir schnappten unsere Boards und liefen ins Wasser. Die Wellen waren klein und brachen relativ weit draußen. Wir saßen ungefähr 150 Meter entfernt vom Strand im Line-up. Gleichmäßig kamen die Wellen herangerollt. Sie hatten nicht allzu viel Kraft. Aber das war perfekt für mich und mein Softboard. Nach einer Weile wurde das Wasser relativ flach und die Wellen kleiner. Der Swell war schwächer geworden.

Seth und ich saßen nebeneinander. Es war eine so ruhige und friedliche Atmosphäre. Unsere Boards schaukelten sachte mit den Bewegungen des Ozeans auf und ab. Das Wasser schimmerte grünlich, Pelikane flogen über unseren Köpfen. Es war nur das leichte Schwappen des Wassers gegen die Surfboards zu hören. Wir schauten zum Horizont, suchten nach den nächsten Setwellen. Aber nichts kam. Seth wurde ungeduldig. Doch für mich war dieser Moment wie Meditation. Die Sonne schien, meine Beine baumelten im Wasser und ich ließ meine Hand auf der glitzernden Wasseroberfläche treiben.

Mein Blick verweilte auf einer Gruppe von Pelikanen. Sie schaukelten seelenruhig ungefähr 20 Meter von uns entfernt auf dem Wasser. Plötzlich wurde der Moment des Friedens zerstört.

Ein riesiger Hai durchdrang mit einer kraftvollen Bewegung die Wasseroberfläche. Er riss sein Maul auf und zog einen der Pelikane mit in die Tiefen. Das Wasser spritzte. Panisch kreischend flogen die anderen Vögel in die Luft. Für eine Millisekunde war die Schwanzflosse des Hais noch sichtbar, ehe er mit seiner Beute verschwand. Es ging alles so schnell. Ich starrte nur an die Stelle, an der eben noch die Pelikane gesessen hatten. Mein Gehirn fühlte sich leer an. Ich brauchte ein paar Sekunden, um wieder klar denken zu können. Dann drehte ich mich zu Seth, sein Blick war immer noch auf die Wasseroberfläche gerichtet, wo der Hai verschwunden war.

„Hast du das auch gesehen?", fragte ich ihn. Er nickte nur stumm. Regungslos saßen wir auf unseren Boards.

„Vielleicht sollten wir zurück paddeln", schlug ich vor. Vorsichtig, wie in Zeitlupe legten wir uns auf unsere Boards.

„Pass auf, dass du leise bist", sagte Seth. Wir paddelten zügig und versuchten dabei jedes Geräusch, jede unnötige Bewegung zu vermeiden.

Auf einmal kam mir das grüne Wasser viel dunkler vor. Bedrohlicher. Panisch scannte ich meine Umgebung. Ich konnte nichts erkennen. Meine Hände zitterten. Ich versuchte leise zu sein, aber ich hörte mich heftig atmen. Mein Herz schlug mir bis zum Hals. Das Meer, das bis eben noch ein Spielplatz für mich gewesen war, war zu einem Schlachtfeld geworden. Und mir dämmerte, dass ich das nächste Opfer sein könnte. Ich wusste nicht, wo der Hai jetzt war. Ob er durch das Blut seiner Beute andere Haie angelockt hatte. Die Luft war zum Zerreißen gespannt. Es waren noch gut 70 Meter bis zum Ufer. Ich paddelte schneller. Seth war neben mir. Auf einmal fühlte ich mich ausgeliefert. Wir Menschen waren nicht dafür gemacht, im Meer zu sein. Wie sollte ich mich gegen einen Hai zur Wehr setzen, wenn er mich angreifen würde? Ich befand mich in seinem Revier. In seiner natürlichen Umgebung.

Nach einer gefühlten Ewigkeit erreichten wir endlich das rettende Ufer. Ich ließ mich vom Board gleiten und lief eilig die letzten Meter aus dem Wasser. Dann ließ ich mich mit weichen Knien in den Sand fallen. Wir wussten beide nicht, was wir sagen sollten. Nach ein paar Minuten machten wir uns schweigend auf den Weg nach Hause.

Meine Gastväter waren nicht sonderlich schockiert von meiner Hai-Story. Damien meinte nur: „Ja, ich habe ja gesagt, dass es hier Haie gibt, aber ist ja nichts passiert."

Und nächstes Mal bin ich der Pelikan?, dachte ich nur. Wie konnte man nur so wenig Verständnis zeigen? Ann und Jack hingegen schienen ernsthaft besorgt und befanden es für besser, ich würde nicht mehr surfen gehen. Ich fand es lieb, dass sie sich Gedanken machten, aber es konnte doch keine Lösung sein, nicht mehr surfen zu gehen?!

Die Tage darauf ging ich nur noch zum Joggen an den Strand. Einmal traf ich Seth, er wollte gerade ins Wasser gehen.

„Du gehst ernsthaft wieder surfen?", fragte ich ihn entsetzt.

„Ja klar, ein WAHRER Surfer würde auch mit einem Arm weniger noch surfen gehen." Er grinste mich an und lief ins Wasser. Sehnsüchtig schaute ich ihm hinterher. Ich konnte nicht verstehen, dass er sich einfach keine Gedanken machte.

Das Surfen hatte mir die letzten Male so viel Spaß gemacht. *Ich konnte doch nicht einfach aufhören?* Ich war hin- und hergerissen. Auf der einen Seite hatte ich Angst, auf der anderen wollte ich endlich wieder auf einer Welle stehen. Ich setzte mich in den Sand und schaute Seth zu, aber ich konnte mich nicht dazu durchringen, ins Wasser zu gehen.

Meine Angst, dass der Hai das nächste Mal direkt neben oder besser noch vor meinem Board auftauchen würde, war einfach zu groß. Und dafür spürte ich einen Riesenhass auf mich selbst. Wie konnten andere sich davon nicht abbringen lassen, das zu tun, was sie liebten? Und wieso tat ich es? Vor Wut schlug ich mit der Faust in den Sand. Wollte ich mir von der Angst wirklich das Surfen kaputtmachen lassen? Wie wahrscheinlich war ein Haiangriff wirklich?

Die nächste Zeit recherchierte ich alles über Haie und Haiangriffe. Das half mir, die Lage etwas objektiver einschätzen zu können. Zuerst schien die Recherche meine Angst einzudämmen: Ein Haiangriff war statistisch gesehen unwahrscheinlicher, als von einem Blitz getroffen zu werden. Zudem wurde bisher kein tödlicher Haiangriff in South Carolina verzeichnet. Haie seien eigentlich friedliche Tiere und würden Surfer nur angreifen, wenn sie diese mit einer Robbe verwechselten, was aber äußerst selten passierte.

Ich las weiter und fand heraus, dass ungefähr die Hälfte aller weltweiten Haiangriffe in Florida passierte. Und zwischen Florida und South Carolina lag nur noch genau ein Staat: Georgia.

Das schien mir dann doch wieder zu riskant.

Auf einmal war die Angst wieder geschürt. Dazu kam, dass es vor zwei Wochen einen Haiangriff in North Carolina gegeben hatte, bei dem ein junger Surfer fast ums Leben gekommen war. Und dieser Ort in dem Nachbarstaat war nur zwei Autostunden entfernt. Und das war schließlich keine Strecke für einen Hai.

Ann war mittlerweile so schockiert von der Haisituation, dass sie mich bat, nicht mehr surfen zu gehen. Auf Facebook wurden ihr Videos von Haien angezeigt, die im Myrtle Beach, ganz in der Nähe herumschwammen. Quasi unser Nachbarstrand.

Sie war eine ziemlich moderne Gastoma, hatte ein eigenes Handy und war die meiste Zeit (es sei denn, sie kochte gerade) bei Facebook. Dementsprechend häufig hielt sie mir den Bildschirm ins Gesicht und zeigte mir ständig Beiträge von Haisichtungen. Dies tat sie auf eine ziemlich dramatische Art, indem sie auf den Bildschirm tippte und panisch rief: „Sie sind überall!"

Meistens nahm ich ihr das Telefon ab und versuchte sie abzulenken. Ich wollte nicht, dass sie sich Sorgen machte. Sie steigerte sich leicht in etwas hinein und ihre Hysterie minimierte meine Angst nicht gerade.

Ich ging nicht mehr ins Wasser und fing an, den Strand zu meiden. Meine tägliche Laufroute verlagerte ich auf die Landstraße, weil ich wütend wurde, sobald ich Seth oder einen der anderen im Wasser sah. Ich wollte auch wieder surfen!

Doch bis zur letzten Woche in Pawleys Island ging ich tatsächlich nicht mehr surfen, aber nahm mir vor, noch einmal zu gehen, bevor wir zurückfahren würden. Irgendwie konnte ich es nicht ertragen, einfach so aufzugeben und ich hasste das Gefühl, von meiner Angst kontrolliert zu werden. Eigentlich war mir ja bereits immer klar gewesen, dass es Haie gibt. Und auch, dass das Surfen ein gewisses Risiko mit sich brachte. Aber diese Erfahrung machte meine Angst, von einem Hai angegriffen zu werden, noch viel realer.

Schließlich kam der letzte Tag und ich wollte unbedingt noch einmal mit Seth ins Wasser. Trotz meiner Angst. Auf dem Weg ins Wasser war er sehr fürsorglich, wartete auf mich und erzählte, dass er seither keinen Hai mehr gesehen hatte. Ich glaubte ihm und paddelte ängstlich neben ihm her. Das Wasser war nicht sehr klar. Diesmal konnte ich nicht erkennen, was unter mir schwamm. Ich bildete mir ein, ständig Schatten unter mir zu sehen. Mein Herz begann zu rasen, meine Hände zitterten bei jedem Paddelzug. Im Line-up angekommen, hatte ich Angst, mich auf mein Surfboard zu setzen und meine Beine im Wasser baumeln zu lassen. Ich blieb einfach auf dem Board liegen. Seth schüttelte nur den Kopf.

Ich war angespannt und wartete nur darauf, dass ich den nächsten Hai sehen würde. Und er ließ nicht lange auf sich warten. Ein paar Meter entfernt sah ich ein paar Flossen aus dem Wasser ragen.

„Seth!", schrie ich und deutete zu den Flossen. Er fing an zu lachen.

„Das sind Delfine, vor denen musst du keine Angst haben. Und wo Delfine sind, gibt es keine Haie." Aus meiner Recherche wusste ich, dass das nicht stimmte. Haie waren überall, wo Delfine auch waren – im Meer. Direkt spürte ich die Panik in mir aufsteigen. Ich wollte aus dem Wasser. Ich konnte mich nicht mehr konzentrieren und war im Daueralarmzustand.

„Ich geh raus", sagte ich zu Seth. Er nickte verständnisvoll. Als ich am Strand angekommen war, brach ich in Tränen aus. Zum Glück war niemand dort, der mich hätte sehen können. Ich war wütend auf mich selbst, dass ich es nicht mehr schaffte, mich einfach aufs Surfen zu fokussieren und alles andere auszublenden. Ich wollte unbedingt besser werden, aber so standen die Aussichten unterirdisch schlecht. Ich konnte ja nicht mal ins Wasser gehen, ohne Panik zu bekommen. Ich hasste mich dafür und gleichzeitig konnte ich nichts daran ändern.

Kapitel 15

Zurück in New York

Ich war froh als wir Pawleys Island den Rücken kehrten und zurück nach New York fuhren. Endlich konnte ich meine Freunde wiedersehen und musste nicht mehr in haiverseuchten Gewässern surfen.

New York war für mich wie ein zweites Zuhause geworden. Ganz selbstverständlich fuhr ich wieder jedes Wochenende mit meinem Softboard auf dem Autodach zum Surfen. Angst vor Haien hatte ich am Rockaway Beach komischerweise nicht. Wenn ich mit dem Auto in den dicht befahrenen Straßen New Yorks unterwegs war, wurde ich oft von anderen Autofahrern gefeiert. Die Leute winkten mir strahlend zu oder zeigten mir das Shaka Zeichen[11]. Und ich freute mich darüber, denn anders als in Deutschland war Surfen in Amerika eine wirklich lässige Sportart. In meiner Heimat hatte ich immer das Gefühl, dass die Leute bei Surfern immer direkt an verwilderte Hippies dachten, die kiffend vor ihren Campervans hockten, keine Jobs hatten und sich irgendwie durchschnorrten. Das Bild eines Surfers war einfach negativ besetzt. Und gerade die ältere Generation in Deutschland konnte meine Leidenschaft nie verstehen, weshalb es umso schöner war, in Amerika auf so eine große Akzeptanz zu stoßen. Meine Gastväter waren sehr „openminded" gegenüber dem Surfen und ich glaube, sie waren auch ganz froh, dass sie so am Wochenende das Haus mal für sich hatten.

Den Oktober über konnte ich noch gut in New York surfen gehen. Danach begann es, kälter zu werden. Ich dachte darüber nach, mir einen Winterneoprenanzug zuzulegen, um weiterhin surfen gehen zu können.

---

[11] Handhaltung, bei der die geschlossene Faust mit abgespreiztem Daumen und kleinem Finger gehoben wird. Ist unter Surfern eine gebräuchliche Geste, die so viel bedeutet wie „Lässig" oder „Gute Welle".

Leider wurde aus diesem Plan nichts, da ich das Surfen vorläufig wieder auf Eis legen musste. Durch das mit Müll und Abwasser verschmutzte Wasser bekam ich immer mal wieder Beschwerden: Ich hatte dauerhaft Bindehautentzündungen und Ohrenschmerzen. Außerdem schien das Wasser auch nicht sonderlich gut für den Magen-Darm-Trakt zu sein. Wenn ich mal Wasser geschluckt hatte bekam ich danach Durchfall oder musste mich erbrechen. Mir fiel auch erst zu diesem Zeitpunkt auf, wie dreckig das Meer dort war.

Es schwamm extrem viel Müll herum, beim Paddeln fasste ich manchmal in Plastiktüten und erschrak zu Tode, weil ich dachte es sei eine riesige Qualle. Und auch das Wasser schien mir nun auffällig trüb, es wirkte fast schlammig.

„Deswegen sind die Haie auch alle in South Carolina", schlussfolgerte Jack, „weil es ihnen hier einfach zu dreckig ist. Die können hier gar nicht überleben in dem vergifteten Wasser."

Es konnte gut sein, dass er Recht hatte, was mich traurig und nachdenklich stimmte.

Im November entschied ich mich dann, erstmal nicht mehr am Rockaway Beach zu surfen und den Winter zu pausieren.

Kapitel 16

San Diego, Winter 2017

Von meinem Au-pair Programm war ich verpflichtet ein College zu besuchen und dort eine bestimmte Stundenanzahl zu absolvieren. Da es nicht von Relevanz war, wo man zum College ging, entschloss ich mich dazu, meine Collegestunden in Kalifornien abzuleisten. Ich bekam frei von meiner Gastfamilie und plante im Winter zwei Wochen nach San Diego zu fliegen. Der Collegekurs sollte eine Woche dauern, dann hätte ich noch eine Woche zur freien Verfügung, in der ich surfen gehen könnte. So war zumindest mein Plan.

An einem Abend im Dezember flog ich mit einem anderen Au-pair-Helena - los. Sie war cool, sportlich, aber wie sich herausstellte ziemlich geizig. Wir wollten uns zusammen eine Unterkunft suchen, die nicht allzu weit vom College entfernt war. Da sie schon mal in San Diego gewesen war, kannte sie bereits jemanden, bei dem wir übernachten konnten.

Ich hatte schon da ein komisches Bauchgefühl, aber da ich auch nicht viel Geld zur Verfügung hatte, ließ ich mich von ihr überreden, bei diesem Menschen vom Couchsurfing zu schlafen, statt in einem Hostel. Das kostete ja schließlich nichts.

Vom Flughafen in San Diego fuhren wir zu Adams Unterkunft. Das Haus war sehr klein, ebenerdig und schon bevor wir eintraten, schlug uns ein extremer Grasgeruch entgegen. Die Haustür war nur angelehnt. Helena klopfte.

„Adam?", rief sie. Ich hörte ein Poltern, jemand rannte Treppenstufen herunter. Dann ein schrilles Lachen, das einer Frau. Die Tür wurde aufgerissen und vor uns stand Adam mit zwei Bräuten im Schlepptau..

„Ich hab ja ganz vergessen, dass ihr kommen wolltet Helli. Aber schön, dass ihr endlich da seid", begrüßte er uns.

Der Typ war mir direkt suspekt. Er schien komplett bekifft zu sein. Seine Augen waren rot und er schaute durch uns hindurch. Helena betrat sein Haus und zog mich hinter sich her, als ich mich nicht direkt bewegte.

Es gab keinen Flur, sodass wir direkt in der Küche standen. Sie war dreckig, in der Spüle stapelte sich Geschirr und auf den Ablageflächen lagen überall tote Fliegen. Angewidert ließ ich meinen Blick schweifen und mir fiel Adams Messersammlung auf. An der Wand hingen, nach Größe sortiert, bestimmt zwanzig Messer nebeneinander. Im Gegensatz zum Rest der Küche waren sie sauber und glänzten. Adam sah meinen Blick: „Cool was?" Ich nickte und wäre am liebsten direkt wieder gegangen. Irgendwas an diesem Typen war gruselig. Er hatte eine Riesenmessersammlung, aber sonst war alles nur spärlich eingerichtet. Wie passte das zusammen?

Er hatte kaum ein paar Worte mit Helena gewechselt, da schlug Adam sich gegen den Kopf.

„Mist, ihr könnt heute Nacht leider nicht hier schlafen. Die zwei Babes übernachten heute hier." Er deutete auf die beiden billig angezogenen und stark geschminkten Frauen.

„Aber ich hab eine Idee", sprach er weiter.

„Ihr könntet in dem Haus von Kevin pennen, der ist feiern heute Nacht." Helena schien etwas verwundert.

„Wo wohnt denn der Kevin?" fragte sie.

„Gleich hier um die Ecke." Adam zeigte hinter sein Haus. „In meinem Gartenhäuschen."

Netterweise zeigte Adam uns noch den Schuppen in seinem verwilderten Garten. Er war weiß gestrichen, sehr klein, sah dafür aber nicht ganz so schäbig und zerfallen aus wie das Haupthaus. Wir klopften an die Tür des Gartenhäuschens. Kevin öffnete uns. Trotz der Dunkelheit konnte ich erkennen, dass er ziemlich verlottert aussah, er war vielleicht Anfang zwanzig und definitiv auf die falsche Bahn geraten. Er zog einmal tief an seinem Joint und deutete uns hereinzukommen. An der Decke hing eine Glühbirne, die den kleinen Raum erhellte. Auf dem Boden lag eine Luftmatratze mit einem Bettbezug, aber ohne Bettdecke. An der Wand hing ein Regal, in dem mehrere Bongs säuberlich der Größe nach sortiert waren. Ein Poster mit einem drogenverherrlichenden Spruch zierte die Wand. Sonst gab es nichts.

„Ich geh dann mal los", sagte Kevin. „ Fühlt euch wie zuhause." Und schon war er verschwunden.

Wortlos schloss ich die Tür. Ich wusste nicht, was ich sagen sollte. Es hatte keinen Sinn, jetzt noch irgendeine andere Unterkunft zu suchen. Es war schon mitten in der Nacht und in vier Stunden mussten wir wieder aufstehen, um zum College zu fahren. Ich war wütend und fühlte mich wie im falschen Film.

„Vielleicht nicht ganz optimal, aber besser, als wenn wir Geld bezahlen müssten", sagte Helena.

„Ja, danke, dass du das für uns organisiert hast", brachte ich mit zusammengebissenen Zähnen heraus. Ich war genervt, wollte mich aber nicht mit ihr streiten, schließlich hatte sie ja die Unterkunft organisiert.

„Wollen wir schlafen gehen? Wir müssen ja morgen früh raus", fragte ich. Auf einmal fühlte ich mich unglaublich müde. Ich blickte auf die Matratze, sie sah widerwärtig aus. Aber mir blieb nichts anderes übrig. *Diese Nacht werde ich schon irgendwie überstehen,* dachte ich. Wir legten uns hin und deckten uns mit dem dünnen Bettbezug zu. Doch an Schlafen war nicht zu denken. Mein ganzer Körper zitterte, die Kälte hielt mich noch eine Weile wach.

San Diego ist im Winter tatsächlich nicht sonderlich warm. Den nächsten Morgen wachte ich völlig unterkühlt und mit blauen Lippen auf. Ich hatte Halsschmerzen und fühlte mich, als wäre ich mit Kevin feiern gewesen.

Wir packten unsere Sachen und machten uns mit dem Uber[12] auf den Weg zum College. Auf der Fahrt fragte ich Helena, ob sie noch weiter in dem Gartenhäuschen schlafen wollte.

„Ja, wieso denn nicht, Kevin scheint doch nett zu sein."

Ich schüttelte den Kopf und teilte ihr mit, dass ich es nicht noch eine Nacht dort aushalten würde und lieber ins Hostel gehen würde. Sie schien kein Problem damit zu haben.

Der erste Tag im College war relativ unspektakulär und die meiste Zeit war ich damit beschäftigt mir eine Unterkunft zu suchen, die noch nicht ausgebucht war. Erleichtert atmete ich auf, als ich ein Hostel fand, das bezahlbar und nicht allzu weit entfernt war.

---

[12] Uber ist ein US-amerikanisches Dienstleistungsunternehmen, dass in vielen Städten der Welt Online-Vermittlungsdienste zur Personenbeförderung anbietet

Ins College zu gehen stellte sich als relativ reizlos heraus, es war ähnlich wie Schule. Ich langweilte mich zu Tode und beschäftigte mich lieber damit, im Internet nach Stränden zu suchen, an denen ich surfen konnte.

Nachdem die Woche im College vorbei war, stand dann auch endlich mein Urlaub vor der Tür. Mittlerweile fühlte ich mich in meinem Hostel wie zuhause. Ich schlief mit zwei Mädchen in einem Zimmer, die sehr sympathisch waren, Fernanda und Anna. Wir unternahmen ein paar Ausflüge zusammen, die wirklich nett waren, aber mir fehlte das Meer. Ich wollte wieder ins Wasser und surfen. Leider konnten beide nicht mitkommen. Fernanda konnte zwar surfen, aber hatte irgendwas am Knie und Anna konnte nicht mal schwimmen. Fernanda riet mir mit John, einem Typ aus dem Hostel, surfen zu gehen. Ich hatte bisher nur wenige Worte mit ihm beim Frühstück gewechselt, aber er kam mir vor wie ein amerikanischer Abklatsch von Jerome. Seine Arroganz war bis in mein Hostelzimmer zu riechen. Mit so jemandem wollte ich ungern meinen kostbaren Urlaub verbringen.

An meinem letzten Tag in San Diego machte ich mich erwartungsvoll auf den Weg zum Mission Beach. Ich hatte im Internet oft gelesen, dass er gut zum Surfen geeignet wäre. Doch schon unterwegs spürte ich ein Unbehagen. Ich wusste nicht genau, was es war. Die Vorfreude wich einem mulmigen Gefühl bei dem Gedanken, alleine surfen zu gehen. Die Angst vor Haien war noch immer zu präsent. Vor meinem inneren Auge sah ich mich selbst im Line-up. Wie ich von einem Hai attackiert wurde. In meinen Gedanken riss er mir einen Arm, einen Fuß und manchmal sogar ein ganzes Bein ab. Ich konnte meinen Kopf nicht abstellen. Sobald ich nur einen Pelikan sah, hatte ich Bilder im Kopf, wie sich scharfe Zähne in seinen Körper bohrten und er von dem Hai in die Tiefe gezogen wurde.

Am Strand angekommen, hatte mich jegliche Motivation verlassen. Eigentlich hätte ich direkt wieder zum Hostel laufen können, aber der Drang, mir wenigstens das Meer anzuschauen, war dann doch zu groß. Ich lief bis zur Wasserkante. Meine Füße wurden von klarem Wasser umspült. Es war eiskalt. Mit kaltem Wasser verknüpfte ich das Surfen in Frankreich, Fuerteventura und New York.

Also Gewässer, in denen ich bisher keine Haie gesehen hatte. Ich glaubte, dass sie sich in warmen Gewässern wohler fühlten. Aber das war ein Irrglaube. Denn auch in Kalifornien gab es Haie, und zwar mehr als genug. Ich konnte sie nur nicht sehen, weil ich gar nicht erst ins Wasser ging. Aber dafür waren sie in meinem Kopf umso gegenwärtiger. Und je mehr ich auch versuchte, meine Angst zu unterdrücken, es war wie mit dem Monster unterm Bett. Man konnte es nicht sehen und trotzdem war es irgendwie da.

Ich lief am Strand auf und ab, unsicher, was ich jetzt machen wollte. Die Wellen waren winzig, es war fast flat [13]. Ich war unruhig und spürte einerseits den Drang, ins Wasser zu gehen und andererseits die Angst, die stärker war und mich zurückhielt. Ich verstand nicht, warum es sie gab, schließlich konnte ich in New York ja auch ohne Angst surfen. An der Promenade entdeckte ich einen Surfshop. Wie in Zeitlupe lief ich dorthin. Ich betrat den Laden und blickte mich um. An einer Wand standen Surfboards zum Verleih. Ich lief an den Boards entlang. Fast nur Softtops. *Werde ich jemals ein Hardboard[14] surfen?,* fragte ich mich. Ich ließ die Finger über die Rails der Boards gleiten und überlegte, welches ich mir aussuchen würde.

„Kann ich dir helfen?", fragte eine freundliche Männerstimme.

„Äh, nein.", stotterte ich. Der große Typ schaute mich fragend an. Ich wurde rot, drehte mich um und verließ ohne ein weiteres Wort den Laden.

Die Wellen wären eh zu klein gewesen, redete ich mir ein, als ich mich auf den Weg zurück zum Hostel machte.

---

[13] englischer Begriff für flach; wird in der Surfersprache benutzt, wenn es keine Wellen gibt

[14] Surfboard aus einem härteren Material, z.B. Polyester oder Epoxy

Ich lief durch eine von Pflanzen gesäumte Allee. Vor Wut trat ich gegen eine Palme, die am Wegesrand stand. Einmal, zweimal, dreimal. Schließlich boxte ich noch dagegen. Dann lief ich weiter. Zornig hatte ich meine Hände geballt, bereit für die nächste Palme, die mir in die Quere kam. Tränen liefen mir über die Wangen. Ich kochte vor Wut. Wie oft würde ich noch in Kalifornien sein? Und wie konnte es sein, dass ich hier war und nicht surfen ging? Ich hasste es, dass ich diese Grenze einfach nicht überwinden konnte, um meiner Leidenschaft nachzugehen. Die Angst hatte das Steuer übernommen und ich durfte nur noch auf dem Rücksitz Platz nehmen.

Um meine aufgestaute Energie loszuwerden, joggte ich zurück zum Hostel. Dort angekommen, legte ich mich in mein Bett. Zum Glück war niemand außer mir im Zimmer. Auf einmal hatte ich fürchterliches Heimweh. Irgendwie wollte ich überall lieber sein als hier. Ich fühlte mich einsam und vermisste meine Gastkinder.

Den nächsten Tag ging zum Glück schon mein Flug zurück nach New York. Erleichtert konnte ich die beiden Kleinen wieder in meine Arme schließen. Ich war unendlich froh, zurück bei meiner Gastfamilie zu sein.

Kapitel 17

Montauk, Frühling 2018

Mein Jahr in New York neigte sich dem Ende zu. Der Winter war kalt gewesen und bestand aus einer Aneinanderreihung extremer Schneestürme. Manchmal wurden wir bis zu einem Meter tief eingeschneit, sodass wir kaum noch das Haus verlassen konnten. Dementsprechend viel Zeit verbrachte ich drinnen. Ich telefonierte, schaute mir Surffilme an und verbrachte Stunden, damit die Rip Curl Website zu durchstöbern. Ich schaute mir die neuesten Neoprenanzüge an und stellte mir vor, wie ich in einem davon am Strand entlangjoggte. Mit meinem Surfboard unterm Arm. In Zeitlupe. Vielleicht hatte ich aber auch nur zu viel Baywatch geschaut. Doch bei diesen frostigen Temperaturen war es wohl nicht verwunderlich, sich an warme Strände zu träumen. Die Realität war nämlich das genaue Gegenteil meiner Lieblingsserie, denn ans Surfen war bei diesen Temperaturen nicht zu denken. Um nach Queens zu kommen, hätte ich erstmal ein Auto mit Allradantrieb und Schneeketten gebraucht. Und zudem einen 6 mm Neoprenanzug mit Haube und Booties, um im Wasser nicht zu erfrieren. Ich vermisste den Frühling, der leider lange auf sich warten ließ, denn bis April schneite es weiterhin regelmäßig.

Oft lag ich in meinem Bett und träumte davon, Europas Surfspots zu erkunden. Für mich stand fest, dass es erstmal wieder Richtung Heimat gehen würde. Ich hatte einen Surftrip mit Emma und Zoe geplant und hoffte, dass sich meine Angst vor Haien etwas legen würde, wenn ich wieder in europäischen Gewässern surfen würde.

Maria und ich planten, noch ein gemeinsames Wochenende vor dem Ende unseres Auslandsjahres zu verbringen. Als es etwas wärmer wurde, fuhren wir mit dem Auto nach Montauk, einem Dorf an der östlichsten Spitze Long Islands. Es gehörte zu den Hamptons, einer Ortschaft, in der die Schönen und Reichen ihre Wochenendhäuser hatten.

Wir wollten vor allem wegen der besonderen Landschaft dorthin, die von rauen Klippen, steinigen Stränden und wild wucherndem Gras geprägt wurde. Der braun weiße Leuchtturm, sowie die gesamte Gegend der Hamptons wurden in Filmen und Serien oft als Kulisse benutzt. Und von daher wusste ich, dass es dort einige Beachbreaks geben musste. Und Wellen. Aber was ich auch wusste, war, dass an der Küste Long Islands ein riesiger weißer Hai herumschwamm. Woher ich das wusste? Eigentlich von Seth. Er hatte mir in South Carolina eine Website gezeigt, auf der man die Routen weißer Haie vor Amerikas Ostküste verfolgen konnte. Einige waren mit einem Sender versehen worden. Und „Lucy", ein gigantischer weiblicher „Great White", war -laut Internet- die meiste Zeit in den Gewässern vor Long Island und Montauk unterwegs. Eigentlich wollte Seth mir mit der Internetseite nur deutlich machen, dass vor Pawleys Island gerade keine weißen Haie herumschwammen und mich so ermutigen, wieder ins Wasser zu gehen. Aber das Wissen darüber, wo sich Haie aufhielten, bewirkte bei mir nur die gegenteilige Reaktion und ich hatte Angst, überhaupt noch irgendwo in Amerika surfen zu gehen. Schließlich waren nicht alle Haie im Meer mit einem Sender versehen. Außerdem gab es in Montauk eine Menge Robben, die bekanntlich ein ziemlich beliebtes Fressen für Haie waren. Mein Board nahm ich daher gar nicht erst mit.

Vielleicht steigerte ich mich in meine Angst auch nur hinein. Aber zu diesem Zeitpunkt wollte ich meine Zeit tatsächlich lieber mit Maria verbringen. Sie blieb noch eine Weile in Amerika und wer wusste, wann wir uns das nächste Mal wiedersahen? Unser Wochenendtrip bestand also hauptsächlich aus Strandspaziergängen, ein bisschen Shopping und einer Menge Pfannkuchen. Jeden Morgen gingen wir in einem schnuckeligen Pancakehouse frühstücken. Wir besichtigten den Leuchtturm und gingen sogar ins Museum. Obwohl eigentlich alles wunderschön war und ich die Zeit mit Maria genoss, war ich trotzdem nicht zu 100 Prozent glücklich. Irgendetwas fehlte. Und meine sehnsüchtigen Blicke auf die Wellen erinnerten mich daran, was es war.

Kapitel 18

Zurück in Deutschland

Das Erschreckendste, wenn man von einer langen Reise oder einem Auslandsaufenthalt nach Hause kommt, ist, dass sich nichts verändert hat, aber trotzdem irgendwie alles anders ist.

Man selbst verändert sich und bekommt eine andere Weltanschauung. In Amerika lernte ich ganz andere Kulturen, Menschen und Lebensweisen kennen. Ich wurde selbstbewusster und merkte, dass ich mich auch außerhalb Deutschlands zurechtfinden konnte. Ich lernte, darauf zu vertrauen, meinem Herzen zu folgen und für das einzustehen, an was ich glaubte. Ich fand heraus, wie wertvoll mein deutscher Reisepass war. Durch ihn bekam ich die Möglichkeit überall hinzureisen. Wie viele Menschen werden diese Chance nie bekommen, weil sie nicht in Deutschland geboren wurden?

Ich lernte, mich nicht mehr in etwas rein zu zwängen, das mir nicht passte. Sei es Kleidung, ein Job oder eine Beziehung. Ich war frei und musste nicht in Situationen verharren, die mir nicht gut taten.

Dann kam ich mit all meinen Erkenntnissen zurück in mein Heimatdorf, welches noch genau so aussah, wie vorher und in dem sich gefühlt nichts verändert hatte. Vielleicht war irgendwo ein Schlagloch repariert worden, aber das war´s dann auch schon.

Ich sah die Menschen wieder, die ich schon aus meiner Kindheit kannte. Ich blickte in ihre leeren Augen und hatte das Gefühl, dass sie feststeckten. Es machte mich wütend und traurig zugleich. Auch ein Jahr später noch beklagten sie sich über ihre Arbeit, ihr Studium und über Deutschland- über alles Mögliche. Doch kaum einer traute sich, etwas zu ändern. Ich konnte nicht mehr verstehen, wieso sie sich mit ihrer Unzufriedenheit abfanden, um sich dann einreden zu können, keine andere Wahl gehabt zu haben. Ich hatte das Gefühl, dass sie ihre negativen Gefühle auf andere Menschen projizierten. Entweder, indem sie ihrem Umfeld die Schuld für alles gaben oder, schlecht über andere redeten, um sich selbst aufwerten zu können.

Ich fand es erschreckend, zu sehen, wie manche Menschen das Steuer ihres Lebens abgaben. Sich auf den Rücksitz setzten und darauf hofften, dass sich alles von selbst in die richtigen Bahnen lenken würde. Dass alles gut werden würde, ohne dafür auch nur einen Finger krümmen zu müssen.

Mir wurde bewusst, dass nur wir selbst unser Leben in der Hand haben. Wir sind verantwortlich für unser Glück. Natürlich gibt es Schicksalsschläge und äußere Umstände die einem gewisse Dinge nicht möglich machen. Aber die Dinge, die wir an unserem Leben verändern können, sollten wir nicht einfach so hinnehmen, wenn sie uns unglücklich machen. Das Leben ist zu kostbar, um es zu verschwenden und nicht das zu tun, was einen erfüllt und glücklich macht.

Ich beschloss, nicht mehr an meinem Leben vorbei zu leben und machte mich auf den Weg. Meinen Weg. Alles was ich wusste war, dass es mich ans Meer zog. Immer und immer wieder. Das Surfen war ein Lebenselixier für mich. Auch wenn ich Ängste hatte, die mich ausbremsten. Die mir den Weg steinig machten. Nie fühlte ich mich so vollkommen und lebendig wie im Wasser. Und was konnte schon falsch daran sein, meinem Herzen zu folgen?

Kapitel 19

Scheveningen, Mai 2018

Abgesehen von zwei Wochen in San Diego hatte ich in Amerika keinen Urlaub gehabt und so innerhalb eines Jahres 50 Wochen gearbeitet. Ich hatte ein bisschen Geld zur Seite gelegt und wollte von dem Ersparten in Europa surfen gehen.

Zoe, Emma und ich hatten geplant, im Frühling nach Holland zu fahren, denn wir wollten Scheveningens Line-ups unsicher machen.

Im Mai waren wir dann wieder vereint und machten uns auf den Weg nach Holland. Ich freute mich sehr auf unsere gemeinsame Zeit und hoffte, dass wir gut miteinander auskommen würden. Aber ich hatte etwas Bedenken wegen Zoe. Auf Fuerteventura fiel es mir, obwohl ich sie sehr gerne hatte, schwer, mit ihren Stimmungsschwankungen umzugehen. Ich hoffte einfach, dass wir uns gut verstehen würden, da ich Streit nicht ertragen konnte und meistens versuchte, Unstimmigkeiten aus dem Weg zu gehen.

Wir hatten für fünf Tage ein Airbnb[15] gemietet. Es war direkt in der Innenstadt gelegen und wir konnten das Auto nicht weit davon entfernt parken, was ziemlich praktisch war. Den Schlüssel holten wir in einem Atelier bei einem zerstreut wirkenden Künstler ab. Er wies uns den Weg zu der kleinen Wohnung. Sie war nur ein paar Straßen weiter, in einer von Tulpen gezierten Allee gelegen. Die Häuser in dieser Umgebung waren einfach gebaut und vor nahezu jedem Fenster befanden sich bunte Blumenkästen.

---

[15] ein Online Marktplatz für private Unterkünfte. Gastgeber können ihre Gästezimmer, Wohnungen oder Häuser zur Zwischenmiete anbieten. AirBnB steht für „Airbed & Breakfast"

Ich fühlte mich direkt wohl, als wir unser Airbnb betraten. Es war nicht sonderlich groß. Im Erdgeschoss gab es eine Küche sowie einen Essbereich und ein kleines Sofa. Eine hölzerne Treppe mit schmalen Stufen führte ins Obergeschoss, wo sich das Schlaf- und Badezimmer befand. Die Dusche war in der Wand versteckt und komplett mit Holz verkleidet. Die Wohnung hüllte mich mit ihrem ganz eigenen Charme ein. Und auch Zoe und Emma schienen sehr zufrieden mit unserer Wahl zu sein.

In der ersten Nacht teilten wir uns zu dritt das Bett. Niemand traute sich, alleine unten auf dem Sofa zu schlafen.

Mit Emmas Arm im Gesicht wachte ich am nächsten Morgen auf. Wir waren alle noch müde von der Fahrt am Vortag und mussten erstmal richtig wach werden. Emma kochte Kaffee und ich schmierte uns Brote für unterwegs. Trotz unserer Müdigkeit wollten wir möglichst schnell das Haus verlassen, um genug Zeit zum Surfen zu haben.

Mit der Straßenbahn machten wir uns auf den Weg Richtung Strand. Es war kalt für Mai, diesig und der Himmel war von grauen Wolken verschleiert. Wir trugen Mützen, dicke Jogginghosen und eine „Zwiebelschicht" aus Pullovern und Jacken. Unsere Neoprenanzüge trugen wir in Taschen auf unseren Rücken.

Ich war nicht sicher, ob unser Vorhaben surfen zu gehen, sehr erfolgreich sein würde. Ich fragte mich, wie kalt das Wasser sein würde und ob es überhaupt surfbare Wellen gäbe. Wir hatten nicht mal den Forecast gecheckt und ich glaube, zu diesem Zeitpunkt wusste ich auch noch nicht, wie das ging.

Am Strand befand sich die Surfschule. Sie war aus dunklem Holz gebaut und auf Stelzen im Sand errichtet worden. Dort konnten wir uns umziehen und Surfboards leihen. Bibbernd kamen wir aus der Umkleide. Ein Surfschulmitarbeiter musterte uns und bot uns Booties und Hauben an.

„Das Wasser ist eiskalt", sagte er. Dankend nahmen wir die Neoprenschuhe. Hauben hielten wir aber für übertrieben.

Wir liefen den weißen Sandstrand hinunter und legten unsere Boards in den Sand. Ich motivierte Zoe und Emma dazu sich mit mir aufzuwärmen.

Keuchend ließen wir uns ein paar Minuten später in den Sand fallen und schauten aufs Meer. Es gab eine Welle, die man nach links surfen konnte. Sie war relativ klein und wurde vom Onshorewind[16] verblasen. Es gab zwar kaum ein richtiges Face, auf dem man hätte surfen können, aber ich freute mich, dass es überhaupt Wellen gab. Ich hatte nicht so wirklich damit gerechnet und mich schon auf Enttäuschungen eingestellt. Aber auch Zoe war trotz der mittelmäßigen Bedingungen motiviert und hatte nichts auszusetzen.

Das Wasser ließ meine Füße gefrieren. Doch ab dem Knöchel, dort, wo der Neoprenanzug begann, veränderte sich die Temperatur von unerträglich zu unangenehm. Weit und breit sah ich keinen einzigen Fisch. Keine Flosse. Nichts. Ich war beruhigt. Denn wo keine Fische zu sehen waren, waren bestimmt auch keine Haie. Beruhigt schob ich mein Brett neben mir weiter nach vorne.

Ich hörte das Schwappen des Wassers, atmete tief ein und roch den Geruch des nassen Neoprenanzugs, der mich auf seltsame Art beruhigte. Immer tiefer watete ich in die Nordsee, bis es mir plötzlich eiskalt den Rücken hinunterlief. Am Reißverschluss musste irgendwo ein Loch sein. Scharf sog ich die frostige Luft ein und warf mich auf mein Board, damit kein Eiswasser mehr in meinen Neo dringen konnte. Ich paddelte Richtung Line-up. Die kühle Temperatur trieb mich vorwärts und ließ meine Muskeln zu Hochformen auflaufen. Plötzlich war ich hellwach und fühlte mich voller Energie. Sogar noch vor Zoe kam ich bei den anderen Surfern an. Ich setzte mich auf mein Board und wartete auf meine Freundinnen. Meine Füße baumelten im Wasser. Schon jetzt konnte ich meine Zehen vor Kälte nicht mehr spüren.

Der Fakt, dass nicht allzu viele Surfer im Wasser waren, verwunderte mich nicht, da die Bedingungen wirklich nicht optimal aussahen.

Der Wind blies uns vom Ozean aus gegen den Rücken. Das Wasser war unruhig- choppy wie man unter Surfern sagt. Manchmal kamen ein paar Wellen, die einigermaßen surfbar aussahen. Danach war für eine gefühlte Ewigkeit wieder Setpause.

Emma und ich paddelten gemeinsam die erste Welle an. Leider hatte diese kaum Kraft, sie war zu flach und nicht steil genug.

---

[16] Auflandiger Wind

„Ich glaube, wir müssen näher an den Strand", sagte ich und positionierte mich etwas weiter vorne. Emma und Zoe folgten mir, was mich etwas verwunderte, da ich gedacht hätte, dass vor allem Zoe keine Tipps von mir annehmen würde.

Als das nächste Set kam, feuerten wir uns gegenseitig an. Emma surfte einige Wellen und freute sich wie eine Schneekönigin. Auch ich bekam ein paar Wellen, die für die heutigen Bedingungen nicht schlecht waren.

Meist jagten Zoe und ich den Größeren hinterher, denn ich hatte keine Angst vor einem Wipeout. Der Meeresgrund bestand aus weichem Sand. Keinem scharfkantigen Riff oder irgendwelchen Steinen.

Ich versuchte die Wellen im grünen Bereich nach links zu surfen. Leider boten sie durch den starken Onshore Wind nur wenig Face und verwandelten sich schon nach Sekunden in schwabbelige Weißwasserwellen. Mein Surflevel war seit Amerika fast unverändert geblieben. Ich konnte eine grüne Welle am Face entlang surfen.

Dafür machte ich in einem anderen Bereich Fortschritte: Meine Unbeschwertheit kehrte zurück und ich hatte trotz schlechter Bedingungen endlich wieder Spaß am Surfen

Ich fühlte mich sicher auf meinem Surfboard und hätte den ganzen Tag im Wasser verbringen können.

Wäre es nicht so kalt gewesen. Gefühlt war jeder Wipeout mit einem Sturz durch eine Eisschicht zu vergleichen. Einem Tauchgang im Eisloch. Die Kälte fühlte sich an wie tausend kleine Nadelstiche auf der Haut. Mein Gesicht schmerzte und vor allem an den Ohren war die Kälte nicht auszuhalten.

Zoe und Emma klapperten mit den Zähnen. Emmas bläuliche Lippen bildeten einen starken Kontrast zu ihren rötlichen Haaren. Ihre Nase leuchtete rot wie die von Rudolf dem Rentier.

„Ich geh raus", sagte sie. „Mir ist zu kalt. Aber bleibt ruhig noch im Wasser, ich geh schon mal warm duschen." Dann streckte sie uns die Zunge raus und verschwand.

Zoe und ich schauten uns an. Unser Duell hatte begonnen.

Wir sprachen es nicht aus, aber jede von uns wollte die größte Welle des Tages surfen.

Wir spornten uns zwar gegenseitig an, gönnten uns auch die guten Wellen, hatten aber direkt den Ehrgeiz, noch eine größere zu bekommen.

Nach einem etwas härteren Wipe-out, musste jedoch auch ich das Wasser verlassen.

Ich hatte eine größere Welle angepaddelt, die durch eine aufkommende Windböe ungleichmäßig brach. Noch während des Take-offs verlor ich mein Gleichgewicht und fiel unkontrolliert zur Seite. Ich spürte meinen Unterkörper eintauchen und dann meine rechte Gesichtshälfte auf das Wasser klatschen. Wie eine Ohrfeige. Meine Wange brannte. Ich vernahm ein Ziehen in meinem Nacken. Einen stechenden Schmerz in meinem rechten Ohr.

Von der Welle wurde ich in die Tiefe gezogen. Ich versuchte, mich zu entspannen. Ließ mich umherwirbeln und zählte bis drei. Dabei atmete ich langsam aus. Ich spürte Sand an meinen Füßen und tauchte auf. Reflexartig presste ich die Hand gegen mein Ohr. Es fühlte sich an, als hätte man mir einen Nagel hineingerammt.

Nun verfluchte ich mich dafür, dass ich keine Haube aufgezogen hatte.

Ich winkte Zoe. „Ich gehe auch raus!", rief ich ihr zu und machte mich mit zusammengebissenen Zähnen auf den Weg zur Surfschule.

Unter der Dusche neigte ich meinen Kopf nach rechts. Mein Ohr brannte immer noch und ich hoffte, dass sich nur zu viel kaltes Wasser darin befand, das seinen Weg nach draußen finden musste. Doch mich ließ die Befürchtung nicht los, mir einen Trommelfellriss zugezogen zu haben. Da hatte ich so einen Spaß beim Surfen gehabt und endlich keine Angst mehr und dann so etwas.

Ich seufzte und spürte das warme Wasser auf meiner Haut herunter laufen. Spürte, wie die Kälte meinen Körper hinunter floss und einem wohlig warmen Gefühl wich.

Plötzlich hörte ich die Tür zur Damendusche aufgehen. Ich drehte mich um. Vor lauter Dampf konnte ich kaum etwas sehen. Doch als sie näher kam, erkannte ich Zoe. Sie sah ganz verfroren aus. Ihre dunklen Haare hingen ihr vom Salzwasser verklebt im Gesicht. Die grünen Augen strahlten.

„Warum bist du denn schon rausgegangen? Ist alles gut?"
Ich nickte.

„Mir war kalt."

Zoe musterte mich misstrauisch. Meine Hand hatte ich mittlerweile von meinem Ohr genommen. Ich wollte nicht, dass sie etwas merkte. Ich weiß nicht warum, aber vor ihr konnte ich keine Schwäche zeigen.

Als wir fertig waren mit Duschen, unsere Haare geföhnt und uns angezogen hatten, machten wir uns auf den Weg zu Emma. Sie saß in dem kleinen Café, das Teil der Surfschule war. Wir setzten uns zu unserer Freundin an die Eckbank. Durch eine riesige Fensterscheibe konnten wir den Strand und das Meer sehen. Es war noch stürmischer geworden. Regentropfen liefen die Glasscheibe hinunter, der Wind peitschte gegen die hölzernen Wände. Wir beobachteten die anderen Surfer, wie sie mit den Wellen und dem Wind kämpften.

Und plötzlich spürte ich trotz der Wärme in dem Cafe und dem heißen Kakao, den ich in meine Händen hielt das Bedürfnis, zurück ins Meer zu gehen...

Am nächsten Tag wachte ich mit Ohrenschmerzen auf. Emma musste mich wecken, da ich das Piepen von Zoes Wecker nur gedämpft und wie durch Watte wahrgenommen hatte. Anscheinend hatte der Aufprall auf das Wasser größeren Schaden angerichtet, als ich zunächst gedacht hatte. Zum Arzt gehen wollte ich trotzdem nicht. Ich war ja schließlich zum Surfen hier und wollte alles dafür tun mich zu verbessern. Zoe und Emma erzählte ich nichts von meinem Hörverlust, denn ich wollte nicht, dass sie sich Sorgen machten.

Mit der Straßenbahn fuhren wir wieder zum Strand. Es war nicht ganz so kalt wie am Tag zuvor. Trotzdem trug ich eine Mütze, um mein Ohr vor dem Wind zu schützen. Wahrscheinlich wäre es besser gewesen, nicht surfen zu gehen, aber das kam für mich nicht in Frage. Ich hatte in der Nacht geträumt, wie ich als Surflehrerin arbeitete, und ich war hochmotiviert, diesen Traum wahrwerden zu lassen. Meine Gesundheit war mir zwar wichtig, aber mein Ehrgeiz war stärker als mein Verstand.

Nach unserer Surfsession gestern waren wir noch durch die Innenstadt gelaufen. In einer Drogerie hatte ich mir wasserundurchlässige Ohropax besorgt, welche ich mir nun auf der Toilette ins Ohr stopfte.

Dieses Mal zog ich mir noch eine Neoprenhaube über den Kopf, mit der ich aussah wie ein Einbrecher. Ein Einbrecher mit einem Surfbrett.

„Seid ihr bereit?", fragte ich Zoe und Emma, die eigentlich nur auf mich gewartet hatten. Die beiden nickten und wir machten uns auf den Weg in die Nordsee.

Heute war ich etwas vorsichtiger als gestern und achtete darauf, wie ich vom Brett fiel. Um nichts zu riskieren, überließ ich Zoe die größeren Wellen und nahm selbst nur die kleineren. Sie schien etwas verwundert zu sein, sagte aber nichts.

Ich versuchte, mich an alles zu erinnern, was mir meine bisherigen Surflehrer beigebracht hatten. Alle Tipps und Verbesserungsvorschläge wollte ich umsetzen und versuchen mehr an meiner Haltung und Technik zu arbeiten. Mein Take-off war mittlerweile schon recht gut, aber ich versuchte noch schneller aufzustehen und direkt in einer perfekten Position auf meinem Board zu landen. Ich achtete darauf, dass meine Füße mittig standen und ich weder zu viel Gewicht vorne, noch hinten auf dem Brett hatte. Ich ging in die Knie und versuchte meinen Po dabei nicht allzu weit rauszustrecken. Und mir fiel wieder ein, was Simona zu meinen Händen gesagt hatte: Sie sollten vor dem Körper sein. Mit meinem Blick versuchte ich zu lenken. Simona hatte mir erklärt, dass alles vom Kopf ausging. Zuerst drehte man diesen und dann folgte der Rest des Körpers. So konnte man Kurven surfen.

Da ich mich selber nicht sah, konnte ich nicht einschätzen, wie gut die Umsetzung tatsächlich funktionierte, aber immerhin lernte ich an diesem Tag selbstständig an meinen Schwachstellen zu arbeiten.

Was aber natürlich nicht so viel Spaß machte wie einfach die großen Wellen hinunter zu brettern.

Am letzten Tag erkundeten wir auf Emmas Wunsch hin noch einmal die Innenstadt. Ich wäre zwar lieber surfen gegangen, aber musste einsehen, dass ein Stadtbummel tatsächlich die bessere Option war. Durch die Kälte und das damit verbundene Frieren waren wir alle mittlerweile erkältet. Und auch für mein noch immer angeschlagenes Ohr wäre das Wasser sicher keine gute Idee gewesen.

Als wir ein paar Tage später ins Auto stiegen, um wieder nach Hause zu fahren, war ich extrem niedergeschlagen. Warum konnte ich nicht einfach am Meer leben? Warum liebte ich das Surfen? Und warum hatte ich mir ein Hobby gesucht, das man nicht überall ausüben konnte?

Wenn ich in dem Tempo weitermachte, würde ich niemals Surflehrerin werden. Ich war ja fast nie surfen.

Ich musste auf jeden Fall regelmäßiger ins Wasser, wenn ich besser werden wollte. Aber wie konnte ich mir das ermöglichen?

Kapitel 20

Deutschlands Nordseeküste, Herbst 2018

Wenig später hatte ich die Idee: Ich würde einfach an Deutschlands Nordseeküste ziehen. Dort könnte ich im Krankenhaus arbeiten und in meiner Freizeit surfen gehen. Ich hatte zwar kein gutes Bauchgefühl dabei, aber dachte, dass es die einzige Option wäre, wenn ich regelmäßig surfen wollte.

Ein paar Wochen später zog ich um. Aus meinem Heimatdorf in eine kleine Stadt, die an der Nordsee in Schleswig Holstein gelegen war. Ich hatte eine Vollzeitstelle auf der Neonatologie[17] des örtlichen Klinikums bekommen. Durch den Pflegepersonalmangel hatte ich keine Probleme, Arbeit zu finden und wurde sofort mit „Kusshand" genommen.

Ich fand auch direkt ein kleines WG- Zimmer, das ich mir spärlich einrichtete. Ich schlief auf einer Luftmatratze, meine Klamotten lagerte ich in Kartons. Mein Surfboard lehnte wie ein heiliger Gral an der Wand. Meinen Neoprenanzug hängte ich sogar auf einen Bügel an meine Türklinke. Ich besaß nicht viele Dinge. Irgendwie hatte ich nicht den Drang, mir ein Bett oder sonstige Möbelstücke zu kaufen. Alles was ich brauchte war das Meer.

Vielleicht war es die Stimme in meinem Unterbewusstsein, die es mir nicht möglich machte, mich dort einzuleben und die mir schon von Anfang an sagte, dass irgendwas nicht so war wie es sein sollte...

An meinen freien Tagen fuhr ich anfangs oft zu einem nahegelegenen „Surf Spot", an dem es eigentlich nur Kitesurfer gab. Die Nordsee war meistens viel zu windig zum Wellenreiten.

---

[17] Station, auf der kritisch kranke Früh- und Neugeborene behandelt werden

Es gab keinen Groundswell[18] und die Wellen wurden nur durch den Wind vor der Küste geformt. Sie hatten kein Face und waren eigentlich nur verblasene Schaumwellen. In einem halben Jahr gab es vielleicht zwei Tage, an denen ich gute Wellen surfen konnte. Ich war genervt. Da zog ich extra so weit weg aus der Heimat und alles, was sich mir bot war ein schwabbeliges, verpustetes und nicht definierbares Line-up. Das konnte doch nicht wahr sein! Ich wollte auch mit keiner anderen Sportart anfangen.

Wellenreiten, also Surfen war für mich die einzige Option, auch wenn man an diesem Ort definitiv besser Wind- oder Kitesurfen gegangen wäre. Ich liebte beim Surfen das Gefühl sich eine Welle „erkämpfen" zu müssen. Und wenn man sie bekam, war es die eigene Leistung, die einen dorthin gebracht hatte. Beim Windsurfen hingegen war es der Wind, der einen anschob. Und beim Kitesurfen war es auch der Wind, der einen nach vorne zog. Beim ursprünglichen Wellenreiten hingegen musste man sich meiner Meinung nach die Wellen erst verdienen.

Die Arbeit auf der Neonatologie war nicht besser als die auf der Kinderintensivstation vor meiner Zeit in Amerika. Ich verbrachte wieder die meisten Stunden des Tages auf Station, schob Überstunden und sprang an meinem freien Tag ein, um auszuhelfen, weil wieder jemand krank war. Anscheinend war es überall dasselbe. Falls ich mal keine Zeit hatte, um auszuhelfen, beschwerten sich meine Kollegen und lästerten über mich.

Weil ich wieder so viel arbeiten musste, hatte ich also weder Zeit noch Energie um Surfen zu gehen. Abgesehen davon waren die Wellen auch einfach nicht zu gebrauchen. Obwohl ich dieses Mal am Meer lebte, wiederholte sich die Situation von damals eins zu eins.

---

[18] Eine Dünung, die durch eine weit entfernte stürmische See entstanden ist (Periode > 10 Sekunden). Windswell: Dünung, die durch starken lokalen Wind entsteht (Periode < 10 Sekunden)

Ich wurde lustloser, war ständig müde und meine Gedanken kreisten um die Frühchen in ihren Inkubatoren. Ich hatte oft Nachtschichten und war tagsüber nicht mehr in der Lage, irgendwas zu tun. Schon einkaufen stellte eine enorme Herausforderung dar. Beim Autofahren fielen mir die Augen zu, weshalb ich irgendwann nur noch zu Fuß gehen konnte. Die anderen Schwestern meinten zwar, ich würde mich an diese Arbeitszeiten gewöhnen, aber es funktionierte nicht und mein Körper streikte. Von Tag zu Tag ging es mir schlechter, ich konnte durch den ständig wechselnden Schichtdienst nur noch vier Stunden am Stück schlafen. Danach war ich hellwach und gleichzeitig hundemüde. Ich fragte mich, ob der Job der Richtige für mich sei. Ich kam weder mit den kranken Frühchen, noch mit dem Schichtdienst klar. Nach Feierabend plagten mich Ängste, unbemerkt einen Fehler bei den Medikamenten gemacht zu haben. Ich wusste einfach nicht, wie ich mit so einem fatalen Fehler, der ein Menschenleben kosten könnte, je wieder glücklich werden würde. Es war wie ein Teufelskreis. Schon nach ein paar Monaten war ich wieder so erschöpft, dass ich es nicht mehr schaffte, etwas geselliges zu unternehmen oder meiner Leidenschaft, dem Surfen, nachzugehen. Meine Welt kam mir immer dunkler und mein Leben mir immer hoffnungsloser vor.

Es fühlte sich falsch an, dort zu bleiben. Gleichzeitig wusste ich nicht, wohin ich gehen sollte. Mein Herz zog mich ans Meer. Und zwar nicht an die Nordsee, wie ich jetzt herausgefunden hatte, sondern irgendwohin, wo es richtige Wellen gab- wie am Atlantik. Ich wünschte mir nichts sehnlicher, als endlich wieder zu surfen und zwar in Frankreich oder auf Fuerteventura oder anderswo, aber nicht hier.

Mir wurde klar, dass ich es nicht aushalten würde, diesen Job dauerhaft zu machen. Ich hörte mein Herz rufen. Lauter als je zuvor. Ich gehörte nicht hierher. Tief in mir drin war mir das schon seit Monaten klar. Eigentlich wusste ich es schon, bevor ich den Job überhaupt angenommen hatte. Mein Verstand war es, der mir gesagt hatte, dass es das „Sicherste" wäre, in Deutschland zu bleiben. Und ich hatte auf ihn gehört anstatt auf mein Herz. Doch irgendwann kam der Punkt, an dem ich die Rufe aus meinem Innersten nicht mehr ignorieren konnte. Ich war nicht glücklich. So konnte und wollte ich nicht weiterleben.

Ich suchte wieder nach Möglichkeiten, diesem tristen Dasein ein Ende zu bereiten. Meine Sehnsucht zum Meer und zum Surfen wurde immer größer. Es bedeutete mir alles und jeder Tag, an dem ich nicht im Wasser war, erschien mir sinnlos- wie ein verschwendeter Tag.

Von meinem rationalen Denken her konnte ich es mir nicht erklären, denn eigentlich gab es ja noch genügend andere schöne Dinge in meinem Leben. Aber das Surfen war wie eine Sucht für mich, ich konnte nicht aufhören, daran zu denken. In meinen Tagträumen sah ich mich selbst auf gläsernen, grünlichen Wellen dahingleiten. Auf einem Surfboard hockend. Mit einer Hand griff ich das Rail. Mit den Fingerspitzen der anderen Hand berührte ich das kristallklare Wasser neben mir. Sonnenlicht strahlte durch die Welle und ließ sie in grünlichen Farbnuancen schillern. In Zeitlupe fuhr ich der Sonne entgegen...

Ich wurde die Gedanken in meinem Kopf nicht mehr los. So sehr ich es auch versuchte, ich konnte meinen Traum, Surflehrerin zu werden, nicht aufgeben. Aber fest stand auch, dass ich dieses Ziel nicht an der Nordsee erreichen würde.

Ich überlegte, wo ich meine Vision verwirklichen könnte. Es musste doch Wege geben, an einem Ort zu leben, an dem es gute Wellen gab, ich mein Surfen verbessern könnte und gleichzeitig Geld verdiente? Auf den ersten Blick schien es kaum Möglichkeiten zu geben. Doch nach einiger Recherche fand ich eine Surfschule, die eine Stelle für ein mehrmonatiges Praktikum ab Januar 2019 ausgeschrieben hatte. Auf Fuerteventura. Der Job würde zwar unterirdisch schlecht bezahlt sein, aber dafür würde ich eine Unterkunft und Essen gestellt bekommen. Die Hoffnung darauf wieder richtige Wellen surfen zu können, ließ mich eine Bewerbung an die angegebene E-Mailadresse schicken.

Schon einige Tage später bekam ich eine Rückmeldung vom Chef der Surfschule. Er lud mich zu einem Bewerbungsgespräch per Videoanruf ein.

Als ich das Klingeln bei Skype hörte, wurde ich nervös. Meine Hände zitterten, als ich den Anruf entgegennahm. Tomas war Deutscher, glatzköpfig und Inhaber einer Surfschule. Seit Jahren wohnte er nun schon auf der Insel. Er bot Surfunterricht, Yoga und eine Unterkunft mit Verpflegung für ungefähr 20 Gäste an. Tomas wusste genau, wo der Tourismushase langläuft und er wollte das Beste aus seiner Firma herausholen.

Er wirkte sehr arrogant, als er seine Surfschule in das beste Licht rückte und alle anderen Surfschulen schlecht redete. Er erzählte mir, was meine Aufgaben wären: Ich müsste Frühstück für die Gäste machen, Check-ins und Check-outs vornehmen, mich um das Social Media Marketing kümmern, den Garten in Stand halten, aufräumen, putzen und dabei jederzeit mit einem Lächeln auf den Lippen für die Gäste da sein. Samstags hätte ich frei. Ich könnte kostenlos bei den Surfstunden und Yogastunden mitmachen, wenn ich nicht arbeiten musste. Und ich dürfte mir Material von der Surfschule leihen.

Ich fand es klang nach ziemlich vielen Aufgaben und einer verhältnismäßig schlechten Bezahlung, aber um endlich wieder surfen zu können, hätte ich wahrscheinlich alles gemacht. Tomas fragte mich nach meinen Erfahrungen im Tourismus und ich sagte ihm, dass ich mal in einem kleinen Café gekellnert hatte, aber sonst als Kinderkrankenschwester gearbeitet hatte.

„Da muss ich mir noch mal überlegen, ob das für die Stelle reicht", erwiderte er daraufhin wichtigtuerisch. *Was muss man denn in diesem Job schon groß können?* fragte ich mich. Hatte er sich vorher nicht meinen Lebenslauf durchgelesen? *Dann hätte er ja gar nicht erst mit mir skypen müssen,* dachte ich nur. Doch leider konnte er es sich leisten, mich zappeln zu lassen. Ich war wohl nicht die Einzige, die bereit war, ihre Lebensansprüche so tief herunterzuschrauben, nur um am Meer leben und surfen zu können. Zum Ende des Gespräches stellte er noch einige Fragen zu seiner Surfschule, die ich kaum beantworten konnte. Daraufhin erklärte er mir, dass ich einen uninteressierten Eindruck bei ihm hinterlassen hätte und er noch nicht genau wüsste, für welche der ZAHLREICHEN Kandidatinnen er sich entscheiden würde. Mit den Worten „Ich melde mich bei dir", legte er auf.

Nach diesem Gespräch rumorte mein Bauchgefühl bezüglich dieses Menschen gewaltig, selten hatte jemand auf so eine überhebliche Art mit mir geredet. *Vielleicht sollte ich doch einfach hier auf der Neonatologie bleiben?,* überlegte ich. Den sicheren Weg gehen und versuchen mich anzupassen?

Ich wusste nicht mehr was richtig war. Ich wusste nur eine Sache: Dass ich surfen wollte. Dass es mir wichtiger war, als alles andere. Wichtiger als Sicherheit und Luxus, wichtiger als ein unbefristeter Arbeitsvertrag auf der Neonatologie. Aber ob ich für jemanden wie Tomas arbeiten wollte? Dessen war ich mir nicht so sicher.

Ich hatte schon angefangen nach anderen Jobs Ausschau zu halten, als Tomas mich ein paar Wochen später tatsächlich anrief und fragte, ob ich noch Interesse an der Stelle hätte. Ich hatte nicht damit gerechnet und sagte kurzerhand zu. Von den anderen Surfschulen hatte ich gar keine Antwort bekommen und ich sah diesen Job als meine einzige Option an, dauerhaft an guten Surfspots zu sein, endlich besser zu werden und meinen Traum irgendwann zu verwirklichen.

Kapitel 21

Fuerteventura, Januar 2019

Kurz nachdem alles in trockenen Tüchern war, kündigte ich meinen Job auf der Neonatologie. Zwei Monate hatte ich geplant, noch dort zu arbeiten. Ich machte es mir zur Aufgabe, so gut wie möglich mit meinem Geld zu haushalten, um ein bisschen was anzusparen.

Anfang Januar sollte mein Job in der Surfschule auf Fuerteventura beginnen. Und niemand konnte verstehen, wie ich freiwillig einen unbefristeten Arbeitsvertrag mit gutem Gehalt gegen eine befristete, schlecht bezahlte Praktikantenstelle tauschen konnte. Aber es war mir egal, was andere Leute dachten. Für mich war es die beste Entscheidung gewesen, diesen Ort hinter mir zu lassen und wieder dem Ruf meines Herzens zu folgen. Ich buchte einen Flug und begann die paar Habseligkeiten in meinem WG Zimmer zu verkaufen, auszusortieren oder einzupacken. Die letzten Wochen auf der Neonatologie bestätigten mich in meiner Entscheidung: Meine Kollegen warfen mir vor, unkollegial zu sein und, dass es unfair wäre, so früh zu kündigen. Diese letzten Tage überstand ich nur mit dem Ausblick darauf, bald nach Fuerteventura fliegen zu können.

Mit lauter Touristen stieg ich an einem verschneiten Freitagmorgen in den Flieger nach Fuerteventura. Ich fühlte mich so frei wie nie zuvor in meinem Leben. Ich wusste nicht, was auf mich zukam, aber ich spürte ein Gefühl von Vertrauen. Ein Vertrauen, das mir sagte, dass alles gut werden würde. Ich setzte mich auf den Platz, der auf meinem Ticket stand. Ein Fensterplatz. Erleichtert ließ ich mich in den Sitz fallen und sofort machte sich ein Gefühl der Unbeschwertheit in mir breit. Trotz einer riesigen Ungewissheit, was meine Zukunft betraf, fühlte ich mich sorglos, als ob etwas in mir wusste, dass alles gut werden würde.

Als die Motoren starteten und der Flieger abhob, fühlte ich wie das Gewicht der letzten Monate von meinen Schultern wich und in Deutschland zurückblieb.

Ich genoss den Flug ins Ungewisse. Als wir nach knapp fünf Stunden der Insel näher kamen und ich unter mir den azurblauen Ozean entdecken konnte, machte mein Herz einen Hüpfer.

Ich sah Linien auf der Meeresoberfläche, die als kraftvolle Wellen gegen felsige Küstenlandschaften krachten.

Was für ein Zufall es war, dass ich genau hier einen Job gefunden hatte. Nach über zwei Jahren kam ich zurück auf diese Insel. Während des Landeanflugs durchfuhr mich ein warmes Gefühl. Es fühlte sich an, wie nach Hause zu kommen. Als würde ich diese Insel wie meine Westentasche kennen. Als wäre ich, seit ich 2016 mit Zoe und Emma hier war, nie weg gewesen. Es war seltsam und schön zugleich. Die Räder setzten auf, ein paar holprige Erschütterungen und kurze Zeit später kamen wir zum Stehen. *Bald kann ich endlich wieder surfen gehen,* dachte ich voller Vorfreude. Ich musste an den Strand denken und spürte wieder die altbekannten Schmetterlinge in meinem Bauch.

Ein paar Minuten später holte ich meinen Koffer vom Gepäckband, lief zum Ausgang des Flughafengebäudes und wartete auf Tomas. Er hatte versprochen, mich abzuholen. An einer Drehtür sah ich einen glatzköpfigen Mann. Das musste er sein. Er begrüßte mich und nahm mir netterweise den Koffer ab. Trotz seiner zuvorkommenden Art, hatte ich immer noch ein grummelndes Bauchgefühl bei ihm. Es gab irgendetwas, das es mir unmöglich machte, ihn sympathisch zu finden.

Auf dem Weg zur Surfschule nahm ich die Landschaft nun mit ganz anderen Augen wahr als bei meiner ersten Reise hierher: Die einfachen Straßen schlängelten sich durch vulkanartiges Terrain. Die karge Wüstenlandschaft erinnerte mich an eine Marslandschaft. Kahl, aber irgendwie auch besonders. Sie hatte etwas Magisches an sich, das mir beim letzten Mal gar nicht aufgefallen war. Alles kam mir so vertraut vor, als hätte ich schon einmal hier gelebt.

In Corralejo angekommen, fuhren wir zuerst zu der Unterkunft, in der ich wohnen würde. Es war ein kleines unscheinbares Apartment, das etwas verfallen aussah. Vor der Tür hing eine klapprige Jalousie, die aussah, als würde sie jeden Moment abfallen. Tomas schloss die Tür auf und gab mir den Schlüssel. Wir betraten die sandige Wohnung und direkt schlug mir ein muffiger Geruch entgegen. Die Decke war niedrig und voller undefinierbarer Flecken. Wir standen inmitten eines großen Raumes, der sowohl Küche als auch Wohnzimmer zu sein schien. In der Ecke stand ein Sofa mit weißem Bezug und an den Wänden hingen Poster von berühmten Surfern.

Irgendwie fühlte ich mich direkt wohl hier, auch wenn die Möbel zusammengewürfelt waren und aussahen, als hätte man sie vom Sperrmüll gerettet.

Tomas deutete auf eine Tür.

„Das ist dein Zimmer", sagte er. Ich drückte die wackelige Klinke herunter und trat in ein kleines Zimmer. Es standen ein Bett und ein hellbrauner Schrank darin. Außerdem gab es ein Fenster, durch das ein wenig Licht hereinschien.

Ich stellte meine Sachen ab.

„Danke", sagte ich und trat zu der staubigen Fensterscheibe. Ich blickte auf einen kleinen Innenhof. Zwischen zwei Haken war eine Leine gespannt, auf der ein tropfender Neoprenanzug hing. Anscheinend hatte ihn jemand vor nicht allzu langer Zeit dorthin gehängt.

„Dieses Wochenende hast du frei. Ab Montag geht's dann los", riss mein Chef mich aus meinen Gedanken. Ich drehte mich um.

„Madleen wird dich einarbeiten. Sie ist deine Vorgängerin", redete er weiter. Ich nickte. Vollkommen unwissend, was auf mich zukommen würde.

Wir gingen aus meinem Zimmer zurück in den Hauptraum. Neben der Tür zu meinem Zimmer gab es noch eine weitere.

„Das ist das Zimmer von Neele. Sie arbeitet gerade in der Surfschule."

„Okay", antwortete ich nur. Ich wusste nicht, was ich sonst noch sagen sollte, denn ich fühlte mich etwas überfordert von den vielen neuen Eindrücken.

„Dann Montag um 6:30 Uhr vor dem Haupthaus", verabschiedete Tomas sich. Und dann war er auch schon verschwunden.

Für einen Moment stand ich in dem Appartement und wusste nichts mit mir anzufangen. Ich begann meine Sachen in den staubigen Kleiderschrank zu räumen und das Bett zu beziehen. Die einzige Information, die ich hatte war, dass ich noch zwei Tage frei hatte, bis ich das erste Mal arbeiten musste. Und für das Wochenende brauchte ich auf jeden Fall noch etwas zu Essen. Ich machte mich auf den Weg zum Supermarkt und kaufte das Nötigste. Als ich zurückkam, hörte ich schon von draußen das Klappern von Töpfen und Geschirr. Ich öffnete die Tür und jetzt wurde der muffige Geruch von dem Duft nach Spaghetti Bolognese übertönt.

Neele bemerkte mich erst gar nicht. Sie stand mit dem Rücken zu mir und hatte Musik angeschaltet. Rhythmisch rührte sie in einem Topf und pfiff dabei den Song mit. Unter ihrem viel zu großen Shirt ließ sich eine weibliche Figur erahnen. Ihre hellbraunen Locken hatte sie zu einem hohen Pferdeschwanz gebunden, der im Takt zur Musik wippte.

Ich stellte die Einkaufstüten ab.

„Hi.", sagte ich etwas unsicher. Sie drehte sich um.

„Oh, du musst die neue Praktikantin sein. Ich bin Neele."

Ich war so fasziniert von ihrem schönen Gesicht, dass ich völlig vergaß, zu antworten.

„Möchtest du etwas abhaben?" Sie deutete mit dem Kochlöffel auf Nudeln, die in einem kaputten Sieb vor sich her tropften.

„Ja, das wäre nett", antwortete ich.

Ich öffnete die Schranktüren, um zu schauen, wo sich die Teller befanden.

„Dort unten", sagte Neele nur und zeigte auf ein Regal. Die Schränke waren vollgestopft mit Kram, anscheinend hatten die Teller sonst nirgends Platz gefunden. Wir setzten uns hin.

„Wundere dich nicht", sagte sie mit kauendem Mund, „hier liegt überall Zeug von den ganzen Angestellten und Praktikanten herum, die Tomas vor uns hatte."

Verwundert zog ich die Augenbrauen hoch.

„Es kommen ständig neue. Bin gespannt, wie lange du es aushältst." Sie lachte kurz.

Ich war verwundert, anscheinend war die Fluktuationsrate hier doch relativ hoch. Neele erzählte mir, dass sie gerade Mittagspause hatte und gleich zurück zur Arbeit müsste. Ich bot ihr an, das Geschirr zu spülen und sie machte sich wieder auf den Weg zurück zur Surfschule.

Bis es dunkel wurde, blieben mir noch ein paar Stunden und ich beschloss, ein bisschen die Gegend zu erkunden. Ich wollte mir meinen zukünftigen Arbeitsplatz anschauen. Zuerst marschierte ich zu der Gästeunterkunft und stattete dann Neele einen Besuch in der Surfschule ab, die praktischerweise direkt an die Gästeunterkunft grenzte.

Die Surfschule war modern gestaltet, lichtdurchflutet und sauber. Alles hatte seine Ordnung. Man merkte, dass der Inhaber Deutscher sein musste.

Spanische Surfschulen sahen vergleichsweise heruntergekommen aus.

Die Surfboards standen, der Größe nach sortiert, in Halterungen an der Wand. Sie schienen noch relativ neu und von guter Qualität zu sein. Neele saß an einem Schreibtisch und war am Tippen. Ihr gegenüber saß eine zierliche junge Frau mit dunkelblonden Haaren. Sie schaute kurz auf, blickte dann aber genervt wieder auf ihren Bildschirm. Ich stellte mich als die neue Praktikantin vor.

„Schon wieder eine Neue?" fragte diese, zog die Augenbrauen hoch und schaute zu Neele.

„Ich bin Teresia", stellte sie sich vor. „Der Surflehrer mit den roten Haaren ist mein Freund", fügte sie hinzu. *Alles klar,* dachte ich mir nur und nickte.

„Tomas meinte, dass man sich als Mitarbeiterin umsonst Boards leihen kann. Darf ich mir eins mitnehmen?", fragte ich.

„Klar, nimm dir welches du willst", antwortete Neele.

„Du kannst surfen?", fragte mich Teresia ungläubig.

„Naja", stammelte ich. „Ich gebe mein Bestes." Sie nickte nur und starrte dann wieder auf ihren PC, um mir deutlich zu machen, dass sie Wichtigeres zu tun hatte, als mit mir zu reden. Neele schaute mich entschuldigend an. Ich entschied mich für ein 7,0" Softboard in hellgrün.

Gerade wollte ich die Surfschule verlassen, da hörte ich Teresias hohe Stimme krächzen: „Ich dachte, du kannst surfen, warum nimmst du dir ein Softboard mit?"

„Lass das doch Teresia!", fuhr Neele sie an. Dann hörte ich nur noch die Glocken über der Tür klingeln, als ich kopfschüttelnd die Surfschule verließ. Was hatte die denn für ein Problem?!

Mit dem Board unter meinem Arm lief ich zurück zu unserem Appartement. Ich lehnte es gegen die Hauswand und machte mich auf den Weg zum Strand. Bald würde die Sonne untergehen und ich wollte noch einmal das Wasser und die Wellen gesehen haben, bevor ich morgen surfen gehen würde. Ich stieg die Anhöhe am Strand hinunter und erinnerte mich, wie ich hier vor ein paar Jahren mit Zoe und Emma heruntergekraxelt war. Auf einmal vermisste ich die beiden. Sonst waren sie meine „Surfbuddies" gewesen und jetzt würde ich auf mich alleine gestellt sein...

Der Strand sah noch genauso aus wie in meiner Erinnerung. Nur die dunklen Felsen ragten noch ein Stück weiter aus dem Sand, als noch vor ein paar Jahren. Möwen flogen kreischend umher. Einige Leute spazierten an mir vorbei. Ich atmete die salzige Luft ein. Dieses Mal war es anders. Es war kein Urlaub. Ich würde hier bleiben. Hier arbeiten und wohnen. Das fühlte sich tausend Mal besser an, als nur für ein paar Tage zu bleiben.

Der Wind strich trotz frühlingshafter Temperaturen kühl über meine Haut. Ich schaute aufs Meer und entdeckte ein paar Surfer in den riesigen Wellen. Ich war mir nicht sicher, ob ich mich da morgen alleine hineinwagen wollte. *Aber gut, Weißwasserwellen könnte ich ja trotzdem surfen*, dachte ich mir.

Nachdem die Sonne untergegangen war und es zu dämmern begann, lief ich zurück zu unserem Appartement. Auf sonderbare Art kam mir alles so vertraut vor. Als würde ich jeden Stein kennen, der am Wegesrand herumlag.

Die erste Nacht in meinem neuen Zuhause hätte nicht besser sein können. Das Bett war zwar nur 90 cm groß und die Matratze durchgelegen und muffig, aber ich hatte gut geschlafen und fühlte mich in dem Zimmer direkt wohl. Neele war super aufgeschlossen und ich hatte das Gefühl, dass das Zusammenleben mit ihr sehr entspannt werden würde. Voller Vorfreude blickte ich auf meinen freien Tag. Die Wellen riefen. Ich fragte meine Mitbewohnerin, ob sie mit surfen kommen wollte, aber sie musste leider arbeiten.

Ich kochte mir mit einer italienischen Kaffeemaschine einen Kaffee. Es war einer dieser silbernen Kaffeekocher, die man so auf den Herd stellen konnte. Leider war der Henkel abgebrochen, wodurch es komplizierter als gedacht wurde, mir damit einen Kaffee einzugießen. Aber ich schaffte es.

Nachdem ich gefrühstückt hatte, nahm ich das Surfboard, das ich mir den Tag zuvor ausgeliehen hatte und machte mich auf den Weg zum Strand. Es war angenehm warm. Feiner Wüstenstaub wurde durch die Luft gewirbelt und ließ mich blinzeln.

Schon nach fünf Minuten Fußmarsch wurde das Board unter meinem Arm immer unhandlicher. Ich musste aufpassen, dass es durch den Wind nicht weggerissen wurde. *Na super,* dachte ich mir.

Nach einer halben Stunde Fußmarsch über die staubige Wüstenlandschaft kam ich endlich bei den Klippen an. Ich atmete auf und machte eine kurze Pause.

Die Wellen waren groß. Zu groß um alleine ins Line-up zu paddeln? Wahrscheinlich würde ich mich mit den Weißwasserwellen zufrieden geben müssen, aber auch das war in Ordnung. *Hauptsache, endlich wieder im Wasser,* dachte ich nur. Ich lief die Anhöhe hinunter zum Strand und legte meine Sachen an einem Stein ab. Die rote Flagge wehte, kaum jemand war im Wasser. Nur ein paar Anfänger, die versuchten, mit ihren riesigen Softboards gegen die Schaumwalzen zu kämpfen. Ich schaute ihnen einen Moment zu. Innerhalb von Minuten waren sie von der Strömung ein gutes Stück weiter getrieben worden. Ich merkte mir die Stellen, an denen Steine aus dem Wasser ragten und versuchte mir einen Orientierungspunkt am Strand zu suchen, damit ich nicht auch so weit abtrieb. Ich wollte auf Nummer sicher gehen. Plötzlich begann mein Herz zu rasen. Mir schoss ein Gedanke durch den Kopf: *Was ist mit Haien?!* Ich lief an der Wasserkante auf und ab. Unruhig beobachtete ich die Wasseroberfläche. Es war nichts zu sehen. Auch vorne, im flachen Wasser konnte ich keinen einzigen Fisch entdecken. Noch immer spürte ich die Angst aus South Carolina. Sie war schwächer geworden, aber immer noch da. Erneut schlichen sich Bilder in meinen Kopf, wie ein Hai meinen Arm abbiss. Wie bei Bethany Hamilton. Ich atmete tief ein und versuchte die Gedanken wegzuschieben. *Es gibt hier keine Haie,* versuchte ich mir einzureden. Das funktionierte nicht. Wieder erschien das Bild von dem Pelikan in meinem Kopf. Ich wurde nervös und schaute zu den Surfern. Sie schienen entspannt zu sein, standen hüfthoch im Wasser. *Reiß dich zusammen!* sagte ich mir. *Du konntest hier doch früher auch surfen gehen.*

Ich zog meinen Neoprenanzug an und versuchte nicht mehr nachzudenken. Meinen Kopf auszuschalten. Ich dachte an Simona. Ob sie wohl noch hier wohnte? Der Gedanke an sie motivierte mich. Die Angst wurde schwächer und ich setzte den ersten Fuß ins Wasser. Sofort spürte ich, wie ich von einer positiven Energie durchflutet wurde. Das Meer begrüßte mich mit offenen Armen. Wie eine alte Freundin. Es war, als wäre ich nie weggewesen und ich watete tiefer hinein. Spürte, wie ich vom Ozean umarmt wurde. Wie er mich in seine Arme schloss. Friedlich. Ich war umhüllt von einem Gefühl des Vertrauens. Er hatte meine Angst weggespült und auf einmal wusste ich, dass mir nichts passieren würde. Dass ich sicher war.

Ich hielt meine Hand auf dem Board und schob es immer weiter Richtung Horizont. Die Strömung war stark und nach jeder Welle riss es mir den Boden unter den Füßen weg.

Als ich im hüfttiefen Wasser angelangt war, legte ich mich auf mein Board und nahm die erste Weißwasserwelle. Mein Take-off war noch genauso wie in Holland und innerhalb von kurzer Zeit stand ich auf dem Board. Ich fühlte mich schwerelos, als ich auf der riesigen Schaumwalze dahinglitt und versuchte, zur Seite zu fahren. Direkt hatte ich wieder die Ratschläge von Simona und Seth im Kopf. Ich versuchte sie umzusetzen und drehte meinen Kopf nach rechts. Mein Oberkörper folgte automatisch. Meine Hüfte war noch etwas steif, aber trotzdem fuhr ich auf der Weißwasserwelle nun nach rechts. Ich freute mich, dass noch alles so gut klappte. Seit der letzten Surfsession waren schließlich schon sechs Monate vergangen.

Ob ich es doch wagen sollte, raus zu paddeln? Ich fühlte mich, als könnte ich Bäume ausreißen. Voller Energie. Ich schaute zu den grünen Wellen. Sie waren bestimmt kopfhoch, brachen schnell und steil. Ähnlich wie das letzte Mal, als ich hier war. Nur, dass sie jetzt größer waren.

Ich erinnerte mich daran, wie Simona mit mir rausgepaddelt war. Ich erinnerte mich an die Setpause. Und wartete. Nach ein paar Minuten wurden die Wellen kleiner, bis sie schließlich ganz wegblieben. Ohne viel nachzudenken schwang ich mich auf mein Board und paddelte los. So schnell ich konnte. Doch leider war ich zu langsam. Oder die Setpause war einfach zu kurz. Ich schaffte es nicht bis ins Line-up. Das nächste riesige Set kam hereingerollt und brach über mir zusammen und mir blieb nichts anderes übrig, als mein Brett loszulassen, tief einzuatmen und unterzutauchen. Solange wie möglich die Luft anzuhalten. Ich spürte den Sand um mich herumwirbeln. Spürte die Kraft des Wassers, die sich über mir entlud.

Das Meer zeigte mir, wer die Oberhand hatte und machte mir deutlich, dass ich noch nicht gut genug war, bei dieser Größe alleine raus zu paddeln. Ich ließ mich von der Welle durchschleudern. Ließ alles geschehen und versuchte mich zu entspannen.

Nach ein paar großen Setwellen war ich zurück in die Weißwasserzone gespült worden. *Na gut,* dachte ich. *Heute nicht.* Aber mein Ehrgeiz war geweckt.

Irgendwann würde ich stark genug sein, um auch bei größeren Wellen hier rauspaddeln zu können.

Für heute beließ ich es bei den Schaumwalzen und schleppte mich ein paar Stunden später aus dem Wasser. Mit tropfendem Neoprenanzug und einem riesigen Lächeln im Gesicht lief ich zurück zum Apartment.

Kapitel 22

Praktikantenarbeit

Am Sonntag nahm Neele mich mit zu einem Surfspot im Osten der Insel. Ein Beachbreak, der sowohl für Anfänger als auch für alle anderen Surflevel geeignet war und an dem sich eine Menge Surfschüler im Wasser tummelten. Mir gefiel dieser Spot besonders gut. Es war ein kleiner Strand, der von Felsen an den Seiten begrenzt wurde, er war vielleicht 300 Meter lang. Neele hatte mir erklärt, dass man dorthin fahren konnte, wenn die Wellen im Norden der Insel zu groß waren. Das Wasser war so klar wie in einer Lagune. Die Wellen, die in kurzen Abständen hereinrollten, waren nicht allzu groß, vielleicht hüfthoch.

Wir verbrachten den halben Tag dort. Erst gingen wir bei diesen wunderbaren, einfachen Bedingungen surfen. Ich fühlte mich sicher und paddelte vergnügt eine Welle nach der anderen an. Tatsächlich fuhr ich manche davon lange am Face entlang.

Nach ein paar Stunden im Wasser gingen wir zurück an den Strand, breiteten unsere Handtücher aus und legten uns darauf. Wir aßen Sandwiches und unterhielten uns über unseren eigenartigen Chef. Ich wusste immer noch nicht genau, was ich von ihm halten sollte. Er war mir suspekt und unsympathisch, doch Neele beteuerte, dass er auch eine nette Seite hatte, was ich mir irgendwie nicht wirklich vorstellen konnte.

Am Montag klingelte mein Wecker um 6:00 Uhr. Ich quälte mich aus dem Bett und schon eine halbe Stunde später kam ich vor dem Haupthaus an, bereit für meinen ersten Arbeitstag. Es war noch stockdunkel auf den Straßen, nur vereinzelt flackerten ein paar Straßenlaternen. Die blaue Haustür der Hauptunterkunft war nur angelehnt, also betrat ich das Gebäude.

Vor mir befand sich eine steinige Treppe, die ich hinauflief. Oben angekommen, befand sich rechts von mir eine Tür, aus der ich schon Kaffee riechen und Geschirr klappern hören konnte. Ich klopfte.

„Ja, komm rein", hörte ich eine hohe Stimme hinter der Tür rufen. Ich betrat die Küche. Sie war etwas altmodisch, hatte aber etwas Heimeliges. Eine blonde junge Frau hielt mir ihre Hand hin.

„Ich bin Madleen", sagte sie lächelnd. Sie zeigte mir kurz die Räumlichkeiten, dann half ich ihr, das Frühstück vorzubereiten. Von der Küche aus trugen wir alle Bestandteile des Frühstücks rüber in den Aufenthaltsraum und bauten sie auf dem Buffet auf. Jeder Müslibehälter musste im perfekten Winkel an einem bestimmten Platz stehen.

„Tomas möchte nicht, dass irgendwas anders steht, also merk dir direkt, was wohin gehört."

Ich nickte. Leider bestand das Frühstück aus so vielen einzelnen Elementen, dass ich Schwierigkeiten hatte, alles direkt zu behalten.

Als die Gäste eintrudelten, mussten wir ständig Getränke auffüllen oder neuen Käse holen. Es war eine einzige Rennerei. Ein paar Stunden später bauten wir das mühsam errichtete Buffet wieder ab. Wir spülten Geschirr, räumten die Spülmaschine ein und aus und fegten durch die Räume. Danach ging es direkt weiter. Wir brachten den Müll weg, bereiteten Snacks für den nächsten Tag vor, schauten durch die Lebensmittelvorräte und schrieben eine Einkaufsliste. Im Anschluss daran holten wir das Auto der Surfschule und fuhren in den Supermarkt. Wir füllten einen kompletten Einkaufswagen mit Lebensmitteln und einen zweiten mit Wasserkanistern. Und das sollte ich nächste Woche alleine machen?! Ich sah mich schon zwei Einkaufswagen durch den Laden bugsieren. Und allein bei dem bloßen Gedanken daran atmete ich genervt aus. Madleen schaute mich an.

„Du kannst dir sicher denken, warum ich nicht länger bleiben will..."

Wir beluden das Auto mit den Einkäufen und fuhren zur Unterkunft zurück. Bis wir alles eingeräumt hatten, war es 16:30 Uhr. Also hatte ich bereits zehn Stunden gearbeitet. Ich spürte ein Stechen in meinem Rücken. Vermutlich durch das Tragen der Wasserkanister. Auf Fuerteventura konnte man das Leitungswasser nicht trinken, weshalb wir gleich acht Kanister Trinkwasser gekauft hatten. Ich hoffte, das würde zumindest für diese Woche reichen...

Nach den zehn Stunden Arbeit waren wir leider noch immer nicht fertig. Wir hatten quasi "Pause" bis 19:00 Uhr, mussten aber dann die Gäste abholen, um mit ihnen gemeinsam beim Italiener zu essen.

Ich spreche von müssen, weil es zur Arbeitszeit gehörte und es meine Aufgabe war. Zumal ich in dieser Zeit nichts anderes machen konnte. Und auch wenn ich es anfangs noch nett fand, mit den Gästen essen zu gehen und es nicht als Arbeit empfand, irgendwann wurde es immer anstrengender. Vor allem, da Tomas dies nicht als Arbeitszeit sondern als „Freizeit" ansah.

Um 22 Uhr waren wir dann endlich fertig mit unserer Arbeit und machten uns auf den Weg nach Hause. Insgesamt hatte ich heute also 13 Stunden gearbeitet.

Erschöpft fiel ich nach meinem ersten Arbeitstag ins Bett und hoffte, dass nicht jeder Tag so anstrengend werden würde.

Am Dienstag half mir Madleen noch. Ab Mittwoch musste ich alleine arbeiten. So eine schnelle Einarbeitung hatte ich zuvor noch nirgendwo erlebt, aber man brauchte für den Job ja auch nicht allzu viel Talent. Dachte ich zumindest. Nachdem wir mit dem Frühstück fertig waren, machten wir uns auf den Weg zurück in die Surfschule.

„Du musst jede Woche noch mindestens einen Blog schreiben und dich um die Instagramfotos kümmern", eröffnete mir Madleen. Was sollte ich denn noch alles machen?

Mir war es vollkommen neu, Blogs zu schreiben. Ich hatte vorher nie etwas mit Social Media Marketing am Hut gehabt.

„Ich muss jetzt los, Sachen packen", sagte Madleen.

„Am besten fragst du Neele, ob sie dir mit deinem ersten Blog hilft. Er sollte bis Samstag fertig sein. Das möchte Tomas so."

Na toll, dachte ich mir und setzte mich zu Neele an den Schreibtisch. Sie tat mir ein wenig leid. Sie musste bei null anfangen und mir wirklich alles erklären. Ich wusste nicht mal, wie der Computer anging.

Dass ich an den Blogs noch verzweifeln würde, damit hatte ich nicht gerechnet. Das Programm war komplizierter als gedacht und mir fiel einfach nichts ein, worüber ich schreiben wollte. Jede Woche sollte ich mir ein neues Thema überlegen, welches Tomas natürlich auch noch absegnen musste. Dazu musste ich dann recherchieren, Fotos machen und einen guten sauberen Text schreiben, der die Kunden ansprach. Die Erwartungen meines Chefs schienen unerreichbar hoch.

Mittwoch fuhr Madleen schließlich nach Hause und ich war komplett auf mich allein gestellt.

Ich versuchte, das Frühstück genauso schön und schnell herzurichten wie sie. Was mir natürlich in den ersten Tagen nicht gelang. Ich arbeitete weiter an meinem ersten Blogbeitrag. Brachte täglich den Müll weg und kümmerte mich um den Garten. Die erste Woche war ich noch sehr damit beschäftigt, meinen Job möglichst perfekt zu erledigen. Doch diese perfektionistische Einstellung sollte sich schon sehr bald ändern: Als ich am Samstag meine Stunden zusammenrechnete, kam ich schon auf über 60 Stunden. Ich war geschockt. Den Sonntag musste ich ja auch noch arbeiten. Wo sollte das noch hinführen? Ich bekam kaum Geld für meine Arbeit. Nur Essen und Unterkunft. Und ich durfte an Surf- und Yogastunden teilnehmen. Aber das ging ja nur, wenn ich Zeit hatte. Die ich aber offensichtlich nicht hatte.

Seitdem ich am Sonntag mit Neele surfen gewesen war, hatte meine Haut außer einer täglichen Dusche kein Wasser gesehen. So hatte ich mir das Ganze nicht vorgestellt. Ich musste mir etwas einfallen lassen, so konnte es nicht weiter gehen.

Die nächste Woche stand ich noch früher auf als die Tage zuvor. Täglich um 5:30 Uhr klingelte mein Wecker. Außer samstags. Wenn ich frei hatte. Um 6 Uhr war ich dann im Haupthaus und begann, das Frühstück vorzubereiten. Ich versuchte, nicht mehr alles ganz so perfekt zu machen, sondern mich mehr zu beeilen. Für mich gab es Wichtigeres, als kunstvoll gelegte Käsescheiben auf einer Käseplatte. Ich machte das Nötigste, das was Tomas sehen wollte, damit ich gegen 11 Uhr zumindest mit dem Frühstück fertig war.

Wenn die Kurse passend stattfanden, lief ich danach zu meinem Appartement, schnappte meine Sachen und sprintete zur Surfschule. Dort schaffte ich es dann, meist im letzten Moment, in den Bus zu springen.

Am Dienstag wollte ich das erste Mal beim Fortgeschrittenenkurs mitmachen. Ich fuhr bei Pedro, einem etwas älteren spanischen Surflehrer, mit. Ich saß neben ihm auf dem Beifahrersitz. Seine braunen Locken wippten auf und ab, als er die holprige Straße zum Riffspot fuhr. Wir unterhielten uns über das Surflehrerdasein und das Surfen. Er schien eher sensibel zu sein. Und lieb. *Fast ein bisschen zu nett, für einen Surflehrer,* dachte ich.

Das erste Mal nach einer Ewigkeit stand ich wieder vor dem gleichen Riffspot wie damals mit Zoe und Emma. Es war merkwürdig. Es sah noch genauso aus wie vor drei Jahren, aber doch anders. Irgendwie viel freundlicher, viel heller. Der Spot kam mir weniger angsteinflößend vor und mit Pedro an meiner Seite fühlte ich mich sicher und gut aufgehoben. Er war das komplette Gegenteil von Jerome. Durch die Erfahrung, die ich im Surfen gesammelt hatte, war mein Selbstvertrauen gewachsen und ich traute mir nun mehr zu. Ich versuchte, mir alles zu merken, was Pedro uns über diesen Spot erklärte und sog seine Sätze in mich auf. Ich erinnerte mich an die Situation mit Zoe und Emma vor drei Jahren, an Jerome.

Aber diesmal hatte ich keine Angst. Selbst die Algen störten mich nicht. Mit der Zeit verstand ich mehr und mehr, wie der Spot funktionierte. Wo ich die Welle anpaddeln musste. Wo ich warten konnte und an welcher Stelle ich wachsam sein musste. Innerhalb von einer Woche begann ich diesen Riffspot zu lieben. Wenn man das Prinzip einmal verstanden hatte, war es an Einfachheit nicht zu übertreffen. Die Welle war flach und sanft, ich hatte genügend Zeit für meinen Take-off und konnte entspannt an der Welle entlang surfen. Die Welle war keine, die einem die härtesten Wipe-outs bescherte. In der Regel wurde man nur kurz unter Wasser gezogen. Man brauchte keine Angst haben, zu fallen. Außer, wenn das Wasser etwas flach war. Dann konnte es passieren, dass man mit irgendeinem Körperteil auf das Riff aufsetzte, was etwas unangenehm sein konnte, aber auch nicht weiter dramatisch war. Meine Angst vor Haien war in europäischen Gewässern nicht mehr existent. Obwohl ich mir sicher war, dass es auch hier welche gab. Durch Pedros gute Laune, die er im Line-up verbreitete, blieb meine Angst weiterhin dort, wo sie war. In der Vergangenheitstruhe.

Kapitel 23

Naturschönheit

Diese Woche konnte ich aufgrund der Gezeiten jeden Tag beim Fortgeschrittenenkurs mitfahren. Ich merkte, dass Tomas nicht sonderlich begeistert davon war, dass ich surfen ging, aber ich machte mir nichts daraus. Ich war süchtig danach und ich wollte besser werden. Endlich vorankommen.

Ich erledigte meine Arbeit, opferte mich aber nicht mehr so auf, wie in meiner ersten Arbeitswoche. Schon so hatte ich kaum Zeit, um meiner Leidenschaft nachzugehen, was aber genau genommen Teil meiner Bezahlung war. Ich arbeitete jeden Tag bis 11 Uhr, ging dann beim Surfkurs mit, erledigte danach noch die restlichen Aufgaben und nachts schrieb ich an den Blogbeiträgen. Ich baute die Arbeit um das Surfen herum und wurde zur Meisterin der Organisation. Jede kleine Lücke im Tagesablauf wusste ich zu nutzen, sodass ich noch etwas mehr Zeit im Wasser verbringen konnte. Den Stress war es mir wert.

Und spätestens gegen Ende der Woche wusste ich wieder, wofür ich mir das alles antat:

Es war ein Samstagnachmittag. Gemeinsam mit dem Fortgeschrittenenkurs saß ich gespannt im Surfschulvan, während Pedro vor dem Riffspot parkte. Schon vom Van aus konnte ich erkennen, dass die Wellen eine gute Größe hatten. Sie waren nicht ganz so groß wie die letzten Male in dieser Woche, aber mindestens schulterhoch. Nachdem Pedro das Auto geparkt hatte und wir ausgestiegen waren, erklärte er noch einmal etwas zu den Bedingungen. Auch wenn ich mittlerweile schon fast alles wusste, hörte ich ihm gerne zu. Meistens konnte man ja doch noch etwas lernen. Die Wasseroberfläche war glatt, es wehte kein Wind. Solche Bedingungen nannte man „glassy". Es gab wenig Strömung. Die Wellen liefen gleichmäßig herein, was typisch für den Winter war, erklärte er. Das Wasser sah wunderschön aus. Ich konnte es kaum erwarten, mich endlich auf mein Surfboard zu werfen und hinaus zu paddeln.

Ich beeilte mich, meinen Neoprenanzug anzuziehen, schnappte mir mein Board und lief los. Mittlerweile hatte ich so viel Vertrauen in mein Können, dass ich auch allein rauspaddelte. Ohne Surflehrer. Pedro schüttelte mit dem Kopf und lachte. Trotz der großen Wellen fühlte ich mich sicher, als ich mich durch den Channel Richtung Line-up bewegte. Ich wurde von Mal zu Mal schneller. Meine Arme und Schultern wurden stärker, ich wurde mutiger und sah mich mittlerweile sogar in der Lage, noch größere Wellen anzusteuern.

Ich brachte auf der Welle zwar außer einem Bottom-turn und diese anschließend nach rechts oder links zu surfen noch nicht viel zustande, aber dafür passierte viel in meinem Kopf. Ich wurde mental stärker, traute mir immer mehr zu und begann an mich zu glauben.

Als Pedro mit den anderen Surfschülern das Line-up erreichte, war ich bereits einige Wellen gesurft. Er zeigte mir den Daumen nach oben und grinste mich an. Von allen Surflehrern fand ich ihn am sympathischsten.

An diesem Tag passierte etwas Besonderes: Das erste Mal surfte ich eine Welle in vollem Bewusstsein. Voller Achtsamkeit. Es war nicht so, dass mir bislang nicht klar gewesen war, was ich tat, oder die Schönheit des Meeres nicht zu schätzen gewusst hätte. Nur sah ich die Welle dieses Mal erst „richtig". Es war anders. Ich kam im Moment an und vergaß Raum und Zeit. Es gab nur noch die Welle und mich. Und wir wurden zu einer Symbiose.

Ich saß nahe am Peak, aus den Augenwinkeln konnte ich Pedro erkennen, doch ich war zu beschäftigt mit meiner Wellenauswahl. *Die nächste Welle gehört mir*, dachte ich. Das Sonnenlicht glitzerte auf der Wasseroberfläche. Kein Wind, der die gläserne Oberfläche zerstörte. Die Größe der hereinrollenden Setwellen verschlug mir den Atem. Mein Bauch kribbelte, als ich hochkonzentriert die nächste Welle beobachtete. Es war wie eine Einladung. Als wollte sie mich herausfordern. Mich an meine Grenzen bringen. Fließend baute sie sich vor mir auf. Sie war perfekt. Gewaltig und grazil zugleich.

Ich sah, wie sie auf mich zurollte. Mit jedem Atemzug kam sie ein Stück näher. Ich saß fast am perfekten Take-off Spot. Pedro rief mir zu. Vor lauter Konzentration nahm ich ihn nur entfernt wahr. Viel zu fokussiert auf das, was kommen würde, paddelte ich nach rechts, noch ein kleines Stück näher zum Peak. Die Welle wurde steiler und steiler. Ich drehte mein Board.

Ganz automatisch begannen meine Arme sich zu bewegen. Mit all meiner Kraft schob ich das Wasser unter mir weg. Ich lehnte mich nach vorne, um mehr Geschwindigkeit zu bekommen, spürte die Kraft der Welle unter mir. Noch ein letzter Paddelzug und mein Board begann zu Gleiten. Dann verlagerte ich mein Gewicht leicht nach rechts und sprang auf. Meine Füße fanden ganz selbstverständlich den richtigen Platz auf dem Board. Erleichtert atmete ich aus. Jede einzelne Bewegung war mir in dieser Sekunde so bewusst, als passierte alles in Zeitlupe. Ich hörte, wie die Welle links neben mir zu brechen begann, hörte das Donnern. Weißwasser spritzte an mir vorbei. Mit einer weiteren Gewichtsverlagerung zog ich scharf nach rechts. Es war, als würde die Zeit stillstehen. Ich konnte mich von außen betrachten, wie auf einer Fotografie eines Surfmagazins. Vor mir erstreckte sich eine unberührte, ungebrochene Welle. Sie schimmerte in hellblauen und grünlichen Nuancen. Formte sich wie flüssiges Glas, auf dem ich entlangglitt. Eine Wasserwand, fast so groß wie ich. Fragil.

Ich sah das Licht, das sich im Wasser spiegelte. Atemberaubend schön. Vorsichtig streckte ich die Hand aus und fast konnte ich das kristallklare Wasser neben mir berühren. Ich spürte die Geschwindigkeit. Das Leben in mir. Jeder Moment brannte sich in mein Gehirn wie hunderte Polaroids. Obwohl alles so klar war, konnte ich diesen Moment nicht begreifen. Es fühlte sich unreal an. Wie ein Traum. Und doch war es keiner.

Nach ein paar Sekunden wurde die Welle flacher und brach schließlich in sich zusammen. Ich sprang von meinem Board und tauchte ins Wasser. Mein ganzer Körper kribbelte. Mich durchflutete eine so starke Verbindung zum Ozean, dass mir Tränen in die Augen stiegen.

Kapitel 24

Surfboardkauf

Die darauffolgende Woche strahlte ich noch immer über diesen besonderen Moment. Die ganze Zeit lief ich mit einem Lächeln im Gesicht umher. Dies blieb leider auch Tomas nicht verborgen. „Du gehst wohl zu viel surfen?", bohrte er nach. Ich schüttelte den Kopf. Ich wusste, dass es ihn störte, dass ich beinahe jeden Tag im Wasser war. Neele hatte mir erzählt, dass er mein „Verhalten" nicht in Ordnung fand. Er war der Meinung, ich müsste mehr arbeiten. Mich mehr auf das Wichtige konzentrieren: Seine Surfschule. Zu mir sagte er, dass er das Gefühl hätte, ich wollte nur die Surfstunden absahnen.

Ich versuchte ihn vom Gegenteil zu überzeugen, um ihn ruhig zu stimmen. Ich gab mir wieder besondere Mühe mit dem Frühstück, backte Kuchen und zauberte außergewöhnliche Snacks. Ich räumte den Garten auf, goss die Pflanzen und putzte die Dachterrasse. Ich fuhr einkaufen und spielte jederzeit Chauffeur oder Animateur für die Gäste. Um all diese Aufgaben erledigen zu können, schrieb ich nachts meine Blogs. Meine Wochenstundenanzahl bewegte sich mindestens zwischen 60 und 70 Stunden. Eigentlich hätte Tomas zufrieden sein müssen, mit dem was ich leistete. War er aber nicht. Es schien einfach nie genug zu sein. Egal wie sehr ich mich abmühte, der Fakt, dass ich trotz allem immer noch die Zeit fand, meinem Hobby nachzugehen, ärgerte ihn.

Ich versuchte weiterhin dieses Pensum durchzuhalten. Und da Tomas offensichtlich ein Problem damit hatte, wenn ich surfen ging, versuchte ich dabei möglichst nicht von ihm gesehen zu werden. Ich sprang immer im letzten Moment in den Van und hielt mich so kurz wie möglich an der Surfschule auf. Denn- ich sah es nicht ein, aufs Surfen zu verzichten. Das war ja mein einziger Grund, dass ich überhaupt hier war.

Am Samstagmorgen schreckte ich auf, als es unerwartet an unserer Wohnungstür klopfte. Ich öffnete und vor mir stand Tomas. Er baute sich vor mir auf und meinte, dass er ein Wörtchen mit mir zu reden hätte. Ich konnte mir schon denken, worum es ging...

Wahrscheinlich hatte ich seiner Ansicht nach immer noch zu viel Freizeit. Er betrat ohne zu fragen das Appartement, setzte sich an den Küchentisch und schaute mich herausfordernd an. Ich fühlte mich überrumpelt.

„Du weißt bestimmt schon, um was es geht", fing er an. Ich tat so, als wüsste ich von nichts und schüttelte unschuldig mit dem Kopf.

„Ich habe mir dein Verhalten lange genug mit angesehen. Es kann nicht sein, dass du das Surfen an oberste Priorität setzt. Du bist zum Arbeiten hier."

Ich traute meinen Ohren nicht. Tomas redete weiter.

„Deine Blogs sind nicht ausführlich genug, das Frühstück ist nicht so schön, wie das von Madleen und überhaupt ist die Unterkunft nicht so ordentlich, wie ich mir das vorstelle."

Ich nickte. Was sollte ich dazu sagen? Ich hoffte, er würde mich nicht feuern, ich wollte unbedingt am Meer bleiben und meine Surffähigkeiten verbessern. Ich biss mir verzweifelt auf die Lippen.

„Willst du nichts dazu sagen?", fragte Tomas.

„Naja, ich komme schon auf mindestens 60 Stunden Arbeitszeit die Woche. Ich finde das nicht gerade wenig für eine Praktikantin."

„Das kann nicht sein", sagte er. Ich holte den Zettel mit meinen Stunden und überreichte ihn Tomas wortlos. Er schaute darauf und zog die Augenbrauen hoch.

„Du hast das Abendessen mit den Gästen aufgeschrieben? Das ist doch keine Arbeit!", fuhr er mich an.

„Doch ist es!", protestierte ich.

„Diese Zeit steht mir doch nicht frei zur Verfügung und ich muss die Gäste unterhalten."

Meine Antwort verärgerte ihn offenbar nur noch mehr. Sein Gesicht wurde rot, sein ganzer Körper schien angespannt. Er rückte den Stuhl nach hinten und stand auf.

„Du bist wirklich undankbar!", warf er mir vor.

„Ab jetzt wirst du bei keinem der Surfkurse mehr mitmachen! Ich erwarte mehr Einsatz von dir! Ich will, dass die Gästezimmer gestrichen werden und, dass es hier endlich so ist, wie ich mir das vorstelle!"

Mir fiel die Kinnlade runter. Ich starrte ihn nur an.

„Du hast schon richtig gehört. Und Surfboards wirst du dir auch nicht mehr leihen! Dass das klar ist!"

Er drehte sich um und knallte die Haustür zu. Die Jalousie bebte. Ich fühlte mich erniedrigt und ungerecht behandelt zugleich. Das konnte doch nicht sein Ernst sein. Ich war eine Praktikantin, die schwarz bei ihm angestellt war. Wenn ich noch mehr arbeitete, würde ich in einem Monat einen Burnout haben. Ich verstand nicht, was er für ein Problem hatte.

Vor Wut stiegen mir Tränen in die Augen. Am liebsten hätte ich ein paar Teller oder Tassen zerschmettert. Aber dann hätte ich alles aufräumen müssen und womöglich hätte Tomas auch noch Geld von mir verlangt, weil es sein Eigentum war. Ich tigerte durch die Küche. Wie eine Wildkatze in ihrem Käfig lief ich im Kreis. Ich war so unruhig und gestresst, wie selten in meinem Leben und ich wusste nicht, was ich jetzt machen sollte. Ich konnte nicht aufs Surfen verzichten. Das war DER Grund, weshalb ich hier war. Vermutlich war Tomas Problem nicht, dass ich wirklich schlechte Arbeit leistete, sondern, dass er das Gefühl hatte, ich würde ständig surfen gehen und meinen Job nicht ernst nehmen. Eigentlich verrichtete ich aber alle meine Aufgaben. Dass ich bis nachts um 2 Uhr im Büro an meinem Blog saß, das sah er ja auch nicht. Ich musste mir etwas einfallen lassen. Ich überlegte. Er durfte nicht mehr bemerken, dass ich surfen ging. Er hatte es mir ja sowieso „verboten". Wie einem kleinen Kind. Am liebsten hätte ich direkt gekündigt. Aber das ging auch nicht, ich war ja gerade erst vor ein paar Wochen angekommen und mir war bewusst geworden, wie wichtig das Surfen für mich war. Es war mein Anker. Und ich wollte ihn nicht loslassen.

Auf einmal hörte ich einen Schlüssel im Schloss. Ich drehte mich um und sah wie Neele durch die Tür trat. Wortlos sah sie mich an und umarmte mich.

„Tomas hat schon gesagt, dass wir dir keine Boards mehr leihen dürfen." Direkt spürte ich wieder eine dezente Wut in mir aufsteigen.

„Ich überleg mir was", antwortete ich knapp.

„Du brauchst auf jeden Fall ein Auto. Sonst kommst du ja gar nicht erst zum Spot", sagte Neele.

„Ein paar Straßen weiter habe ich eins gesehen, das zum Verkauf steht. Kostet auch nur 450 Euro."

Ich wusste genau, welches „Auto" sie meinte. Einen alten Opel Corsa. Er stand nicht weit entfernt von der Hauptunterkunft und war mir auch schon mal wegen seiner nicht zu übertreffenden Schäbigkeit aufgefallen. Er war weiß, hatte an allen möglichen Stellen Rost und die Fensterscheiben hatten Sprünge, die mit Klebeband geklebt worden waren. Der Opel sah eigentlich nicht so aus, als würde er noch irgendwohin fahren können, aber vielleicht war es eine Möglichkeit. Ich konnte ja schließlich nicht mehr im Surfschulvan mitfahren. Surfstunden waren ja ab jetzt für mich gestrichen.

„Vielleicht können wir uns das Auto teilen.", riss Neele mich aus meinen Gedanken.

„Ja, dann müsste jede nur 225 Euro zahlen", stimmte ich ihr zu.

„Ich rufe später mal bei dem Besitzer an und frage nach", sagte Neele. Ich strahlte sie an. Vielleicht würde ich doch weitersurfen können...

Nachmittags machte ich mich auf den Weg zu einem Surfshop ganz in der Nähe. Ich wollte mir ein eigenes Brett besorgen und Neele hatte mir gesagt, dass man dort gebrauchte Boards kaufen konnte. Ich hoffte, dass ich ein günstiges finden würde, denn das Auto würde bestimmt auch nochmal mein Bankkonto um einiges leerer räumen. Eine Glocke läutete, als ich den blaugestrichenen Laden betrat. Eine warme Frauenstimme begrüßte mich. Sie kam mir bekannt vor. Ich schaute in die Richtung aus der die Stimme kam und erblickte ein mir nur zu gut bekanntes Gesicht. Simona. Ich erkannte sie sofort an ihrem Lächeln. Sie schaute mich an, ich sah wie ihr Kopf zu rattern begann, aber schließlich erkannte sie mich. *Was für ein Zufall!* dachte ich. Das letzte Mal hatte ich sie vor drei Jahren gesehen. Sie war noch genauso umwerfend schön wie damals und sah um kein Jahr gealtert aus. Ihre Haare waren länger geworden und von der Sonne und dem Salzwasser noch ausgeblichener.

Simona kam hinter dem Tresen hervor und umarmte mich. Sie roch nach einer Mischung aus Sonnencreme und Surfboardwachs. Ihre Sommersprossen hatten sich bis Unendliche vermehrt.

„Machst du Urlaub?", fragte sie mich.

Ich schüttelte den Kopf und erzählte ihr von meinem neuen Job. Sie schaute mich mit einem wissenden Blick an. Dass ich Tomas in schlechtes Licht rückte, als ich erzählte, dass er mir die Surfstunden verboten hatte, machte mir nichts.

„Und jetzt brauchst du ein Board?", schlussfolgerte sie.

Ohne eine Antwort abzuwarten führte sie mich zu einem Verkaufsständer an der Wand. „Sale" stand auf einem Schild daneben. Ich schaute mir die Boards an. Sie waren teilweise sehr kurz und definitiv noch nicht für mein Surflevel geeignet. Bisher war ich ja nur Softboards gesurft. Ich war etwas unsicher. Simona schaute mich prüfend an, musterte mich von oben bis unten.

„Wie wäre es mit diesem hier?" Sie zog ein etwas längeres Brett hervor. Es war weiß. Orangene Streifen zierten das Deck. Ich verzog das Gesicht. Ich hasste orange.

„Die Farbe ist gewöhnungsbedürftig. Aber ich denke, es hat eine gute Größe für dich. Es ist 6,8 Fuß groß, etwas kleiner als die Softboards, die du wahrscheinlich sonst surfst, aber immer noch groß genug, um auch etwas kleinere Wellen zu bekommen."

Ich nickte, war aber von der Farbe alles andere als begeistert. Leider hatte ich kaum eine andere Option, als dieses Board zu kaufen. Es war mit 100€ das Einzige, das einigermaßen erschwinglich war. Außerdem hatte es keinerlei Macken und eine gute Größe. Ich seufzte.

„Ok, ich nehme es", sagte ich.

Es tat ein bisschen weh, Simona die zwei 50€ Scheine zu geben. Ich hatte nicht allzu viel Geld sparen können und wollte daher keine unnötigen Ausgaben tätigen. Aber ich brauchte das Board, wenn ich weiter surfen wollte.

Zuhause angekommen stellte ich mein neues Board vorsichtig gegen den Schrank in meinem Zimmer. Auf einmal fand ich die Farbe gar nicht mehr ganz so schlimm. Ich mochte die Form, das Board war gut „proportioniert" und hatte eine schöne Verglasung.

Neele kam in mein Zimmer und schaute es sich bewundernd an.

„Jetzt brauchen wir ja nur noch ein Auto", sagte sie. „Dann können wir surfen gehen, wo immer wir wollen." Ich nickte und grinste sie an.

Am nächsten Tag schauten wir uns den Opel Corsa an. Ein Schaltwagen mit insgesamt vier Gängen ohne Klimaanlage oder Radio. Dafür hatte er zwei Fenster, die man herunterkurbeln konnte.

Als wir eine kleine Probefahrt machten, tropfte uns Öl auf die Füße. Der Motor röhrte während der Fahrt und es wehte ein fürchterlicher Gestank von Abgasen zum Fenster herein. Ich hatte ständig das Gefühl, das Auto würde gleich stehen bleiben. Oder noch schlimmer- es würde anfangen zu brennen, was aber nicht passierte. Wir fuhren einmal bis zum Strand und zurück. Und auch die Schotterpiste war kein Problem für das kleine Auto. Kurzerhand entschieden wir uns dafür, es zu kaufen. Auch, wenn es nicht mehr das Neueste war, immerhin hatte es noch TÜV. Das war ein ausschlaggebendes Kriterium. Wir fuhren das Auto zu unserer Wohnung und parkten es direkt auf der Straße vor der Haustür. Wir tauften es Rudi.

Kapitel 25

Die Anmeldung

In den darauffolgenden Wochen versuchte ich meine Arbeit noch perfekter und noch schneller zu erledigen. Meine Blogbeiträge schrieb ich weiterhin nachts. Die restlichen Aufgaben erledigte ich tagsüber. Tomas schien besänftigt und wieder etwas zufriedener mit mir zu sein. Er sah mich nicht mehr zu den Surfkursen gehen und dachte vermutlich, ich hätte das Surfen endlich aufgegeben, um mich den wirklich wichtigen Dingen zu widmen- seinem Baby, der Surfschule. Er ahnte nichts davon, dass ich in meiner freien Zeit wieder surfen ging. Neele hatte nichts von dem Auto erzählt. Bestimmt würde irgendwann die Frage aufkommen, warum vor unserem Apartment so ein schäbiges Wrack parkte, aber um die Antwort dazu machte ich mir noch keine Gedanken.

Sobald ich meine Aufgaben erledigt hatte, lief ich nach Hause, lud so schnell es ging das Board ins Auto und machte mich auf den Weg. Meist fuhr ich ziemlich schnell. Ich hatte Angst, von Tomas gesehen zu werden. Ich brauchte schließlich diesen Job, dieses Zimmer, in dem ich wohnen konnte. Ich wollte und konnte einfach nicht mehr aufs Surfen verzichten.

Mittlerweile war ich sicher genug, um alleine an dem Riffspot zu surfen. Ich wusste, zu welcher Gezeit er funktionierte. Wie der Forecast aussehen musste, damit die Wellen eine gute Größe hatten und wann am wenigsten Surfschulen dort waren. Wenn die Gezeit passte und Neele Mittagspause hatte, kam auch sie manchmal mit.

An einem Samstagmorgen fuhr ich schon vor Tagesanbruch los, denn ich wollte das Line-up möglichst für mich alleine haben. Es war ein friedvoller Moment, als ich mit Rudi über die holprige Straße zum Surf Spot fuhr. Da es keine Getränkehalterung gab hatte ich mir einen Kaffeebecher zwischen die Beine geklemmt. In der Luft lag der Duft von Kaffee sowie der Geruch von Abgasen. Es war noch halbdunkel, nur die Scheinwerfer des Autos erhellten die steinige Straße. Ich hörte den röhrenden Motor, und das beruhigende Klappern des Autos.

Nach ungefähr zwanzig Minuten Fahrt kam ich am Spot an. Ich parkte auf einer etwas ebeneren Fläche und stellte den Motor ab. Jedes Mal, wenn ich unversehrt mit dem Auto irgendwo ankam, atmete ich auf und schickte ein Dankeschön in den Himmel.

Ich klappte die Tür auf und stieg aus dem Auto. Die ersten Sonnenstrahlen machten sich auf den Weg. Tief sog ich die salzige Luft ein und schaute mich um. Es parkte nur noch ein Van ein paar Meter weiter von mir. Zwei Surfer, vermutlich gehörten sie zu dem Van, wachsten gerade ihre Boards.

Das Meer sah einladend aus und ich konnte gar nicht schnell genug in meinen Neoprenanzug schlüpfen. Eilig kippte ich die letzten Schlucke Kaffee hinunter und holte mein Board aus dem Auto. Ich lief zur Wasserkante und sog die scharfe Luft ein. Es war ein kühler Morgen. Voller Ruhe. Der Himmel war von ersten rosa, orangefarbenen Schleiern überzogen. Ich war gelassen und gleichzeitig voller Vorfreude. Ein wundervolles Gefühl, dass sich durch ein Kribbeln in meinem Bauch bemerkbar machte. In San Diego hatte ich nicht gedacht, dass ich je wieder ein solches Level an Unbeschwertheit beim Surfen erreichen würde. Ich band die Leash um meinen Fuß, lief ins Wasser und paddelte Richtung Line-up. Ich saß etwas weiter vorne, als die anderen Surfer.

Ich nahm eine Welle nach der anderen. Die Wasseroberfläche schimmerte durch die aufgehende Sonne golden und ließ die Welt verzaubert wirken, wie in einem Märchen. Alles war so ruhig und ich hatte Angst, dass ich aufwachte und dieser wundervolle Traum ein Ende hatte.

Nach einigen guten Wellen begann ich auch die anderen Surfer zu beobachten. Sie waren noch zu weit entfernt, als dass ich sie eindeutig erkennen konnte. Es war eine gute Surferin und ein junger Mann mit einem Softboard. Vermutlich war er noch nicht allzu oft surfen gewesen. Er verlor ständig das Gleichgewicht und fiel ins Wasser. Die Frau hingegen surfte besser. Sie sah elegant aus und fuhr geschmeidige Turns. Nach einer Welle kam sie in meine Richtung gepaddelt und ich konnte ihre langen, hellbraunen Haare erkennen. Als sie näher kam erkannte ich sie schließlich an ihrem unvergleichlichen Lächeln. Es war Simona. Vermutlich gab sie gerade eine Surfstunde. Auch sie erkannte mich, winkte mir zu und paddelte dann zu ihrem Surfschüler, der gerade von einer Welle gefallen war.

Nach und nach kamen mehr Leute ins Wasser und das Line-up wurde immer voller. Ich beschloss, mich von Simona zu verabschieden und nach Hause zu fahren. Als ich ihr zuwinkte kam sie schnell zu mir herüber gepaddelt.

„Wir gehen auch gleich raus", sagte sie und deutete zu ihrem Surfschüler.

Keine Minute später machte auch sie sich auf den Weg Richtung Strand. Wir paddelten nebeneinander. Robert - so hieß der Surfschüler- war ein paar Meter hinter uns, während Simona und ich uns unterhielten.

„Du bist besser geworden", sagte sie irgendwann. Ich strahlte. Das war das Schönste, was sie je zu mir gesagt hatte.

„Danke", antwortete ich und lächelte sie an.

„Du solltest weitermachen mit dem Surfen. Ich glaube aus dir kann man noch mehr rausholen."

Plötzlich war der Gedanke daran Surflehrerin zu werden gar nicht mehr so abwegig und wieder präsent in meinem Kopf.

„Wie bist du Surflehrerin geworden?", fragte ich sie gerade heraus. Simona schaute mich fragend an.

„Du willst Surflehrerin werden?" Ich wurde rot.

„Warum nicht?", sagte sie.

„Ich glaube, du hast das Zeug dazu. Aber es ist ein sehr anstrengender Beruf."

Ich atmete auf.

„Ich habe meine Surflehrerlizenz hier auf den Kanaren gemacht. Vielleicht informierst du dich einfach mal, wann der nächste Kurs stattfindet", sagte sie.

Ich nickte, hatte aber schon die Vermutung, dass der kanarische Surflehrerkurs auf Spanisch sein würde. Und ich sprach nur Deutsch und Englisch. Und Latein, was mich aber auch nicht wirklich weiterbrachte. Zurück an den Autos gab mir Simona ihre Handynummer.

„Wenn du mal mit jemandem zusammmen surfen gehen willst...

Ich glaube, ich könnte dir noch ein paar gute Tipps geben."

„Danke", antwortete ich und umarmte sie.

Durchflutet von Glücksgefühlen fuhr ich nach Hause. Ich verstaute das Board, wusch meinen Neo und setzte mich aufs Sofa. Meinen restlichen freien Tag verbrachte ich damit, das Internet nach Informationen für die Surflehrerausbildung zu durchforsten.

Diese Mission stellte sich schwieriger heraus als gedacht. Da das ganze Business noch recht neu war, gab es noch nicht so klare Regeln. Es gab verschiedene Lizenzen, die wiederum alle an unterschiedlichen Orten gültig waren. Auch konnte man Lizenzen für unterschiedliche Level machen und somit Anfänger oder Fortgeschrittene unterrichten. Die Lizenz, die sich am „zertifiziertesten" herausstellte, war weltweit anerkannt. Ich würde damit wohl überall unterrichten können, was ein großer Vorteil war. Allerdings hatte ich auch die Befürchtung, dass dieser Kurs am schwierigsten zu bestehen sein würde. Laut Internet würde die nächste Ausbildung im Oktober in Frankreich stattfinden. Ganz in der Nähe von Moliets. Dort, wo ich damals surfen gelernt hatte. *Vielleicht ist das ein Zeichen,* dachte ich.

Als ich allerdings sah, wieviel der Surflehrerkurs und der Rettungsschwimmerschein kosten würden, bekam ich Schweißausbrüche. Beides zusammen würde sich auf 1300 Euro belaufen. Das war viel Geld. Vor allem verdiente ich zu diesem Zeitpunkt kaum etwas und hatte nur noch mein Erspartes.

Bis zum Abend überlegte ich hin und her, unschlüssig was ich tun sollte. Ich wollte Surflehrerin werden. Das stand fest. Und durch Simonas Aussage, dass ich mich verbessert hatte, glaubte ich, dass ich auch dieses Surflevel noch erreichen könnte.

Immer wieder las ich mir durch, was ich für den Schein können müsste. Es klang eigentlich nicht allzu schwer. Man musste eine grüne Welle am Face entlang fahren. Das konnte ich. Und dann sollte man auf der Welle einen Bottom Turn und einen Top Turn surfen. Ich musste erstmal googeln, was das überhaupt hieß. Der Bottom Turn ist der Turn, den man schon macht, sobald man die Welle heruntergefahren ist und sich zur Seite dreht, um auf dem Face zu surfen. Der Top Turn findet am oberen Teil der Welle statt. Man fährt die grüne Welle also wieder nach oben. Kurz gesagt sollte das Ganze aussehen wie Schlangenlinien auf der grünen Welle. Und das Ganze bis zu einer Wellengröße von 1,5 Metern. Also für mich schon fast kopfhoch.

Zudem war die Voraussetzung für die Lizenz ein 4-wöchiges Praktikum in einer anerkannten Surfschule. Beim Surfunterricht helfen und dem Surflehrer assistieren. Das musste ich also auch noch irgendwo dazwischen schieben.

Insgesamt befand ich das Ganze aber für machbar. Ich konnte zwar noch keinen Top Turn, aber hatte ja noch vier Monate Zeit, um diesen zu trainieren. Den Juni, Juli, August und September. Im Oktober würde dann der zweiwöchige Kurs mit anschließender Prüfung stattfinden. Das war doch eigentlich genug Zeit, um einen Turn zu lernen?

Die nächsten Tage rechnete ich immer wieder nach, wieviel Geld mir noch bleiben würde. Ob ich mir das Ganze überhaupt leisten konnte. Ich würde nach dem Schein bei Null rauskommen- wenn alles gut laufen würde. Ich würde mein ganzes Ersparates auf den Kopf hauen. Wollte ich das wirklich? Mein Vorhaben schien mir riskant.

Doch mit jedem Mal, das ich im Wasser war, wurde ich mir meiner Entscheidung bewusster. Ich liebte das Meer, ich wollte nichts anderes mehr machen, als dort zu sein. Mein Vergangenheit als Kinderkrankenschwester schien mir so weit entfernt, wie nie zuvor und ich wollte auf keinen Fall in mein altes Leben zurück zu kehren. Das Surfen war mein Leben geworden.

An einem Morgen im April, ich hatte gerade Frühstück für die Gäste gemacht, war ich mir so sicher wie noch nie. Kurzerhand öffnete ich die Website auf meinem Handy. Ich schaute noch einmal auf den Preis. Überschlug erneut. Dann öffnete ich meine Banking App. Ich musste es einfach tun. Meine Finger zitterten, als ich mich anmeldete und den Betrag von 1300 Euro in meine Onlineüberweisung eintippte. In meinen Ohren rauschte es. Ich kniff die Augen zusammen und drückte auf den „Überweisen"-Button. Nun gab es kein Zurück mehr. Ich war angemeldet. Angemeldet für die Ausbildung zur Surflehrerin und Rettungsschwimmerin im Oktober 2019 in Frankreich.

Kapitel 26

Training

In der darauffolgenden Woche versuchte ich mein Geheimnis bezüglich der Anmeldung für mich zu behalten. Ich wollte nicht, dass es jemand erfuhr. Erst recht nicht Tomas. Er würde sich garantiert darüber lustig machen und das wollte ich mir nicht antun. Vorerst erzählte ich also niemandem davon. Außer Simona. Ihr schrieb ich eine Nachricht, in der ich ihr erzählte, dass ich mich online angemeldet hatte.

„Ich bin stolz auf dich!", antwortete sie. „Morgen machen wir einen Plan."

Mein Herz machte einen Hüpfer. Ich war so motiviert, wie nie zuvor in meinem Leben. Ich hatte ein Ziel. Und es gab kein Zurück mehr. Das Geld war überwiesen und ich musste es schaffen. Ich musste diese Prüfung einfach bestehen.

Den nächsten Tag traf ich mich mit Simona zum Kaffee trinken. Wir saßen an einem kleinen Tisch in einer französischen Bäckerei. Anscheinend wollte sie mir wirklich helfen, diese Prüfung zu bestehen, denn sie holte einen Zettel und einen Stift aus ihrer Tasche.

„Du musst auf jeden Fall genügend trainieren. Wann arbeitest du immer? Am besten wir treffen uns einmal in der Woche und surfen gemeinsam."

Ich erzählte ihr von den vielen Stunden, die ich arbeitete und von Tomas, vor dem ich das Surfen geheim halten wollte. Sie schüttelte den Kopf.

„Wie kann ein Surfschulchef seinen Mitarbeitern das Surfen verbieten?"

Ich zuckte mit den Schultern.

„Samstags habe ich immer frei", sagte ich.

„Ok, dann treffen wir uns jeden Samstag und gehen immer mal wieder an einen anderen Spot zum Üben. Dadurch wirst du viel lernen", sagte Simona. Mir wurde ein bisschen mulmig zumute bei dem Gedanken, woanders hinzufahren. Irgendwie hatte ich mich so an meinen Spot gewöhnt, dass ich ihn mittlerweile wie meine Westentasche kannte.

Simona schien meine Unsicherheit zu bemerken.

„Wir können auch erstmal weiter dorthin gehen, wo du bisher immer warst und dich dann langsam an neue Orte gewöhnen." Erleichtert atmete ich auf.

Simona erzählte mir viel von ihrer Surflehrerausbildung. Davon, wieviel sie trainiert hatte. Auch sie war nicht mit dem Surfen aufgewachsen und hatte es erst im Alter von 20 Jahren gelernt. Vorher hatte auch sie einen anderen Job. Sie war Tierarzthelferin in Barcelona gewesen.

„Du musst auf jeden Fall an deiner Ausdauer arbeiten. Für den Rettungsschwimmer musst du schnell und weit schwimmen. Also am besten gehst du zusätzlich schwimmen und laufen."

Ich wusste nicht, wo ich diese ganzen Sporteinheiten bei meinem Arbeitspensum noch unterbringen sollte, aber irgendwie musste ich es einrichten.

Simona sprach weiter.

„Für die praktische Surfprüfung musst du auf jeden Fall deine Turns verbessern und wenn du es bis dahin schaffst, einen Cutback zu machen, wäre das optimal. Dafür gehen wir zusammen surfen. Und wenn ihr in der Surfschule Surfskates habt, dann solltest du damit die Turns an Land üben. Das würde deiner Oberkörperrotation unglaublich helfen."

Simona redete wie ein Wasserfall und ich war dankbar, dass sie mir helfen wollte, doch wie sollte ich neben einer 50-60 Stunden Woche die Zeit für all das Aufbringen?

„Und um beweglich zu bleiben solltest du auf jeden Fall Yoga machen. Darfst du bei deiner Surfschule nicht sogar kostenlos teilnehmen?", fragte sie.

„Ja, darf ich. Das werde ich machen.", antwortete ich.

„Danke, dass du mir helfen willst." Ich lächelte sie an und plötzlich überkam mich das Bedürfnis aufzustehen, um sie zu umarmen. Sie lachte.

„Na dann! Schluss mit der Gefühlsduselei und ran ans Training!"

Kapitel 27

Ein Geheimnis

Ich überlegte mir, wie ich das ganze Training noch in meinen Tag einbauen sollte. Eigentlich reichten 24 Stunden für das gesamte Programm gar nicht aus und ich hätte mindestens 30 Stunden gebraucht.

Ich nahm mir einen Zettel und schrieb darauf die Tage von Montag bis Sonntag. An einigen Tagen musste ich abends nicht mit den Gästen essen gehen. Da hatte ich also etwas mehr Zeit. Für diese Abende plante ich mein Ausdauertraining. Je nach Wetterlage und körperlichem Befinden wollte ich laufen oder schwimmen gehen. Das plante ich zunächst einmal für Dienstag und Donnerstag ein. Der Samstag gehörte Simona und unserer gemeinsamen Surfsession. Yoga fand jeden Abend in der Surfschule statt. Vielleicht könnte ich das auch noch ein bis zweimal die Woche einbauen.

Vom Skaten hatte ich bisher keine Ahnung. Ich hatte noch nie auf einem Skateboard gestanden und wollte damit nicht alleine anfangen. Auch wenn es tatsächlich Skateboards in der Surfschule gab, die ich mir hätte leihen können, wenn Tomas nichts davon mitbekam. Ich traute mich noch nicht so recht und befand meinen Wochenplan, der perfekt durchorganisiert war und keine Lücken ließ als voll genug. Je nach Bedingungen wollte ich jeden zweiten Tag surfen gehen und dazu mehrere Ausdauereinheiten pro Woche machen. Und eigentlich hätte ich auch gerne noch Übungen zum Muskelaufbau gemacht, aber dafür fehlte mir einfach die Zeit. Jetzt ging es darum, erst einmal diesen Plan umzusetzen. Danach könnte ich immer noch etwas an meinem Programm ändern.

Die ersten Wochen war ich extrem motiviert. Ich ging regelmäßig am Strand joggen, ging Surfen und machte Yoga. Während ich das Frühstück für die Gäste zubereitete, schaute ich Surftutorials auf YouTube. Ich war voller Energie und nicht aufzuhalten. Ich sah mein Ziel vor Augen und wollte alles dafür tun, es zu erreichen.

Samstags traf ich mich mit Simona für unsere Surfsession. Ich machte schnell Fortschritte und merkte, wie mein Körper stärker wurde, wie meine Muskeln wuchsen.

Nach ein paar Wochen harten Trainings war ich auf dem Höhepunkt meiner körperlichen Leistungsfähigkeit angekommen. Ich hätte Bäume ausreißen können. Ich war gut gelaunt, da ich alles irgendwie unter einen Hut bekam und ich keinen Stress mit Tomas hatte. Doch meine Unbeschwertheit schien ihm aufgefallen zu sein. Er belud mich mit noch mehr Aufgaben. Vermutlich hatte er wieder den Eindruck, ich hätte nicht genügend zu tun. Zusätzlich zu meiner normalen Arbeit sollte ich die Gästezimmer neu anstreichen. Auch wenn dies Überstunden waren, sah er nicht ein, mir dafür mehr zu bezahlen. Ich war wütend und wusste nicht, wie ich das alles schaffen sollte. Warum musste ich für alles herhalten?

Das erste Zimmer strich ich noch in rasender Geschwindigkeit, doch seine Reaktion war ernüchternd: „Na, dann hast du ja jetzt nur noch acht Zimmer zu streichen."

Langsam hatte ich keine Lust mehr auf diesen Chef. Auf diese erniedrigende Arbeit. Ich hatte das Gefühl, keinerlei Anerkennung für irgendwas zu bekommen und nur die Drecksarbeit erledigen zu müssen. Das Dilemma allerdings war, dass ich diesen Job brauchte. Durch ihn bekam ich eine Unterkunft und kostenloses Essen. Ich wohnte in perfekter Lage Fuerteventuras, mit den besten Surfspots in meiner Nähe.

Ich hatte Simona, die mich unterstützte und ich musste weitertrainieren, um den Schein zu bestehen. Schließlich hatte ich ein Vermögen dafür ausgegeben. Ich sah keine andere Möglichkeit, als dort zu bleiben und weiter für Tomas zu arbeiten. Und zudem hatte ich keine Lust, neben all dem Training noch nach einer anderen Arbeit und einer neuen Unterkunft zu suchen.

Doch ich musste mir etwas überlegen. Mit Tomas zu reden, hatte ich schon probiert. Es war aussichtslos. Er sah nicht ein, dass ich schon genug arbeitete und verlangte, dass ich mich für sein Unternehmen komplett aufopferte. Ich hatte ihm meine Stunden zusammengerechnet. Es half nichts. Er sagte nur, ich sollte schneller arbeiten, bessere Blogs schreiben und mich mehr beeilen. Dass ich abends mit den Gästen ins Restaurant ging, sah er auch weiterhin nicht als Arbeit, sondern als Freizeit an.

Ich hatte das Gefühl, dass es ihm niemals ausreichen würde, wieviel ich arbeitete und so wurden mir seine Anforderungen immer unwichtiger.

Alibimäßig strich ich jeden Tag ungefähr 15 Minuten die Wände. Danach verzog ich mich und ging Surfen. Ich wusste, dass er meine Arbeit kontrollieren würde. Aber so konnte er wenigstens nicht sagen, ich hätte nichts gemacht. Denn ich hatte ja ein kleines Stück weitergestrichen. Und dass ich surfen war, konnte er ja nicht ahnen. Wenn er fragte, was ich gemacht hatte, log ich ihn an und sagte, dass ich zuhause an meinen Blogbeiträgen geschrieben hatte.

Dies ging solange gut, bis Teresia eines Tages zu Besuch war. Ich kam gerade vom Surfen zurück und sie musste sich wohl selbst eingeladen haben.

Schon als ich Teresias Gesicht erblickte, ahnte ich nichts Gutes. Sie grinste mich an.

„Cool, du willst Surflehrerin werden?", fragte sie mich, noch ehe ich meine Schuhe ausziehen konnte. Ich fiel aus allen Wolken. Fragend schaute ich zu Neele. Sie deutete mit den Augen zu meiner Zimmertür und mir wurde klar, dass ich sie offengelassen haben musste.

Vermutlich war Teresia bei Neeles Apartmenttour einfach in mein Zimmer marschiert. In meiner Abwesenheit hatte sie sich ganz ungehindert umschauen können. Dabei hatte sie wohl all die motivierenden Sprüche und Surfbilder, die meine Wände zierten und, was das Schlimmste war- meinen Trainingsplan entdeckt. Er hing an der Seite meines Schrankes und die Überschrift auf dem Zettel lautete „Trainingsplan für den Surflehrerschein". Ich ärgerte mich über mich selbst. Wie hatte ich nur so unvorsichtig sein können?

Es lief mir eiskalt den Rücken hinunter, als ich in Teresias scheinheiliges Gesicht schaute. Sie hatte es sich auf dem Sofa gemütlich gemacht. Als gehörte sie zum Inventar.

Erst als sie mich noch einmal fragte, ob ich mich angemeldet hatte antwortete ich ihr:

„Ich weiß nicht, wovon du redest."

Sie schaute mich verächtlich an.

„Das wirst du eh nicht schaffen", sagte sie. „Der praktische Teil ist viel zu schwierig. Als ob du so gut surfen kannst."

Ich kochte vor Wut. Was sollte ich darauf antworten? Ich hatte ja selber Zweifel und wusste nicht, ob ich gut genug werden könnte. Wenn Tomas von meinem Plan erfuhr, wäre ich geliefert...

Auch wenn es aussichtslos war und sie schon längst von meinem Geheimnis wusste, stritt ich es weiterhin ab. Ich traute ihr alles zu. Und ich hatte Angst, dass sie es ihm erzählte. Und dass ich nun mit einem nassen Neoprenanzug direkt in ihre Arme gelaufen war, machte meine Aussage nicht glaubwürdiger. Herausfordernd schaute sie mich an. Ich fühlte mich in die Enge getrieben. Neele saß zwischen den Stühlen. Im wahrsten Sinne des Wortes. Sie wusste nicht, was sie tun sollte. Ich schüttelte den Kopf. Vor Zorn stiegen mir Tränen in die Augen. Bevor eine der beiden sie sehen konnte, drehte ich mich um und knallte die Tür hinter mir zu.

Kapitel 28

Ein neuer Spot

Ein paar Tage später kam es, wie es kommen musste. Wir hatten, wie jeden Montag, Teambesprechung. Nachdem wir fertig waren, schickte Tomas alle aus dem Raum. Alle außer mich. Er wollte nochmal mit mir unter vier Augen reden. Sein durchdringender Blick ließ es mir eiskalt den Rücken herunter laufen. Er hatte etwas Kaltes in seinen graublauen Augen.

„Denkst du eigentlich, du kannst mich verarschen?", fragte er wütend. Ich schüttelte den Kopf. Nervös fummelte ich an meinem Armband herum.

„Ich habe vorhin alle Zimmer kontrolliert und sie sind immer noch nicht fertig gestrichen!", begann Tomas seine Predigt. Ich versuchte, mich heraus zu reden, das hatte bisher ja meistens funktioniert: „Ich musste ja auch noch meine Blogs schreiben und die ganzen anderen Sachen erledigen." Ich sah, wie er wütend wurde. Schweißperlen glänzten auf seiner Stirn. Meine Strategie schien nicht aufzugehen.

„Teresia hat mir erzählt, dass du Surflehrerin werden willst." Ich hielt die Luft an. Hatte sie es also doch weitererzählt.

„Abgesehen davon, dass es herausgeschmissenes Geld ist, weil du es eh nicht schaffen wirst, finde ich es unverschämt, dass du mich so hintergehst. Du bist nicht zum Surfen hier!"

Fieberhaft überlegte ich, was ich antworten sollte. Meine Gedanken überschlugen sich. Ich durfte ihn nicht noch weiter verärgern, denn sonst würde er mich direkt feuern. Aber ich wollte ihm trotzdem meine Meinung sagen.

„Okay, ich habe mich angemeldet. Das ist richtig", antwortete ich ganz sachlich. Tomas zog die Augenbrauen hoch. Anscheinend hatte er nicht damit gerechnet, dass ich ehrlich sein würde.

Ich redete weiter: „Aber das tut jetzt nichts zur Sache. Du hast mir nie gesagt, bis wann die Zimmer fertig sein müssen. Ich hatte keine Deadline." Er schaute etwas verwundert.

„Sag mir bis wann die Zimmer gestrichen sein müssen, sie werden fertig sein."

Ich war stolz auf meine Antwort. Tomas schien etwas überfordert.

„Bis Sonntag", sagte er.

Ich nickte.

„Alles klar!", antwortete ich. Mein Chef sagte nichts mehr. Also stand ich auf und verabschiedete mich. Ich hoffte, fürs erste würde er beruhigt sein. Jetzt musste ich mir nur noch überlegen, wie ich fünf Zimmer in einer Woche streichen sollte. Das schien für mich als einzelne Person mit der ganzen anderen Arbeit nicht wirklich machbar...

Das Surfen würde ich mir diese Woche abschminken müssen. Ich schrieb Simona, um ihr für unsere Surfsession am Samstag abzusagen. Sie rief mich sofort an und fragte, was passiert war. Ich erzählte ihr von Tomas und, dass ich innerhalb von einer Woche fünf Zimmer streichen sollte. Sie wurde wütend.

„Der Typ geht ja mal gar nicht. Und das schaffst du auf keinen Fall alleine!"

Nun befürchtete ich, dass ich mir mit meiner „Deadlineforderung" selbst ins Bein geschossen hatte.

„Wir überlegen uns was", sagte Simona. „Fang schon mal an mit Streichen.

Die nächsten zwei Tage war ich damit beschäftigt, die Wände anzumalen. In einem schönen hellblau. Doch die Aufgabe des Streichens war für mich alles andere als schön. Es dauerte ewig. In diesem Moment hasste ich Tomas. Und noch mehr hasste ich mich. Dafür, dass ich das alles machte, ohne zu protestieren. Aber ich sah keinen anderen Ausweg. Ich brauchte den Job. Und ich brauchte den Ozean, um zu trainieren. Um am Ende meinen Schein zu bestehen. Um meinen Traum zu verwirklichen.

Pinselstrich für Pinselstrich, sagte ich mir immer wieder, dass ich da durch müsste, damit am Ende alles gut werden würde.

Ich hatte keine Zeit zum Surfen und war von frühmorgens bis spätabends in der Unterkunft beschäftigt. Ich wurde sogar von den Gästen gefragt, warum ich so viel arbeiten musste. Und von Tag zu Tag fühlte ich mich gestresster, weil ich nicht trainieren konnte.

Donnerstagabend klopfte es an der Haustür der Unterkunft. Ich öffnete. Vor mir standen Simona und Neele. Im Schlepptau hatten sie noch zwei Surferdudes, die ich noch nie gesehen hatte. Der eine hieß Ben, er war der Freund von Simona. Er hatte seinen besten Kumpel Paul mitgebracht. Beide strahlten mich an und holten Malersachen hinter ihrem Rücken hervor. Ich fiel Simona um den Hals.

„Danke, du bist die beste!", rief ich erleichtert.

„Na klar." antwortete sie.

Wir begannen direkt zu streichen. Es wurde später und später, aber wir kamen gut voran. Ein Zimmer nach dem anderen erstrahlte in neuer Farbe. Meine Helfer wurden durchgehend von mir mit Broten und Bier versorgt. Eigentlich war der Alkohol für die Gäste von Tomas bestimmt. Aber es würde ihm wahrscheinlich eh nicht auffallen, dass er weg war.

Gegen 2 Uhr nachts hatten wir dann alle fünf Zimmer fertig renoviert. Ich war überglücklich und hoffte, dass Tomas fürs erste zufrieden sein würde.

Samstag ging ich dann endlich wieder mit Simona surfen. Ich holte sie von zuhause ab.

„Heute probieren wir mal etwas neues aus", begrüßte sie mich.

„Ich kenne einen Spot, an dem perfekte Bedingungen für dich sein werden. Du wirst so beschäftigt mit Surfen sein, dass dir dein Chef erstmal egal sein wird."

Ich lud die Boards ins Auto und ließ Simona das Navi spielen. Wir fuhren dieselbe Schotterpiste wie sonst auch. Die staubige Straße schlängelte sich an den verschiedensten, anspruchsvollsten Spots entlang. Irgendwann wurde die Straße schmaler. Es passten kaum zwei Autos nebeneinander vorbei. Wir tuckerten einen steinigen Berg hinauf und mal wieder musste ich feststellen, was für eine Höhenangst ich eigentlich hatte. Links von uns erstreckte sich der Ozean, der von braunen Klippen begrenzt wurde. Wellen zerschlugen an den rauen Felsen. Der Motor röhrte und Staub wurde umhergewirbelt, als wir den Berg auf der anderen Seite wieder hinunterfuhren.

„Da ist es", sagte Simona und zeigte nach links durch das Fahrerfenster. Ich fuhr langsamer und hielt nach einem Parkplatz Ausschau. Am Rande der Straße standen Pfeiler als Begrenzung. Autos parkten hintereinander. Der Spot war gut zu erkennen. Es war eine rechte Welle[19], die relativ weit draußen auf dem Ozean brach. Es gab einen breiten Channel und ich schätzte, dass wir ziemlich lange brauchen würden, um zum Peak zu paddeln. Ich parkte das Auto in einer kleinen Lücke hinter einem gelben VW Bus. Simona und ich stiegen aus. Es waren schon einige Leute im Wasser, manche zogen sich gerade um.

„Wir sollten uns beeilen, bevor es zu voll wird", sagte Simona.

Wir schlüpften in unsere Neoprenanzüge, wachsten unsere Surfboards und wärmten uns auf. Simona erzählte mir, dass es hier oft Strömungen gab und veranschaulichte mir im Sand die Vorfahrtsregeln, die hier galten. Meine Hände waren schwitzig als wir unsere Boards nahmen und uns auf den Weg ins Wasser machten. Wieder war alles war neu. Ungewohnt. Da hatte ich mich gerade an den anderen Spot gewöhnt.

Hinzu kam, dass ich es nicht ertragen konnte, auf Simona angewiesen zu sein. Ich war in dieser fremden Umgebung abhängig von ihr, da ich mich nicht auskannte. Ich wusste nicht einmal, wo der Eingang war. Wie ein kleiner Welpe tapste ich ihr hinterher.

„Du musst keine Angst haben", sagte sie. „Es ist wirklich nicht groß. Und die andere Welle, die du sonst surfst, ist auch eine Rechte. Also bist du das ja schon gewohnt."

Ich nickte. Ich war dankbar, dass sie mit mir surfen ging und mir so viel beibrachte. Trotzdem war mir ein wenig mulmig zumute.

Der Eingang zu dem Spot war mühsam. Er führte über ein steiniges Riff. Zwischen scharfkantigen Felsen, die aus dem Wasser ragten, gab es aber eine kleine Einbuchtung, aus der kaum Steine herausragten.

Wir wateten mit den Surfboards unter den Armen über die Steine. Der Weg ins Wasser hatte seine Tücken: An manchen Stellen waren die Felsen so scharfkantig, dass sie mir kleine Cuts in die Fußsohlen schnitten.

---

[19] Rechte Welle/ Righthander: Eine Welle, die vom Meer aus gesehen zur rechten Seite bricht.

Die Steine dazwischen waren von Algen überzogen und dadurch spiegelglatt. Während ich im Schneckentempo einen Fuß vor den anderen setzte war ich nur darauf konzentriert, nicht hinzufallen. Nach ein paar Minuten waren wir so weit ins Wasser gelaufen, dass wir uns auf unsere Boards legen und lospaddeln konnten. Eine nach der anderen Weißwasserwelle kam uns entgegen. Ich versuchte nah bei Simona zu bleiben, aber eine der Weißwasserwellen war so stark, dass sie mich zur Seite riss. Auf unschöne Weise machte mein Board Bekanntschaft mit einem kleinen Felsen, der noch halb aus dem Wasser ragte. Ich hörte ein unangenehmes kratzendes Geräusch. Und schon hatte ich die erste Macke in meinem Board. Ich versuchte schnell weiter zu paddeln, um von dem Stein wegzukommen. Das Loch in meinem Surfboard beachtete ich nach einem kurzen Moment des Schreckens nicht weiter.

Simona konnte viel schneller paddeln als ich, was unter anderem daran lag, dass sie ein längeres Surfboard hatte. Zum Glück wartete sie auf dem Weg nach draußen immer wieder auf mich, bis ich auf ihrer Höhe war. Nach einer gefühlten Ewigkeit kamen wir im Line-up an. Es saßen bestimmt schon neun Leute auf ihren Boards im Wasser.

Dass ich an dem unbekannten Spot nun auch noch Vorfahrtsregeln beachten musste, überforderte mich etwas. Ich versuchte mir einen Orientierungspunkt zu suchen, aber irgendwie sah alles gleich aus. Die Landschaft war überall karg und felsig und ich war nicht in der Lage, mir ein herausstechendes Merkmal zu finden.

Dann paddelte Simona die erste Welle an. Mit Leichtigkeit sprang sie auf. Sie surfte die Welle nach rechts und machte dabei ein paar schöne Turns. Sie sah elegant aus und surfte so schnell, dass ihre langen Haare im Wind flogen. Wie konnte ich nur so fasziniert von ihr sein? Sie war für mich der Inbegriff von Schönheit und wurde mehr und mehr zu meinem Vorbild. Wie sie es vorausgesagt hatte, vergaß ich alles, was Tomas gesagt hatte. Mit ihr Surfen zu gehen war das Beste, was mir passieren konnte. Ich konnte alles loslassen. Alles vergessen. Vor allem nach meinem ersten Wipe-out an diesem Spot. Ich sah Simona lachen, als ich auftauchte und strecke ihr die Zunge raus. Ich war vollkommen unbeschwert. Als ob all meine Sorgen vom Wasser weggespült wurden.

Die Wellen an diesem Tag waren zwar perfekt, doch leider noch etwas ungewohnt für mich. Sie hatten eine gute Größe, brachen aber steiler und schneller, als an dem anderen Spot. Ich versuchte, mir die etwas kleineren Wellen weiter vorne zu ergattern. Dadurch kam ich keinem anderen Surfer in die Quere, denn alle anderen hatten nur Interesse die „Bomben" des Tages weiter draußen zu surfen.

Es war nicht leicht für mich, mich an einem neuen Spot zurecht zu finden. Alles war anders. Es war wie umziehen. In eine neue Wohnung. Man verlässt die altbekannten Gewässer, um Neues kennenzulernen.

Vor allem auf dem Weg zurück zum Ufer wurde mir bewusst wie neu doch alles war.

Simona wollte noch ein paar Wellen nehmen, ich hingegen war kaputt und wollte rausgehen, zumal die Sonne dabei war unterzugehen. Ich gab ihr Bescheid, dass ich mich schon einmal auf den Weg zum Auto machte. Simona hatte mich gefragt, ob ich den Weg alleine finden würde.

„Klar", versicherte ich ihr.

In Wahrheit konnte ich den felsigen Ausgang nur erahnen. Ich paddelte in die Richtung, aus der wir gekommen waren. Auf der Hälfte der Strecke merkte ich, wie mich die Strömung zur Seite zog. Erst dachte ich mir nicht viel dabei und paddelte weiter. Doch ich musste feststellen, dass die Strömung stärker war als gedacht. Anstatt vorwärts zu kommen passierte das Gegenteil. Ich trieb mit der Strömung in die entgegengesetzte Richtung.

Wie sollte ich aus dieser Strömung herauskommen? Ich konnte keinen Bogen paddeln, weil an der Seite überall Felsen aus dem Wasser ragten. Es führte nur dieser eine Weg raus. Ich paddelte stärker, langsam bewegte ich mich wieder vorwärts. Es war ermüdend.

Seit 10 Minuten war ich bereits am Kämpfen, aber trotzdem war ich erst wenige Meter voran gekommen. Ich atmete schneller. Meine Kehle schnürte sich zu.

Als ich bemerkte, wie das Wasser um mich herum dunkler wurde, begann ich panisch zu werden. Mir brach der Schweiß unter dem dicken Neopren aus. Die Sonne war mittlerweile verschwunden. Ich schaute mich panisch um. Wo war Simona?!

Wahrscheinlich immer noch draußen bei den großen Wellen, dachte ich. Auch wenn ich ihr den Spaß gönnte, in diesem Moment wünschte ich mir, sie bei mir zu haben. Doch weit und breit sah ich keine Menschenseele. Alle anderen Surfer waren vor uns aus dem Wasser gegangen.

Ich war allein in meinem Kampf gegen die Strömung. Allein mit dem tiefblauen Wasser. Allein mit mir. Alles was ich hörte, war mein panisches Keuchen, das Platschen meiner Hände bei jedem Paddelzug. Ich fühlte mich verloren. Wie ein Kind, das von seinen Eltern am Rasthof vergessen wurde. Das Meer wurde mit jeder Minute dunkler und ich merkte, wie mir meine Kräfte schwanden. Meine Arme fingen an, sich zu verkrampfen und meine Hände zitterten. Ich kam dem Ufer zwar näher, aber so langsam, dass ich befürchtete, erst morgen früh dort anzukommen. Wenn ich so lange durchhielt. Plötzlich sah ich neben mir einen schwarzen Schatten vorbeihuschen. Reflexartig zog ich die Arme aus dem Wasser. Sofort trieb ich wieder ein Stück zurück. Was war das? Panisch schaute ich mich um. So schnell wie er gekommen war, war der Schatten auch schon wieder verschwunden. Hatte ich ihn mir nur eingebildet?

Hysterisch atmete ich weiter. Ich durfte nicht aufgeben, sonst wären die letzten 20 Minuten umsonst gewesen. Ich steckte die Hände zurück in das kalte Wasser, begann zu paddeln. Ich versuchte mich zu beruhigen, doch es funktionierte nicht. Direkt hatte ich wieder Bilder im Kopf, wie ich von einem Hai in die dunklen Tiefen des Ozeans gezogen wurde.

Plötzlich hörte ich Simonas Stimme. Sie schien weit entfernt. Ich schaute mich um und versuchte in der Dämmerung zu erkennen, wo sie war. Ich konnte verschwommen wahrnehmen, wie mir eine Hand zuwinkte. Ich meinte ihre Umrisse im Bereich der Weißwasserwellen erkennen zu können. Kraftlos winkte ich zurück und wurde direkt wieder zurück getrieben.

Ich hoffte, dass sie nicht ohne mich rausging. Ich paddelte weiter. Einen Meter nach dem anderen. Dann sah ich Simona näher kommen. Sie ließ sich von der Strömung in meine Richtung treiben. Wenig später konnte ich ihr Gesicht erkennen.

„Ich hab mir Sorgen gemacht!", rief sie mir zu. Die Strömung war so stark, dass sie innerhalb weniger Sekunden bei mir war.

„Nimm meine Leash", sagte sie. „Ich helfe dir und ziehe dich raus. Paddel einfach weiter." Mit der einen Hand griff ich nach der Leash ihres Longboards[20], mit der anderen schob ich weiterhin das Wasser zur Seite. Nach einer halben Stunde hatten wir es tatsächlich geschafft, den Ausgang zu erreichen. Erleichtert atmete ich aus, als ich vom Bord rutschte. Nun freute ich mich darüber, das scharfkantige Riff unter meinen Füßen zu spüren.

Nachdem wir zurück über die Steine zum Auto geklettert waren, setzte ich mich auf den Beifahrersitz. Meine Arme zitterten, in meinen Ohren rauschte es und aus meinen Augen liefen Tränen. Simona nahm mich in den Arm.

„Ist doch alles gut gegangen", munterte sie mich auf.

„Ich weiß. Aber ohne dich wahrscheinlich nicht", antwortete ich mit erstickter Stimme. Ich fühlte mich immer noch ein bisschen unter Schock.

Den Weg zurück nach Corralejo fuhr sie. Wir hielten an einem Supermarkt und kauften uns eine Flasche Honigrum. Wir öffneten ihn noch vor dem Einkaufsladen und ich begann, die Nachwirkungen meines heutigen Erlebnisses herunter zu spülen. Mit jedem Schluck breitete sich immer mehr Wärme und Gelassenheit in meinem Körper aus.

---

[20] Longboard: Ein sehr langes und breites Surfboard mit normalerweise runder Nose

Kapitel 29

Übertraining

Nach dieser Surfsession war ich todmüde. Ich merkte, wie sehr ich meinen Körper herausgefordert hatte. *Ich hätte früher aus dem Wasser gehen sollen. Nicht erst als ich schon zu wenig Kraft hatte,* redete ich mir ein. Simona hatte mir schon so oft geholfen und ich hatte ein schlechtes Gewissen. Ich wollte mich bei ihr bedanken, mich irgendwie erkenntlich zeigen.

Durch das Erlebnis war mir wieder bewusst geworden, wie weit ich noch von ihrem Können entfernt war. Und wieviel Kraft mir noch in den Armen fehlte. Vielleicht war ich zu ungeduldig und zu streng mit mir selbst. Und auch wenn Simona mich oft lobte und mir sagte, wenn ich eine Welle gut gesurft war, hatte ich das Gefühl, mehr leisten zu müssen, um irgendwann meine Prüfung zu bestehen. Ich war frustriert, weil das Meer so herausfordernd war. Weil es mich immer wieder an meine Grenzen brachte. Durch die wechselnden Bedingungen konnte ich mich nicht gleichmäßig verbessern. Es zeigte mir, wie ungeduldig ich war. Und ich wollte alles, am besten jetzt sofort.

Irgendwie hatte ich im Gefühl, dass ich aufpassen musste. Dass ich nicht zu weit über meine Grenzen gehen durfte. Und eigentlich wusste ich, dass ich es langsamer angehen musste, um besser zu werden und um an meinem Ziel anzukommen. Vielleicht hätte ich mehr auf mein Gefühl hören sollen, aber vor lauter Ehrgeiz musste ich immer mindestens 100 Prozent geben.

Morgen müsste ich wieder früh aufstehen und mein Körper wollte nicht zur Ruhe finden. Das Adrenalin in meinen Adern ließ mich nicht zur Ruhe kommen. Immer wieder drehte ich mich von einer auf die andere Seite. Erst war mir heiß, dann wieder kalt. Ich fühlte mich gestresst.

Ein Blick auf meinen Wecker verriet, dass mir weniger als fünf Stunden Schlaf blieben. Ich seufzte und starrte gegen die Decke. Dann stand ich auf, öffnete leise die Tür und schaltete das Licht in der Küche ein.

Ich machte den Wasserkocher an und goss mir einen Tee auf. Zuerst setzte ich mich damit aufs Sofa, aber ich war zu unruhig. Ich öffnete die Haustür, atmete die kühle Nachtluft ein. Der Himmel war klar, die Sterne leuchteten. Es war Vollmond. *Vielleicht daher die Schlaflosigkeit?* fragte ich mich. Ich fühlte mich so rastlos, dass ich beschloss einen kleinen Spaziergang zum Strand zu machen. Die Nacht war ruhig und ich genoss den Frieden, der sich um mich hüllte. Ich begegnete keiner Menschenseele, während ich auf dem nassen Sand umherlief. Mein Atem wurde ruhiger, meine Muskeln entspannter und ich von Schritt zu Schritt müder.

Auf dem Rückweg erschienen mir meine Probleme kleiner und von viel weniger Bedeutung. Ich hatte das Gefühl, dass alles gut werden würde. Eine Erkenntnis, die ich nicht genau erklären konnte.

Der nächste Tag war eine Qual. Ich war erschöpft und erledigte all meine Aufgaben wie ein Roboter. Mittags verzichtete ich aufs Surfen, ich war so müde, dass ich mich erst einmal hinlegen musste. Als ich aufwachte, war es schon 18 Uhr und die Pflicht rief: Ich musste mit den Gästen Essen gehen. Ich ärgerte mich, dass ich keinen Sport gemacht hatte und versuchte, vor dem schlafen gehen wenigstens noch etwas Yoga zu machen.

In den nächsten Wochen hielt ich mich wieder an meinen „Trainingsplan". Was ich nicht bemerkte war, dass sich mein Körper in einem Übertraining befand. Ich war ständig auf 180. Entweder war ich surfen, joggen oder schwimmen. Und wenn das nicht reichte, machte ich zusätzlich Yoga. Die Überdosis an Sport machte sich mit einer extremen Gereiztheit und Schlafstörungen bemerkbar. Jede Nacht wachte ich mehrmals auf oder ich konnte nicht mehr einschlafen. Es war, als ob ich unter Daueranspannung stehen würde. Dazu kamen Unkonzentriertheit und Müdigkeit tagsüber. Dass meine Symptome daher rührten, dass ich zu viel trainierte- auf die Idee kam ich natürlich nicht, also machte ich genauso weiter wie bisher.

Kapitel 30

Je größer desto besser

Nie wollte ich etwas so sehr im Leben wie Surflehrerin zu werden. Das Meer war zu einem Verbündeten geworden. Manchmal zu einem Gegner. Es forderte mich heraus, half mir dabei besser zu werden und über meine Grenzen zu gehen. Ich lernte, mir zu vertrauen. Dem Meer zu vertrauen. Es zeigte mir aber auch, wie weit ich gehen konnte. Als ob es mir etwas sagen wollte. Doch manchmal war ich zu ehrgeizig, um ihm zuzuhören. Ich war zu sehr mit mir beschäftigt. Und damit besser zu werden. Doch genau dieser Ehrgeiz war wohl der Grund dafür, dass ich die Verbindung zum Meer immer mehr verlor, bis ich die Warnungen, die es mir zurief, komplett ignorierte.

An einem Nachmittag war ich wieder an meinem altbekannten Lieblingsspot. Ich fuhr mit Neele dorthin. Sie hatte Mittagspause und war genauso motiviert, surfen zu gehen.

Während der holprigen Fahrt hörten wir Musik auf dem Handy und lachten. Wahrscheinlich war es filmreif, wie der Wind uns die Haare zerzauste. Und wie der staubige Boden durch die Reifen aufgewirbelt wurde.

Mit einem lauten Klappern hielten wir auf der sandigen Fläche vor dem Spot. Überall standen Autos, es war sehr überfüllt, was mich nicht verwunderte:

Mit einer großen Periode rollten die Wellen herein. Sie waren bestimmt kopfhoch. Es wehte kein Wind. Wir beobachteten das Meer noch ein paar Minuten. Die Setwellen sahen furchteinflößend aus. Ich hörte Zweifel in Neeles Stimme, als sie mich fragte: „Meinst du nicht, dass das etwas zu groß für uns ist?"

„Ach was. Das wird super", tat ich ihre Bedenken ab. Die Wellen waren wirklich nicht gerade klein, aber aus irgendeinem Grund war ich an diesem Tag etwas draufgängerisch unterwegs, sodass dieser Fakt von mir ignoriert wurde. Ich wollte unbedingt surfen, egal wie groß die Wellen waren.

Dann zogen Neele und ich unsere Neoprenanzüge an. Wir wachsten die Boards und machten uns auf den Weg. Neele blieb ein paar Meter hinter mir.

Während wir rauspaddelten, schien sich ihre Nervosität etwas zu legen und ich war komischerweise die Ruhe selbst. Es gab kaum Strömung auf dem Weg ins Line-up. Der Channel war klar definiert. Die Wellen sahen, von der Seite aus betrachtet, ziemlich beeindruckend aus. Manche formten sogar eine Barrel. Irgendwie war ich stolz auf mich, dass ich mittlerweile mit so einer Selbstverständlichkeit an einem Spot rauspaddelte, vor dem ich drei Jahre zuvor noch so großen Respekt hatte. Ich war mutiger geworden.

Leider waren wir aufgrund der perfekten Bedingungen nicht die einzigen Menschen im Wasser. Es tummelten sich Surfschulen, aber auch viele gute Freesurfer im Line-up. Unter anderem trafen wir Pedro und den Fortgeschrittenenkurs unserer Surfschule. Es war schön, ihn wiederzusehen. Da ich ja nicht mehr beim Kurs mitfahren durfte, sah ich ihn so gut wie nie. Neele und ich winkten ihm zu und paddelten dann gemeinsam weiter Richtung Line-up. So weit draußen auf dem Meer kamen mir die Wellen noch größer vor. Riesige Wasserberge die sich unter uns hindurchschoben. Ich war beeindruckt von der Kraft, die der Ozean hatte. Am Peak angekommen suchte ich mir direkt eine Welle aus. Als wäre ich zu Superwoman mutiert, paddelte ich die Welle direkt an. *Du schaffst das*, redete ich mir gut zu, als ich einige Sekunden später mit voller Wucht mitgerissen wurde. Ich war schon fast zu nah am Weißwasser, schaffte es aber noch weit genug nach rechts zu ziehen, um nicht zerschmettert zu werden. Dann machte ich meinen Take-off und stand. Die Welle reichte mir mindestens bis zum Kopf. Und da war keine Spur von Angst. Nur Mut und das Gefühl von grenzenloser Freiheit. Zuerst surfte ich auf der Welle ein Stück nach unten, dann nach rechts. Das war der Bottom-turn. Ich merkte, wie ich schneller wurde. Zu schnell für die Welle. Ich drehte ein Stück nach oben und bewegte dann mein Surfboard zurück in die Richtung des Weißwassers. Dann fuhr ich wieder an der Wellenwand entlang nach rechts. Dass ich gerade einen Cutback gemacht hatte, bemerkte ich in dem Moment gar nicht. Erst als ich im Channel auf Pedro traf, wurde mir das bewusst. „Na da hat sich dein Training ja bezahlt gemacht, was? Das war ein Cutback!", rief er mir zu. Ich grinste ihn an. Dabei war mein Manöver ja nur ein Versehen und nicht mal beabsichtigt gewesen.

Vielleicht kann ich die Surflehrerprüfung doch schaffen, dachte ich zuversichtlich. Voller Stolz paddelte ich wieder Richtung Line-up, wo Neele schon auf mich wartete. Die nächsten Wellen surften wir gemeinsam. Eine Partywelle nach der anderen stürzten wir uns in das Wellental hinab. Mittlerweile war auch ihre Angst verflogen. Manchmal surften auch noch ein paar andere Leute mit uns auf der Welle. Von Vorfahrtsregeln hatte dort noch niemand was gehört, was mir bis zu diesem Zeitpunkt aber auch noch nicht allzu viel ausmachte.

Ich wartete zwischen Peak und Channel, bis das nächste Set hereingerollt kam. Es war riesig. „Monsterset" nannten manche Surfer das. Eilig paddelten alle Leute nach links, um sich im Channel zu befinden, während es hereinbrechen würde. Ich saß etwas weiter am Peak und sah nur noch Hunderte bunter Surfboards vor mir. Ich würde es nicht schaffen, an all den Leuten vorbei in den Channel zu paddeln, ohne dass mir all die Bretter auf den Kopf fliegen würden. Ich überlegte. Innerhalb einer Millisekunde entschied ich mich, die nächste Setwelle zu nehmen. Ich paddelte ein Stück weiter Richtung Horizont, da ich vermutete, dass sie aufgrund ihrer Größe weiter draußen brechen würde. Und ich lag richtig.

Ich hielt die Luft an, als die Monsterwelle auf mich zugerollt kam. Noch ein paar Meter paddelte ich Richtung Channel, damit ich die Welle an einem nicht allzu steilen Punkt erwischen könnte. Ich spürte das Beben unter mir. Spürte, wie sich mein Tail hob. Während ich kräftiger paddelte, schaute über meine Schulter. Die Welle kam mir gigantisch groß vor. *Ich kann es schaffen, wenn ich schnell genug nach rechts ziehe,* dachte ich noch. Dann spürte ich, wie ich kraftvoll angeschoben wurde, wie sich das Tail meines Boards hob. Ich spannte meinen gesamten Körper an, war hochkonzentriert, mein Kopf war so klar, wie das Wasser unter mir. Nun gab es kein Zurück mehr. In rasender Geschwindigkeit glitt ich ins Wellental hinab. Als ich sah, wie groß die Welle wirklich war, musste ich meine Augen zusammenkneifen. Panisch griff ich die Rails meines Boards und verlagerte mein Gewicht nach rechts. Ich öffnete wieder die Augen und machte schnell meinen Take-off. Die Welle war gigantisch, ein Koloss aus Wasser, aber auf eine seltsame Art war es entspannt auf ihr zu surfen. Auch wenn sie größer war als ich. Meine Anspannung verwandelte sich in ein Glücksgefühl. Ich quietschte vor Freude über meine bisher größte gesurfte Welle. Ich machte keine Manöver, fuhr einfach geradeaus am Face entlang.

Für alles andere hätte ich gar keine Konzentration gehabt. Die Größe brachte mich einfach um den Verstand und ich hatte genug damit zu tun, einfach nur auf der Welle zu bleiben. Nach ein paar Sekunden jedoch fuhr mir jemand in die Welle. An seinem lila Lycra erkannte ich, dass es einer von Pedros Surfschülern war. Auf einmal war er direkt vor mir. Ein etwas größerer Mann mit schwarzen Haaren, der kaum Kontrolle über sein Board zu haben schien. Stehen konnte er, das war's aber auch schon. Er schien nicht zu bemerken, dass noch jemand mit ihm auf der Welle war, und erst recht nicht, dass ich Vorfahrt hatte. Ich ärgerte mich. Das Weißwasser kam mir immer näher und eigentlich hätte ich mehr Geschwindigkeit gebraucht, um zum Face zurückzukommen, aber er versperrte mir den Weg. Ich rief ihm zu, dass ich Vorfahrt hatte, aber ich musste schnell einsehen, dass dies zu nichts führte. Er hörte durch das Donnern der Welle nichts und selbst wenn er etwas gehört hätte, war zu bezweifeln, dass es ihn interessierte. Ich surfte immer weiter nach rechts, um zurück zum Face zu kommen. Dabei kam er mir gefährlich nahe. Ich wusste nicht, was ich tun sollte. Das Ganze würde in einem Riesencrash enden, wenn ich nicht handelte. Ich fühlte mich von der hinter mir brechenden Welle getrieben und wollte nicht, dass etwas passierte, also stieß ich mich vom Brett ab und sprang von der Welle. Es tat weh, ihm die größte Welle, die ich je gesurft war, zu überlassen. Aber mir blieb keine andere Wahl.

Die Luft anhaltend ließ ich mich ins Wasser fallen. Die riesige grüne Welle verschluckte mich, zog mich unter Wasser, hielt mich fest. Ich machte mich klein. Um mich herum wurde es immer dunkler. Ich wurde umhergewirbelt. Wie gut ich diese Situation kannte. Nur dieses Mal ließ die Welle mich nicht so schnell los. Sie war stärker als alles, was ich gewohnt war. Langsam atmete ich Luft aus, um mich herum Luftbläschen. Tausende. Die Welle tobte und es fühlte sich an, als ob sie all ihre Energie an mir entlud. Ich rollte mich immer kleiner zusammen, in Embryostellung. Meine Hände hatte ich schützend über meinem Kopf. Die Welle hatte mich in der Hand, im wahrsten Sinne des Wortes. Und in diesem Moment wusste ich, dass ich zu weit gegangen war.

Die Freude über meinen ersten Cutback wich Panikgefühlen. Wie lange war ich schon unter Wasser? Ich drehte mich immer noch, wusste nicht mehr wo oben und unten war. Meine Leash wickelte sich durch die tausend Umdrehungen um mein Bein, mein Board zog daran. Dann gab es einen heftigen Ruck, ich spürte ein Reißen in meinem Knie, dann einen stechenden Schmerz an meinem linken Fuß. Schließlich wurden die Drehungen weniger, das Wasser begann sich zu beruhigen. Mir wurde immer schwindeliger. Schließlich ließ die Welle mich los. Als hätte sie mich achtlos ausgespuckt, wie einen zerkauten Kaugummi. Meine Lungen brannten. Ich begann zu strampeln, um wieder an die Luft zu gelangen.

Als ich die Wasseroberfläche durchdrang, schnappte ich nach Luft. Ich blinzelte. Das Sonnenlicht kam mir gleißend hell vor. Wo war mein Board? Und wo war der Typ? Ich schaute mich um. Ich entdeckte ihn, wie er Richtung Channel paddelte. Er war die Welle fast bis aufs Riff gefahren, aber es schien ihm gut zu gehen. Doch von meinem Board fehlte jede Spur. Die Leash war noch an meinem Knöchel, aber sie musste gerissen sein. Hilflos schwamm ich im Wasser. Ich versuchte mich zu orientieren und zurück in den Channel zu schwimmen. Ein seltsames Pochen war in meinem Fuß zu spüren. Unter den nächsten Wellen tauchte ich hindurch. Sie waren etwas kleiner.

Zum Glück ist heute wenig Strömung, dachte ich nur, als ich schwimmend den Channel erreichte.

Glücklicherweise hatte Pedro das Ganze beobachtet und paddelte zügig in meine Richtung. Ich zeigte ihm den Daumen nach oben, damit er sich keine Sorgen machte.

Nach ein paar Sekunden war Pedro bei mir und ich konnte sein Board greifen. Er schaute mich besorgt an.

„Ich helfe dir", sagte er und ließ sich neben mir ins Wasser gleiten.

„Leg dich auf mein Brett!" Er klopfte darauf. Wie ein nasser Sack hievte ich mich nun auf sein Board und keine Sekunde später lag er hinter mir. Zum ersten Mal verstand ich, warum die Surflehrer immer mit so einem großen Surfboard ins Wasser gingen – um Leute retten zu können. Es war etwas ungewohnt, so nah an Pedro zu liegen. Ich spürte seinen nassen Neoprenanzug an meinen Beinen. Seine Paddelbewegungen. Ich hörte seinen schnellen, aber tiefen Atem. Um mich davon abzulenken, hielt ich Ausschau nach meinem Brett und meinte vorne am Riff etwas Orangenes erkennen zu können.

Plötzlich wurde die Stille von einem hohen Pfiff zerstört. Pedro deutete seinen Surfschülern, aus dem Wasser zu kommen. *Warum?*, fragte ich mich. Ich war so überfordert von den ganzen Eindrücken, dass ich erst nach einigen Sekunden bemerkte, wie etwas Warmes meinen Knöchel hinunterlief. Ich drehte mich um und erblickte meinen blutüberströmten Fuß. Ein tiefer Cut befand sich auf der Innenseite. Es sah aus, als hatte mir die Finne meines Surfboards einmal den Fuß zersägt. Der Knochen war zu sehen. Aus dem klaffenden Spalt floss Blut, es tropfte ins Wasser und färbte dieses rötlich. Ich erschrak. Ich meinte mein Herz ein paar Schläge aussetzen zu spüren. Mit dem ersten Schlag kehrte auch wieder dieser fiese stechende Schmerz zurück. Panisch schaute ich Pedro an. Er deute mir nur, nach vorne zu sehen, und versuchte mich abzulenken: „Tut mir Leid, dass Erik dir reingedroppt ist. Aber dafür hattest du die Welle des Tages. Respekt!" Seine Ablenkungsversuche waren nicht von Erfolg gekrönt, denn mit jedem Meter, den wir vorankamen, wurden die Schmerzen stärker. Als wir das Ufer erreichten, wurde ich immer hysterischer. Der Schmerz war unerträglich. Es fühlte sich an, als ob mir jemand den Fuß schreddern würde. Ich versuchte von Pedros Board aufzustehen, doch ich konnte nicht auftreten, geschweige denn laufen. Mir war schwindelig. Überall sah ich nur Blut, es tropfte unaufhörlich aus meinem Fuß. Der Sand färbte sich dunkelrot. Dann wurde mir übel. Auf einmal war Neele neben mir. Ich wollte zum Auto laufen, doch da wurde mir schwarz vor Augen und ich verlor das Bewusstsein. Ein paar Sekunden später fand ich mich in Pedros Armen wieder. Er trug mich zum Auto. Ich wollte protestieren. „Ich kann selber laufen", sagte ich.

„Ich glaube nicht", entgegnete Pedro. Er hob mich auf den Beifahrersitz des Surfschulvans. Der Sand auf dem Weg vom Wasser zum Auto war voller Blutspritzer. Als ob hier vor kurzem eine Schlachtung stattgefunden hätte. „Einfach atmen", versuchte Pedro mich zu beruhigen.

Ich riskierte einen kurzen Blick auf meinen Fuß. Mittlerweile hatte ich schon die Eintrittsstufe von dem Van vollgeblutet. Mir wurde direkt wieder schwindelig. Obwohl ich Krankenschwester war, konnte ich Blut bei mir selbst nicht ertragen.

„Wir müssen dir den Neo ausziehen, damit ich dir einen Druckverband machen kann", sagte Pedro. Ich erstarrte. Ich war mir nicht sicher, ob ich mir einen Bikini untergezogen hatte. Ich öffnete den Reißverschluss meines Wetsuits. Neele kam herbeigeeilt, um mir zu helfen. Und glücklicherweise hatte ich tatsächlich einen Bikini drunter.

„Wie sollen wir den Neo über den Fuß bekommen?", fragte ich etwas verwirrt.

„Ich denke gar nicht", sagte Pedro, „sonst reißt alles nur noch weiter auf." Fragend schaute ich ihn an.

„Neele, kannst du das Erste-Hilfe-Paket aus dem Kofferraum holen? Da müsste eine Schere drin sein."

Neele lief zum Kofferraum und kam mit Schere und Verbandszeug bewaffnet zurück.

„Am besten du schneidest das Neopren direkt neben der Naht auf", sagte Pedro. Ich fühlte mich wie in einer schlechten Version von „Greys Anatomy". Das konnte doch nicht real sein?

Mittlerweile trudelten auch die Surfschüler ein. Erst schienen sie genervt zu sein, weil Pedro sie frühzeitig aus dem Wasser gerufen hatte. Als sie mich dann aber in dem Auto liegend erblickten, änderten sich ihre Gesichtsausdrücke von frustriert zu besorgt. Neele hatte gerade meinen Neo am Bein durchgeschnitten und Pedro machte einen Druckverband, der sich auch direkt wieder rot färbte. Ich stöhnte. Am liebsten wäre ich vor Peinlichkeit im Boden versunken. Ich hasste das Gefühl, auf die Hilfe anderer angewiesen zu sein. Und nun fragten auch noch einige Surfschüler, ob sie etwas tun könnten. Ich legte meine Hände auf die Augen, um mir das alles nicht mit ansehen zu müssen. Die Situation war mir einfach nur unangenehm.

„Kannst du die Surfschüler zurück zur Surfschule fahren?", fragte Pedro Neele. Sie nickte. Mittlerweile dämmerte auch mir, dass dies keine Lappalie war. Wir mussten ins Krankenhaus fahren. Und mein Fuß musste genäht werden.

Mir liefen Tränen über die Wangen. Vor Schmerzen, aber auch vor Rührung, dass alle so besorgt um mich waren.

„Ich nehme den Van, kannst du ausnahmsweise mit eurem Auto zurückfahren?" fragte Pedro. Neele zählte die Leute.

„Drei, das passt ja in unseren Rudi. Sie werden begeistert sein." Sie grinste mich an. Die Surfschüler taten mir ein bisschen Leid. Mit so einer Klapperkiste zu fahren – damit hatten sie sicher nicht gerechnet.

Dann ging alles ganz schnell. Alles bekam ich sowieso nicht ganz mit. Ich weiß noch, dass ich auf der Fahrt vor Schmerzen heulte, wie ein kleines Kind. Irgendwie lag ich auf dem Beifahrersitz. Jemand hatte ihn nach hinten verstellt. Mein Fuß lag auf dem Armaturenbrett. Ich sah nur den Verband, der sich weiter rot färbte. *Wieso war ich heute so draufgängerisch gewesen?* warf ich mir vor.

Pedro fuhr ziemlich schnell und so aggressiv Auto, wie ich ihn noch nie erlebt hatte. Normalerweise war er die Ruhe in Person. Er versuchte immer wieder mich abzulenken. Er erzählte mir, dass die Welle ja wirklich riesig war, dass er nicht gedacht hätte, dass ich so mutig sein würde, so eine Welle anzupaddeln. Aber in dem Moment half mir das auch nicht wirklich.

Kapitel 31

Zugenäht

Wir fuhren in die nächste große Stadt zum Krankenhaus. Pedro fand glücklicherweise einen Parkplatz direkt auf der gegenüberliegenden Straßenseite der Klinik. Er öffnete mir die Beifahrertür und ich versuchte, aus dem Auto zu klettern. Es funktionierte nicht so wirklich und er musste mir helfen. Dieses Mal nahm er mich huckepack und trug mich in die Notaufnahme. Die Klinik war alt und wirkte etwas schmutzig, sie konnte vermutlich nicht mit einem deutschen Krankenhaus mithalten, aber ich war einfach froh endlich in professionellen Händen zu sein. Ein Pfleger holte mir direkt einen Rollstuhl. Pedro schob mich darin zum Schalter, um mich anzumelden. Er übersetzte fast alles für mich, mein Spanisch war noch immer unterirdisch schlecht.

Ein paar Minuten später wurde ich dann auch schon aufgerufen. Pedro schob mich in den Behandlungsraum, in dem ich direkt von einer freundlichen Ärztin begrüßt wurde. Sie fragte mich, was passiert sei. Als ich erzählte, dass ich einen Surfunfall hatte, schüttelte sie nur mit dem Kopf und seufzte. Anscheinend kamen hier häufiger Surfer mit Verletzungen her. Irgendwie war es mir unangenehm. Ich wollte nicht, dass sie dachte, ich wäre zu blöd zum Surfen. Doch viel weiter denken konnte ich auch nicht, da sie mich direkt aufforderte, mich auf die Behandlungsliege zu legen. Ich bekam ein Schmerzmittel gespritzt. Dann begann sie auch schon damit, die Wunde zu nähen. Statt auf den Fuß schaute ich die ganze Zeit zu Pedro, der neben mir saß. Ich wollte, dass er mit in den Behandlungsraum kam, auch wenn wir uns bisher noch gar nicht so gut kannten. Seine Anwesenheit beruhigte mich und ich konnte mich durch das Studieren seines Gesichtes etwas ablenken.   Er war braun gebrannt, nur die Lachfältchen an seinen Augenwinkeln waren heller als der Rest seiner Haut. Er hatte ein paar Sommersprossen, verteilt auf der Nase. Gekräuselte Locken hingen ihm im Gesicht. Seine blauen, liebevollen Augen schauten mich besorgt an.   Dann nahm er plötzlich meine Hand in seine und ich hatte komischerweise nicht einmal etwas dagegen einzuwenden.

„Sie ist fast fertig", sagte er und schaute wieder zu der Ärztin herüber. Irgendwie fand ich Pedro auf einmal doch ganz anziehend, auch wenn er schon ein paar Jahre älter war. *Das liegt bestimmt nur an den Schmerzmitteln,* dachte ich und schaute wieder an die Decke.

Die Ärztin riss mich aus meinen Gedanken: „So, wir sind dann soweit. Acht Stiche sind es geworden. Ich empfehle Ihnen, die nächsten zwei Wochen das Wasser zu meiden. Falls sie einen körperlich anstrengenden Beruf ausüben, kann ich sie krankschreiben."

Ich nickte nur. Langsam dämmerte mir das Ausmaß dieses Unfalls. Ich musste Tomas anrufen und ihm sagen, was passiert war. Dass ich heute Abend nicht mit den Gästen essen gehen konnte. Als ob er Gedanken lesen könnte, schlug Pedro vor: „Ich kann dem Chef erzählen, was passiert ist." Ich war mir nicht sicher, ob das eine gute Idee war, aber ich willigte ein. Irgendwie wollte ich gerade nur noch allem Unangenehmen aus dem Weg gehen. Die Ärztin desinfizierte noch einmal den Fuß, verband alles, verschrieb mir noch ein Antibiotikum und entließ mich dann mit einem neuen Termin in zwei Tagen. Ich durfte meinen Fuß nicht allzu sehr belasten, sonst könnten die Nähte aufreißen. Von einer anderen Krankenschwester bekam ich Krücken in die Hand gedrückt. Ich fühlte mich so hilflos. Hatte ich nicht vor ein paar Stunden noch meinen ersten Cutback gemacht? Und jetzt das. So konnte ich weder trainieren noch arbeiten. Und in diesem Moment wusste ich nicht einmal was schlimmer war.

Humpelnd verließ ich das Behandlungszimmer. Pedro stand auf dem Flur und telefonierte mit unserem Chef. Er hatte ihm gerade die Geschehnisse der letzten Stunden geschildert. Ich machte Pedro ein Zeichen, dass er mir das Telefon geben sollte, damit ich auch noch mit Tomas sprechen konnte. Mit einem vielversprechenden Blick reichte er mir sein Handy.

Wie zu erwarten, war Tomas alles andere als begeistert.

„Ich wusste, dass so etwas kommt!", rief er in den Hörer. „Jetzt muss ich mir jemand anderen organisieren, der dich vertreten kann. Danke!"

Was sollte ich darauf antworten? Als ob ich mich absichtlich verletzt hatte, um ihm eins auszuwischen.

„Und meinen Surflehrer beanspruchst du auch noch! Was macht es für einen Eindruck, dass Neele die Gäste in eurer Karre zurückgefahren hat! Das ist echt peinlich!"

„Ja, tut mir leid, dass ich dir solche Umstände mache", antwortete ich nur. In Wirklichkeit tat mir nichts leid, ich hatte einfach keine Lust auf Stress mit ihm.

„Na deinen Surflehrerschein kannst du ja so erst recht vergessen!", sagte er wütend und legte auf. Ich hielt das Telefon weit von mir weg und verzog das Gesicht.

Was für ein Chef, der noch Salz in die Wunde streuen musste. Aber durch die hohe Dosis an Schmerzmitteln, die noch in meinem Blut war, konnte ich mich nicht mal richtig aufregen. Ich gab Pedro wortlos sein Telefon zurück. Fragend schaute er mich an. Ich winkte nur ab, denn ich hatte keine Lust mit ihm über Tomas zu reden. Mittlerweile wurde mir die Meinung von meinem Chef immer unwichtiger. Man konnte es ihm eh nicht recht machen. Vor allem ich nicht.

„Wie lange bist du krankgeschrieben?" war das Erste, was Tomas mich fragte, als wir mit dem Van vor der Surfschule vorfuhren. Ich war kaum ausgestiegen und saß noch halb auf dem Beifahrersitz. Pedro holte mir gerade meine Krücken aus dem Kofferraum. Zornig funkelte ich Tomas an. Langsam reichte es mir. Wie konnte man nur so egoistisch sein?

„Zwei Wochen", antwortete ich genervt. Das war gelogen. Eigentlich war ich nur fünf Tage krankgeschrieben, aber ich brauchte eine Pause. Von ihm, von der Arbeit, von diesem ganzen Psychoterror, den er hier veranstaltete. Ich hoffte, dass die Ärztin mir die Krankschreibung noch verlängern würde. Vielleicht vergaß Tomas auch danach zu fragen, dann hätte ich Glück. Ich wollte einfach nur meine Ruhe haben. Vor allem nach dem Stress der letzten Wochen. Nach all den unbezahlten Überstunden und der Plackerei mit dem Streichen der Zimmer. Ich hatte regelmäßig über 60 Stunden gearbeitet. Was dachte er eigentlich? Dass ich mir das ewig gefallen lassen würde?

Pedro verstand nicht alles von unserer Unterhaltung auf Deutsch, aber er schaute Tomas irritiert an.

„Glaub ja nicht, dass du irgendeine Sonderbehandlung von mir bekommst. Wer Surfen kann, kann auch arbeiten. Sobald deine Krankschreibung abgelaufen ist, habe ich wieder genug zu tun für dich. Und um Blogs zu schreiben, brauchst du ja wohl den Fuß nicht!".

„Alles klar", sagte ich wütend.

Wir schauten uns in die Augen. Ich konnte sehen, wie geladen er war, doch dieses Duell ging unentschieden aus. Vermutlich fühlte er sich persönlich angegriffen, da für mich das Surfen oberste Priorität hatte. Und nicht seine Surfschule oder die Gäste. Aber daran konnte und wollte ich nichts ändern.

Tomas schüttelte nur mit dem Kopf, drehte sich um und auch ich wusste nicht, was ich noch sagen sollte. Also umarmte ich Pedro, bedankte mich bei ihm für seine Hilfe und machte mich humpelnd auf den Weg ins Apartment. Mit Tomas zu diskutieren war, als würde ich mit einer Wand reden. Aussichtslos. Und spätestens in diesem Moment wurde mir klar, was für einen bösartigen Charakter er hatte. Und im Gegensatz zu Neele, die auch positive Seiten an ihm fand, konnte ich nur all das Negative in ihm sehen. Vor Wut stiegen mir wieder die Tränen in die Augen. Am liebsten hätte ich direkt gekündigt aber ich brauchte ja einen Job. Ich musste doch weiter trainieren.

Ich beschloss, dass ich es mir die nächsten zwei Wochen erst einmal gut gehen lassen würde. Zumindest würde ich es versuchen. Surfen konnte ich ja nicht, was meine Lebensqualität schon mal ein ganzes Stück herunterschraubte.

Zuhause angekommen fiel ich Neele in die Arme.

„Ich habe mir solche Sorgen gemacht", sagte sie. „Ich dachte schon, du verblutest."

Ich war gerührt. Wie können Menschen nur so unterschiedlich sein?

„Was hat Tomas gesagt?", fragte sie.

„Puh, kann ich gar nicht genau sagen. Aber er war wütend", antwortete ich.

„Na, dann soll er halt sein Frühstück selber machen", sagte Neele. „Mach dir darum keinen Kopf, wenn er jetzt sauer ist, dann ist das nicht dein Problem." Ich nickte. Todmüde fiel ich aufs Sofa. Wir schoben uns eine Tiefkühlpizza in den Ofen und Neele öffnete eine Flasche Wein.

Kapitel 32

Ausgeknockt

Die nächsten Tage machte ich nicht viel. Nach Monaten der Funkstille telefonierte ich endlich mal wieder mit Freunden. Durch die Arbeit und das Training war ich nicht dazu gekommen, mich bei irgendwem zu melden. Ich machte Videocalls mit Zoe und Emma und erzählte ihnen, was bei mir im Leben gerade passierte. Es war schön, endlich mal wieder mit ihnen zu reden und sie überlegten, mich besuchen zu kommen.

Manchmal kam Simona vorbei, um mich auf einen Kaffee abzuholen. Die restliche Zeit versuchte ich mich fit zu halten und weiterhin Sport zu machen. Da alles, was mit Laufen und Wasser zu tun hatte, nicht in Frage kam, machte ich Yoga. Viel Yoga.

Tomas ging ich in dieser Zeit so gut es ging aus dem Weg. Ich schrieb trotzdem weiter an meinen Blogbeiträgen, nur, dass ich dies jetzt von zuhause aus tat. Ich hoffte, er würde sich wieder einkriegen. Ich wollte nicht ständig in Auseinandersetzungen mit ihm geraten. Aber ich sah es auch nicht mehr ein, ständig nur nach seiner Nase zu tanzen und mir all seine Sprüche anhören zu müssen. Ich war es leid.

Jeden zweiten Tag fuhr ich ins Krankenhaus, um meinen Fuß neu verbinden und anschauen zu lassen und ich musste feststellen, dass die spanische Ärztin wirklich gute Arbeit geleistet hatte. Nichts hatte sich entzündet, alles heilte ab, so, wie es sein sollte. Doch trotzdem dauerte mir das alles viel zu lange. Ich wollte endlich wieder ins Wasser. Endlich wieder surfen. Es nervte mich, dass ich jetzt nicht trainieren konnte und hatte Angst zurückzufallen. Ich hatte Angst, dass ich nach dieser Zeit nicht mehr wusste, wie ich den Cutback gemacht hatte. Dass ich überhaupt ALLES verlernt hatte und nicht mal mehr auf dem Board aufstehen könnte.

Ich versuchte, mich zu beruhigen, manchmal rief ich Simona an, die mir wieder Mut machte. Doch trotzdem wurden meine Selbstzweifel ohne meine tägliche Dosis Training immer größer.

Und nur mit Yoga konnte ich diese nicht kleinhalten.

Nachts träumte ich davon, wie ich die praktische Prüfung machen wollte, aber immer wieder fiel ich beim Take off vom Brett. Und bei jedem Sturz durchfuhr meinen Körper ein riesiges Zucken, wodurch ich aufwachte.

Als ob das alles nicht genug war, hatte ich Geldsorgen. Ein mir bislang unbekanntes Problem, denn ich wusste nicht, wie es weitergehen sollte. Ich hatte gerade genug Geld für Frankreich eingeplant. Aber was, wenn ich durchfiel? Dann müsste ich wieder als Kinderkrankenschwester arbeiten. Das war für mich nicht vorstellbar. Außerdem brauchte ich noch ein neues Brett, jetzt wo meines kaputt war. Am Tag nach meinem Unfall hatte Neele die Einzelteile meines Boards mit nach Hause gebracht. Viel war damit nicht mehr anzufangen. Wir benutzten es als Deko für die Wohnzimmerwand.

Es war komisch. Auf einmal hatte ich keine Beschäftigung mehr. Es war, als ob mir mein Lebensinhalt geraubt wurde. Und selbst arbeiten gehen konnte ich nicht.

Ich versuchte zu meditieren. Erfolglos. Zu lesen. Sinnlos. Mich zu sonnen. Noch sinnloser.

Überhaupt schien mir ohne Surfen alles sinnlos zu sein. Und ich fühlte mich unruhig. Ich wollte irgendwas tun. Dieser Stillstand war einfach nicht zu ertragen.

Nach ein paar Tagen hatte ich die Idee. Warum nutzte ich meine Zeit nicht sinnvoll und lernte schon einmal für den theoretischen Teil der Surflehrerprüfung? Wir hatten ziemlich viele Texte per Email zugeschickt bekommen, die ich noch lesen sollte. Zum ersten Mal in meinem Leben fühlte ich mich wie ein Streber, denn ich hatte mir ein Notizbuch gekauft und begann alles Wichtige feinsäuberlich herauszuschreiben. Ich lernte alles über Gezeiten, Strömungen, Anfängerfehler, Surfboards und was sonst noch mit Surfen oder Rettungsschwimmen zu tun hatte.

An einem Nachmittag lernte ich gemeinsam mit Simona im Café. Wir trafen uns fast jeden Tag. Und immer wieder fragte sie mich zu Pedro aus, aber leider musste ich sie immer wieder enttäuschen, denn von ihm gab es nichts Neues. Die meiste Zeit hatte ich ja zuhause verbracht und ihn gar nicht gesehen.

„Wann willst du wieder ins Wasser?", riss Simona mich aus meinen Gedanken.

„Sobald die Fäden raus sind", antwortete ich und grinste sie an. Sie sollten in ein paar Tagen gezogen werden, ich hoffte, dass alles schnell und problemlos verheilte und es keine Komplikationen geben würde.

„Mit welchem Board willst du denn surfen gehen?", fragte Simona mich.

„Hmm", überlegte ich. Mein Board war nicht mehr zu gebrauchen, von Tomas' Surfschule konnte ich keins nehmen, erst recht nicht nach dem Unfall.

„Willst du ein altes von mir kaufen?", fragte sie.

„Du kannst, denke ich, mittlerweile auch auf ein kleineres umsteigen, du bist ja nochmal besser geworden." Ich konnte meinen Ohren nicht trauen. Ein altes Board von Simona? Es war, als würde ein kleiner Fangirlwunsch in Erfüllung gehen. Wenn ich das Zoe und Emma erzählen würde...

„Ja gerne", antwortete ich. „Ich bin nur gerade etwas knapp bei Kasse."

„Das macht nichts, du musst ja nicht alles jetzt bezahlen."

Ich strahlte Simona an. Bisher hatte ich gar nicht über ein neues Board nachgedacht. Mein Fuß hatte die ganze Zeit im Vordergrund gestanden.

Wir fuhren zu Simona nach Hause, wo ich direkt ihre Boardsammlung, den sogenannten Quiver bestaunte. Sie hatte insgesamt neun Surfboards der Größe nach an der Wand sortiert. Kein Wunder, dass sie eines davon einfach weggeben konnte. Sie hatte dann ja immer noch eine riesige Auswahl an Brettern. Sachte zog sie ein hellblaues Board zwischen den anderen hervor. Es war nicht das kleinste, aber gehörte schon zu der kleineren Hälfte.

„An das hier habe ich gedacht," sagte sie.

„Für mich hat es irgendwie eine komische Größe, aber ich glaube für dich müsste es gut passen." Sie drückte mir das Board in die Hände. Es war im Vergleich zu dem orangenen so unglaublich leicht. Und es kam mir viel kleiner vor. Dabei war es immer noch 6,3" Fuß groß.

„Es hat nicht viel Volumen, aber du bist ja auch recht schmal." Mit gespieltem Entsetzen schaute ich sie an. Noch nie hatte ich ein schöneres Board gesehen.

Das hellblau war an den Rändern des Boards etwas dunkler. Der Übergang zu dem helleren Blau in der Mitte war fließend.

Als ob man die Farben des Ozeans in einem Surfboard eingefangen hatte. Der Stringer[21] war schwarz. Es war wunderschön. Mit der Hand strich ich über die glatte Oberfläche. Es schien kaum Macken zu haben.

„Ich wusste es würde dir gefallen", sagte Simona und grinste. Ich nickte nur. Ich fühlte mich wie ein kleines Kind an Weihnachten. Nur, dass ich mein Weihnachtsgeschenk selbst bezahlen musste. Und das würde wehtun. Aber aus irgendeinem Grund musste ich es unbedingt haben und wahrscheinlich hätte ich für das Board sogar einen Kredit aufgenommen.. Ich hoffte, damit die Surflehrerprüfung zu bestehen. Schon zu diesem Zeitpunkt betrachtete ich es, als wäre es eine Art Glücksbringer.

„Wann gehen wir surfen?", fragte ich Simona.

Sie schaute auf meinen Fuß. „Sag du es mir."

Ich seufzte.

„Hoffentlich wieder nächsten Samstag."

---

[21] um die Längsstabilität des Surfboards zu gewährleisten, wird mittig in Längsrichtung eine dünne Holzleiste eingebaut- der Stringer

Kapitel 33

Zurück ins Wasser?

Eine Woche später fuhr ich mit Neele zusammen ins Krankenhaus zum Fäden ziehen. Ich war so unglaublich froh, endlich diese nervigen Dinger loszuwerden. Doch als die Ärztin fertig war, gab es ein Problem.

„Surfen sollten Sie erst wieder in einer Woche", sagte sie zu mir. „Die Stelle ist zu gefährlich und kann direkt wieder aufgehen, wenn Sie nicht weiterhin vorsichtig sind." Tränen stiegen mir in die Augen. Das konnte doch nicht ihr Ernst sein! Ich hatte zwei lange Wochen auf diesen Tag gewartet und jetzt das. Das durfte doch nicht wahr sein! Ich konnte nicht noch eine Woche mit dem Trainieren warten.

Auf einmal war ich am Boden zerstört. Neele strich mir über den Rücken.

„Komm, die Woche hältst du auch noch aus", versuchte sie mich zu trösten. Ich schüttelte den Kopf. Die Ärztin schaute mich nur verständnislos an. Wahrscheinlich hatte sie schon viele Surfer gesehen, die ihre Gesundheit riskierten. Und eigentlich war ich ja auch nicht so. Aber ich wollte wieder ins Wasser, ich konnte nicht mehr warten.

Ich bedankte mich bei der Ärztin und wir verließen das Krankenhaus. Ich war unglaublich wütend auf meinen Körper. Obwohl er ja einen ziemlich guten Job machte und nichts dafür konnte. Ich hätte dankbar sein sollen, für das, was er leistete, aber das war ich nicht. Es dauerte mir nur einfach zu lange. Wütend setzte ich mich neben Neele auf den Beifahrersitz und knallte die Tür zu. Eindringlich schaute sie mich an.

„Du wirst nicht surfen gehen. Frühestens in sieben Tagen." Ich schaute sie trotzig an.

„Hm", machte ich nur.

„Das wirst du nicht tun", sagte Neele. „Du hast doch gehört, was die Ärztin gesagt hat."

„Ja, ist ja okay," erwiderte ich. Aber ob ich wirklich noch so lange warten konnte, da war ich mir gerade nicht so sicher.

Am nächsten Tag, als Neele arbeiten war, überkam es mich dann doch. Ich konnte einfach nicht mehr warten und schnappte mir mein neues Board, meinen Neo und die Autoschlüssel. Schnellen Schrittes lief ich durch die Haustür auf die Straße. Eilig warf ich mein Zeug in unser Auto und hoffte, dabei von niemandem gesehen zu werden. Ich ließ den Motor an und trat aufs Gaspedal. Ich meinte, es besser zu wissen als die Ärztin und war überzeugt, dass mein Fuß geheilt war. Noch länger zu warten schien mir nicht notwendig und ich musste einfach wissen, ob ich immer noch einen Cutback surfen konnte. Eigentlich wusste ich, dass diese Aktion nicht sehr clever war, aber ich konnte nicht anders. Der Forecast hatte für heute perfekte Wellen angesagt und da konnte ich nicht zuhause in dem dunklen Apartment versauern.

In meinen Neoprenanzug kam ich jetzt ja gut rein, das linke Bein war fast bis zum Knie eingeschnitten. Meine Wunde fühlte sich noch etwas komisch an. Noch etwas dünn und labberig. Sie tat nicht mehr weh, aber nun war ich doch ich etwas unsicher, dass die Naht aufgehen könnte. Ich schaute aufs Meer, perfekte Wellen, ich musste da einfach raus. Meinen Fuß versuchte ich auszublenden. Ich hatte ihn getaped und hoffte, er würde der Belastung standhalten. Langsam watete ich durch die Algen. Ich spürte, wie empfindlich die Wunde noch war. Das Wasser kam mir dort viel kälter vor als am restlichen Körper. Aber es war ein unglaubliches Gefühl das Wasser wieder auf meiner Haut zu spüren. Ich war zurück. Das war alles, was zählte in dem Moment.

Ich paddelte ins Line-up. Zum Glück war es nicht sehr voll. Die Wellen waren wunderschön. Glassy, nicht zu groß. und nicht besonders steil. Alles hätte ganz einfach sein können. Ich hätte eine wunderschöne Surfsession haben können. Aber es kam wie es kommen musste. Ich paddelte eine Welle an und noch während ich den Takeoff machte, spürte ich ein Reißen an meinem Fuß. *Verdammt!,* dachte ich nur. Ich surfte meine erste und letzte Welle an diesem Tag bis zum Ende. Natürlich machte ich keinen Cutback. Mein Fuß begann direkt wieder zu schmerzen. Das war wohl die kürzeste Surfsession meines Lebens, denn so schnell war ich noch nie aus dem Wasser. Mir schwante nichts Gutes. Am Ufer angekommen humpelte ich zum Auto und setzte mich auf den Fahrersitz. Mit zittrigen Händen wickelte ich das Tape ab, das ich vorher voller Sorgfalt um meinen Fuß gebunden hatte.

Ich hielt die Luft an, als ich den letzten Teil abmachte. Die Wunde war wieder aufgegangen und blutete. Ich regte mich über meine eigene Unvernunft auf. Wie konnte ich glauben, es besser zu wissen als die Ärztin? Der Spalt war zum Glück nicht ganz so tief aufgegangen und blutete auch nicht allzu heftig. Nun kam die Krankenschwester in mir zum Vorschein. Ich biss die Zähne zusammen, desinfizierte alles, schmierte ein bisschen Jodsalbe darauf und fixierte dann alles mit Steristrips. Und das ganze an dem wahrscheinlich unsterilsten Ort der Welt. Unserem vermüllten Auto. Glücklicherweise waren meine Verbandskünste noch recht gut ausgeprägt und ich bekam die Wunde schnell wieder in den Griff.

Genervt machte ich mich auf den Rückweg. Würde diese Wunde jemals verheilen? Ich musste doch weitersurfen, wenn ich diese Prüfung bestehen wollte. Ich seufzte und hoffte, dass Neele noch bei der Arbeit war. Von meinem kleinen Ausflug würde ich ihr sicher nichts erzählen...

Den Nachmittag verbrachte ich damit, Bewerbungen für mein Praktikum, das ich noch machen musste, zu schreiben. Ich bewarb mich nur in Frankreich. Da ja auch meine Prüfung dort stattfinden würde, wäre es wohl am praktischsten eine Surfschule ganz in der Nähe des Prüfungsortes zu suchen.

Kapitel 34

The machine

Mit der Arbeit begann wieder mein Alltag. Frühstück machen, Gäste von A nach B fahren, den Garten aufräumen und alles was dazu gehörte. Und weil ich ja zwei Wochen ausgefallen war, gab mir Tomas noch mehr Aufgaben. Er brauchte für seine Unterkunft neue Möbel. Und natürlich wurde ich, die Praktikantin dazu auserkoren, diese aufzubauen. Er hatte die Einrichtungsgegenstände ja freundlicherweise schon für mich die Treppen hochgetragen. Aber das war auch nur eine Ausnahme, weil mein Fuß noch nicht 100 Prozent geheilt war.

Eine weitere Woche, in denen ich seinen Wünschen nachkam verging, denn mir blieb keine andere Wahl. Surfen gehen konnte ich nicht und ich musste mich gedulden, meinen Fuß richtig heilen zu lassen, bevor ich weitertrainierte. Sonst würde die Wunde immer wieder aufreißen. Tomas schien es zu gefallen, dass ich mich nun ganz der Arbeit widmete und wieder 60 Stunden die Woche nur für ihn zur Verfügung stand. Für mich war dies nur eine Ausnahme, sobald mein Cut geheilt war würde ich mich wieder dem Meer widmen. Ich machte gute Miene zum bösen Spiel. Tat so, als wäre ich einsichtig geworden. Ich tat, als wäre Tomas Business für mich genauso wichtig, wie für ihn. Als er mir wieder sagte, dass es mit einem kaputten Fuß ja eh nichts werden würde mit der Ausbildung, stimmte ich ihm sogar zu.

Statt zu surfen ging ich dafür jeden Abend zum Yoga. Es tat gut und entspannte mich ein bisschen. Ich versuchte vernünftig zu sein und erstmal nicht ins Wasser zu gehen, bis mein Fuß sich regeneriert hatte.

In dieser Zeit waren ausnahmsweise echt nette Gäste da. Mit einem von ihnen verstand ich mich besonders gut. Er hieß Claas, war groß, braunhaarig, 28 Jahre alt und im Gegensatz zum restlichen Klientel meiner Surfschule extrem sportlich. Er war wohl mal beim Bund gewesen, jetzt arbeitete er als Polizist.

Seine Muskeln und sein Auftreten beeindruckten mich. Aber nicht auf die Weise, dass ich etwas von ihm wollte. Eher so, dass ich ihn bewunderte. Auf sportliche Weise. Wir verstanden uns extrem gut und innerhalb von zwei Wochen hatten wir uns unsere Lebensgeschichten erzählt. Uns beide verband eine tiefe Freundschaft, als wären wir seelenverwandt. Mehr war da nicht. Wir begannen gemeinsam zu trainieren. Er zeigte mir Workouts, die meinen Oberkörper stärkten. Er war fast wie ein Personal Trainer, und dass er so topfit war, spornte mich an.

Während eines unserer Trainings, als wir gerade unsere Plank hielten, fragte er mich: „Was geht da eigentlich zwischen dir und Pedro?" Perplex schaute ich ihn an.

„Hä, was soll da gehen? Wie kommst du darauf?"

„Ich habe da einen siebten Sinn für", sagte Claas und zwinkerte mir zu.

„Merkst du gar nicht, wie er dich immer anschaut?" Verlegen schüttelte ich mit dem Kopf. Ich wurde noch roter im Gesicht, als ich durch die Anstrengung ohnehin schon war.

„Der schaut mich doch nicht an", sagte ich.

„Oh doch" erwiderte Claas. „Du merkst das nur nicht."

„Kann nicht sein." Ich schüttelte mit dem Kopf.

Seitdem Pedro mich nach meinem Unfall bei der Surfschule abgesetzt hatte, hatte ich nicht mehr so viel über ihn nachgedacht. Ganz nach dem Motto aus den Augen aus dem Sinn. Irgendwie fand ich ihn schon süß, aber ich war zu beschäftigt gewesen. Mit mir selbst. Mit dem Training und überhaupt mit meinem Leben. Aber jetzt, wo ich darüber nachdachte: Warum hatte ich mich nicht mehr bei ihm gemeldet? Ich hätte mich wirklich mal angemessen für seine Hilfe bedanken können. Vielleicht hätte ich ihn zu einem Kaffee einladen sollen. *Oder auf ein Bier am Strand*, dachte ich. Aber das könnte ich ja immer noch machen. Schnell wischte ich diesen Gedanken beiseite.

„Was soll ich von einem Surflehrer?" fragte ich Claas.

„Was ist gegen Surflehrer einzuwenden? Du willst doch selber Surflehrerin werden."

Ich wusste nicht, was ich darauf erwidern sollte.

„Nein, ich brauche niemanden", sagte ich zu ihm.

Irgendwie konnte ich mir nicht vorstellen, dass man mit einem Surflehrer, der wahrscheinlich sehr freiheitsliebend war, eine Beziehung führen konnte. Zumal ich auch nicht wusste, ob ich eine wollte.

„Das würde eh nichts werden", sagte ich zu Claas. Er schaute mich an.

„Du hast ja nicht mal irgendwas ausprobiert und bist dann noch so unfreundlich ihm gegenüber."

Dass Claas so etwas sagen würde, damit hatte ich absolut nicht gerechnet. Und dementsprechend empört schaute ich ihn an. Wobei an seiner Behauptung tatsächlich etwas dran sein konnte. Wenn ich jemanden mochte, tat ich das Gegenteil von dem, was vielleicht angemessen wäre. Ich ignorierte die Person oder wurde abweisend. Ich war kurz angebunden, redete nicht viel, weil ich Angst hatte, das Falsche zu sagen. Aber das tat ich ja nur, um mich zu schützen.

„Vielleicht solltest du etwas netter zu ihm sein und ihm eine Chance geben. Ich glaube, er mag dich und er ist nicht so ein typischer Surflehrer."

Langsam ging mir Claas mit seinen gutgemeinten Ratschlägen auf die Nerven.

„Ich weiß schon selbst was ich tue", fauchte ich zurück.

„Können wir eine andere Übung machen?", versuchte ich das Thema zu wechseln.

„Naja, du musst selber wissen, was du tust."

„Ja", sagte ich nur. „Das weiß ich wohl am besten."

Und ich war fest entschlossen, Single zu bleiben. So würde alles einfach bleiben. Zu dem ganzen Stress konnte ich nicht auch noch eine Beziehung gebrauchen. Aber vielleicht könnte ich mich trotzdem nochmal bei Pedro für seine Hilfe bedanken. Ganz freundschaftlich.

Claas war wirklich super und motivierte mich zu körperlichen Hochformen aufzulaufen. Spaßeshalber nannte er mich nur noch „The Machine", was ich, verglichen mit ihm, definitiv nicht war. Aber ich machte Fortschritte.

An einem Samstag, ich war endlich wieder mit Simona zum Surfen verabredet, fragte Claas, ob er mitkommen könnte. Er meinte, er wolle nicht surfen, sondern einfach nur zugucken.

„Warum nicht?", sagte ich und deutete ihm an, sich auf den Rücksitz von Rudi zu setzen. Wir holten Simona von zuhause ab. Sie schien etwas überrascht von Claas, hatte aber anscheinend kein Problem damit, dass er uns begleiten wollte.

„Dann kannst du wenigstens aufpassen. Und wenn der nächste Unfall passiert, kannst du uns ins Krankenhaus fahren."

Simona lachte.

„Das mache ich", antwortete Claas. Simona drehte sich zu ihm um.

„Heute wird nichts passieren, heute ist sie ja mit mir im Wasser." Ich lachte.

„Weißt du, was er machen könnte?", fragte Simona mich mit einem Grinsen. Ich schüttelte den Kopf.

„Er könnte uns filmen. Dann hättest du schon mal ein Video, falls du deinen praktischen Teil verhaust. Manchmal lassen die auch Videos gelten." Ich stöhnte.

„Wahrscheinlich kann ich eh gar nicht mehr surfen."

„Das mache ich gerne", sagte Claas.

„Ok", antwortete ich nur und musste an die grauenvolle Videoaufnahme damals in Frankreich denken.

Ich hatte keine Zweifel, DASS ich mich inzwischen verbessert hatte. Denn das hatte ich. Aber ob ich mich so sehr verbessert hatte, dass ich gut genug war? Und dann auch noch nach dieser Pause?

Wir kamen am Spot an. Dieses Mal waren wir an einem anderen Ort, etwas weiter östlich. Eine linke Welle, die an einem steinigen Riff brach. Ich war noch nie hier gewesen, doch Simona hatte gesagt, dass die Bedingungen heute perfekt sein würden. Ich vertraute ihrem Wissen und ihrer Erfahrung. Sie erklärte mir das Wichtigste zu dem Spot, aber eigentlich sah es relativ einfach aus. Zum Glück waren auch nicht allzu viele Leute im Wasser. Jetzt musste nur noch mein Fuß halten. Vorsichtshalber hatte ich ihn wieder getaped. Wir zogen unsere Neoprenanzüge an und machten uns auf den Weg ins Wasser. Ein Stück mussten wir wieder über steiniges Riff laufen, das aber glücklicherweise nicht so rutschig wie an dem anderen Spot war.

„Du wirst Spaß haben", sagte Simona zu mir.

„Du fährst auf der Welle Frontside[22], das ist einfacher, wenn man Goofy ist."

Voller Vorfreude strahlte ich sie an. Wie sehr hatte ich es vermisst, mit ihr surfen zu gehen. Als wir uns auf unsere Boards warfen und ins Line-up paddelten, winkten wir Claas vom Wasser aus zu. Er hatte es sich mit Simonas Kamera auf einem Stein gemütlich gemacht.

Im Line-up angekommen, war ich komischerweise gar nicht außer Atem. Vielleicht hatte mir die längere Surfpause doch ganz gut getan?

Simona surfte wie zu erwarten enorm gut, auch wenn die Wellengröße nicht viel hergab. Bei ihr sah alles so einfach aus, so, als hätte sie nie etwas anderes gemacht.

Anfangs genoss ich es schon, nur die Bewegungen des Meeres zu spüren. Das Sitzen auf dem Board. Das kühle Wasser zwischen meinen Zehen. Doch schon nach ein paar Minuten paddelte auch ich Richtung Peak. Langsam tastete ich mich zwischen den anderen Surfern vor. Ich wollte nicht wieder so waghalsig sein. *Besser aufpassen*, dachte ich mir. Dieses Vorhaben setzte ich an diesem Tag auch gut um. Ich achtete darauf, dass ich niemandem im Weg war, beachtete die Vorfahrtsregeln und versuchte meine Augen überall zu haben.

Ich bekam einige Wellen, vielleicht drei. Aber das reichte mir fürs erste. Ich war an einem unbekannten Spot, mit einem neuen Board, das kleiner war als mein altes und auf dem das Paddeln anstrengender war. Vielmehr durfte ich von mir nicht erwarten.

Ich stellte fest, dass mein neues Board ein Meisterstück war. Es fuhr 1a. Selbst kleine Wellen konnte ich damit bekommen, wenn ich am richtigen Punkt anfing zu paddeln. Es war das komplette Gegenteil meines alten. Alle Bewegungen fühlten sich viel radikaler, viel schneller an. Es fuhr noch fließender. Geschmeidiger. Zudem sah es auch einfach wunderschön aus, wie es mit den Farben des Ozeans verschmolz.

Das gebe ich nie wieder her, dachte ich.

Und vielleicht mag es merkwürdig klingen, aber dieser Gegenstand war mir mehr wert, als alles was ich zuvor besessen hatte. Selbst als mein Auto, das um einiges teurer gewesen war.

---

[22] Körpervorderseite ist Richtung Welle geneigt

Nachdem wir zwei Stunden im Wasser verbracht hatten, balancierten wir über die dunklen Steine zurück zum Auto. Und zurück zu Claas. Er strahlte uns an, während er die Kamera einpackte. „Hab euch im Kasten", sagte er.

Müde, aber dafür voller Erwartung auf die Videos, fuhren wir nach dem Surfen ins Cafe. Wir bestellten uns Kaffee und Croissants und setzten uns an einen kleinen Tisch. Simona machte die Kamera an. Erst wollte ich nicht hinschauen. Ich drehte meinen Kopf zur Seite.

„Komm schon", sagte Claas.

„So schlecht surfst du doch nicht." Ich zog die Augenbrauen hoch. Das war nicht das, was ich hören wollte. Ich wagte einen Blick auf die Kamera und schaute mir die Aufnahme an. Man sah Simona in Perfektion, wie sie eine nach der anderen Welle surfte. Mich daneben. Unperfekt.

Wir teilten uns die Welle. Bei ihr sah alles einfach aus. Bei mir: naja. Mein Take off war mittlerweile ziemlich gut geworden. Schnell, eine flüssige Bewegung. Alles, was darauf folgte, war eher mittelmäßig und stellte mich nicht zufrieden. Ich machte zwar einen soliden Bottom Turn und fuhr dann nach links, aber sonst performte ich nicht wirklich. Kein Top Turn, kein Cutback. Dabei hätte die Welle viel mehr hergegeben.

Ich war enttäuscht, aber schob es auf das neue Board und den unbekannten Spot. Irgendwie hatte es sich im Wasser besser angefühlt. Anders. Und jetzt musste ich feststellen, dass ich noch immer so steif auf dem Board aussah.

„Du musst in deinen Bewegungen noch geschmeidiger werden", sagte Simona.

„Es sieht irgendwie noch etwas abgehackt aus." Ich nickte. Man konnte mir meine Enttäuschung wohl deutlich ansehen.

„Du hast dich doch verbessert", versuchte Simona mich aufzumuntern. „Aber es gibt immer etwas zu perfektionieren. Außerdem warst du jetzt ein paar Wochen raus. Gib dir ein paar Tage, um wieder reinzukommen."

„Ja, wahrscheinlich hast du Recht", stimmte ich ihr zu.

„Du solltest auf jeden Fall mal Surfskaten[23] gehen. Das wird dir helfen, den Bewegungsablauf auf der Welle besser zu verstehen", redete Simona weiter.

„Macht Pedro da nicht jede Woche einen Kurs? Da kannst du doch kostenlos dran teilnehmen und ihr versteht euch doch gut."

Ich schaute sie an. Was hatten nur alle mit Pedro? War ich die einzige die seine angeblichen Blicke nicht bemerkte?

„Ich überlege es mir. Danke für den Tipp", sagte ich.

Mein Ehrgeiz trieb mich noch in den Wahnsinn. Alles drehte sich nur noch darum, wie ich besser werden konnte. Irgendwie nervte mich das. Allein der Fakt, dass ich mich verbessert hatte, reichte mir nicht. Gut war niemals gut genug. Und das Video war einfach grottig. Nervös wippte ich unter dem Tisch mit dem Fuß.

„Wollen wir los?", fragte ich ungeduldig. „Ich muss heute Abend noch arbeiten."

Auf einmal fühlte ich mich gestresst. Und ich wusste, dass diesmal ich diejenige war, die sich diesen Stress machte. Aber wie konnte ich damit aufhören?

---

[23] Skateboards, die im Gegensatz zu herkömmlichen Skateboards eine beweglichere Vorderachse haben. Damit können auf Asphalt die selben Bewegungsabläufe wie beim Surfen trainiert werden.

Kapitel 35

Die Kündigung

In der darauffolgenden Woche bekam ich eine Zusage der Surfschule in Frankreich, bei der ich mich beworben hatte. Ich war überglücklich, dass alles geklappt hatte und, dass ich dort mein Praktikum machen konnte. Ich würde noch einen Monat auf dieser Insel bleiben, ehe ich meine Reise nach Frankreich antreten würde. Das war auf jeden Fall viel Zeit, um nochmal an meinem Top Turn und an meinem Cutback zu arbeiten. Und selbst wenn es bis dahin nicht noch einmal klappen sollte mit dem Cutback. Mir blieben ja auch in Frankreich noch vier Wochen bis zur Prüfung. Ich versuchte einfach darauf zu vertrauen, dass alles gut werden würde. Ich würde weiterhin mein Bestes geben. Mehr konnte ich wohl nicht tun.

An einem Mittwochnachmittag ging ich nach verrichteter Arbeit zur Surfschule. Ich wollte bei Pedros Surfskatekurs mitmachen. Während ich durch die Tür in die Surfschule trat, war er gerade dabei, die Skateboards zu verteilen. Als er mich im Türrahmen stehen sah, grinste er mich an.

„Ach was, du auch hier?", fragte er.

„Ja, ich muss mein Surfen verbessern", antwortete ich.

„Sei froh, dass du umsonst hier mitmachen kannst", sagte Pedro. „Das würde sonst ganz schön teuer für dich werden." Er zwinkerte mir zu und reichte mir ein Skateboard.

„Bist du schon mal geskatet?" fragte er. Ich schüttelte mit dem Kopf und hoffte, dass dieser Tag für mich nicht in einer Blamage enden würde.. Ich hatte tatsächlich schon einmal versucht zu skaten, aber bin damals direkt der Länge nach auf den Asphalt geschlagen. Seitdem hatte ich es nicht mehr probiert. Aber wenn es, wie Simona gesagt hatte, so gut fürs Surfen war, dann musste ich es wohl ausprobieren...

Wir legten die Skateboards und Schoner in einen der Surfschulvans. Claas war gestern zurück nach Deutschland geflogen, was ich sehr schade fand. Er war mir sehr ans Herz gewachsen, aber er hatte seinen Polizistenpflichten nachzukommen. Ich setzte mich nach vorne auf den Beifahrersitz. Wie ich im Laufe der Monate feststellte, saßen die Gäste meist hinten und trauten sich, aus was für Gründen auch immer, nicht neben dem Surflehrer zu sitzen. Aber mir war das ganz recht. Ich drehte mich kurz um, aber alle Gesichter, in die ich blickte, waren mir fremd. Ich kannte niemanden, hatte aber auch keine Lust, mich vorzustellen. Jede Woche wechselten die Gäste. Immer wieder neue Gesichter. Und kaum verstand ich mich mal gut mit einer Person, freundete mich sogar mit ihr an, da war sie schon wieder weg. Ich empfand es als anstrengend, mich immer wieder auf neue Leute einstellen zu müssen.

Und ich merkte, wie ich im Laufe der Monate distanzierter wurde. Anfangs war ich noch offen und herzlich gegenüber den Gästen, mittlerweile hatte sich das Blatt gewendet.

Ich glaube so geht es vielen, die im Tourismus arbeiten. Und manchmal, wenn ich wieder merkte, dass ich genervt von den immer selben Fragen war, fragte ich mich, ob ich wirklich Surflehrerin werden wollte. Dann würde ich schließlich die ganze Zeit mit Touristen arbeiten, doch diesen Gedanken verdrängte ich meistens schnell wieder.

Pedro stieg neben mir ins Auto und ließ den Motor an. Auf einmal musste ich daran denken, wie er mich vor ein paar Wochen ins Krankenhaus gefahren hatte. Plötzlich sah ich vor mir, wie er meine Hand gehalten hatte und ich spürte sie kribbeln. Das Kribbeln breitete sich plötzlich durch meinen ganzen Körper, bis in meinen Bauch. *Wahrscheinlich nur die Aufregung vorm Skaten,* redete ich mir ein. Ich konnte in meiner aktuellen Lebenslage wirklich keine Gefühle gebrauchen. Das würde alles verkomplizieren.

Während der gesamten Fahrt versuchte ich ihn nicht anzuschauen und stattdessen interessantere Dinge zu finden, die ich betrachten konnte. Ich blickte aus dem Fenster auf wüstige, karge Landschaften, die an mir vorbeizogen. Pedro sagte kein Wort.

Ein paar Minuten später erreichten wir den leeren Marktplatz, auf dem die Surfskatestunden immer stattfanden. Schnell stieg ich aus dem Auto.

Ein unangenehmes Gefühl machte sich in mir breit, als Pedro uns die ersten Schritte zum Skaten erklärte. Ich wusste nicht, wo ich hinschauen sollte und starrte auf den betonierten grauen Boden. Mir war bewusst, dass ich mich merkwürdig verhielt. Aber irgendwie konnte ich nicht anders. Ich wollte mich auf keinen Fall verlieben und ich wollte auch nicht, dass er etwas von meinen Gefühlen mitbekam.

Wir alle drehten, mehr oder weniger begabt, ein paar Runden mit dem Skateboard auf dem Marktplatz. Dann rief er uns wieder zusammen, um uns zu zeigen, wie man einen Turn fuhr. Gezwungenermaßen schaute ich ihn an. Als er mir in die Augen blickte, spürte ich, wie sich meine Wangen erhitzten und rot färbten. Pedro kam auf mich zu.

„Wir demonstrieren den anderen jetzt, wie man Kurven fährt", sagte er.

Hatte er „wir" gesagt? Mir brach der Schweiß aus. Für einen kurzen Moment schauten wir uns nochmal in die Augen. Dann reichte er mir seine Hand. Reflexartig griff ich danach. Er lief vorneweg, zog mich an seiner Hand hinterher. Mein Herz pochte.

„Um dich zu drehen musst du ein bisschen mehr in die Knie gehen", erklärte er so laut, dass es auch die anderen hören konnten. Ich versuchte, mit meinen zittrigen Knien seinen Anweisungen so gut ich konnte zu folgen.

„Und nun beide Arme nach vorne und den Oberkörper nach rechts drehen." Er zog mich noch ein Stück und ließ dann meine Hand los, was sich auf eigenartige Weise falsch anfühlte. Ich fuhr tatsächlich scharf nach rechts. Pedro grinste mich an. Und ich konnte mir ein Lachen nicht verkneifen. Sein Lächeln war das süßeste, das ich jemals gesehen hatte. Seine Locken wippten bei jedem Schritt auf und ab und mir fiel wieder auf, wie schön sein sommersprossiges Gesicht war. *Nein, nein, nein!*, dachte ich direkt wieder, noch während ich auf dem Skateboard cruiste. Es war nicht verwunderlich, dass man ihn anziehend fand, aber musste ich mich direkt verlieben?

Gemeinsam mit den anderen versuchte ich noch ein paar Turns zu fahren, aber ich war nicht bei der Sache und hatte Probleme, mich zu konzentrieren. Ich schaute in Pedros Richtung. Er stand am Rand des Marktplatzes, um uns alle im Blick zu haben. Als er bemerkte, dass ich ihn ansah, schaute er schnell weg. Dann lief er zu einer anderen Teilnehmerin, um ihr zu helfen. Plötzlich fühlte ich ein kleines Stechen in der Brust. Irgendwie fühlte sich das alles komisch an und ich war nicht mal mehr in der Lage, mich normal zu verhalten.

Ich lief zum Auto, um meine Wasserflasche zu holen, setzte mich auf eine Bank und trank einen Schluck. Verwirrt wischte ich mir den Schweiß vom Gesicht. Obwohl ich es tunlichst vermeiden wollte, tat ich es trotzdem: Wieder schaute ich in Pedros Richtung. Auch er hatte sich jetzt ein Skateboard geschnappt und fuhr damit ein paar Runden über den Marktplatz. Er sah dabei- wie sollte es anders sein- wie der coolste Dude der Welt aus. Seine Manöver waren radikal. Auch, wenn ich mich gar nicht mit Skaten auskannte, konnte ich erkennen, dass er es schon lange machte.

Ich hatte irgendwie keine Lust mehr zu skaten. Auch wenn ich heute vielleicht unsympathisch wirkte, ich wollte lieber auf meiner Bank sitzen bleiben.

Pedro kam auf mich zu geschlendert und setzte sich neben mich. Als ob es das Normalste der Welt wäre.

„Hast du keine Lust mehr? Du machst das doch ganz gut", sagte er. Ich wusste nicht was ich antworten sollte.

„Hab noch Muskelkater von dem Training mit Claas", antwortete ich. Etwas Besseres fiel mir nicht ein.

„Claas?", fragte er. Ich nickte. Sah ich da etwa Eifersucht in seinen Augen aufblitzen? Ich versuchte noch das Thema zu wechseln, doch da war er schon wieder weg.

Als der Kurs vorbei war und wir mit dem Van vor der Surfschule hielten, sah ich Tomas schon von weitem. Seine, im Sonnenlicht glänzende Glatze, war einfach unverkennbar. Am liebsten hätte ich mich im Fußraum oder im Kofferraum versteckt und wäre gar nicht erst ausgestiegen. Ich wusste nicht warum, aber auf einmal hatte ich ein schlechtes Bauchgefühl. Ich wollte ihm nicht unter die Augen treten. Ich drehte mich zu Pedro.

„Kannst du mein Surfskate mit reinnehmen?", fragte ich ihn. Er nickte mit einem fragenden Blick.

„Da drüben ist Tomas", sagte ich leise.

„Alles klar", antwortete er. Ich glaube, jeder in dieser Surfschule wusste, dass Tomas und ich auf Kriegsfuß standen.

Als die Gäste aus dem Auto stiegen, klappte auch ich vorsichtig die Beifahrertür auf. Mein Plan sah vor, möglichst unauffällig an ihnen vorbeizuhuschen, um die Ecke der Surfschule zu laufen und mich so schnell es ging auf den Weg nach Hause zu machen.

Doch leider konnte ich mein Vorhaben nicht in die Tat umsetzen. Genau in dem Moment, in dem ich mich davon machen wollte, hörte ich Tomas meinen Namen rufen. Als ob er mich gewittert hätte. Ich erstarrte und drehte meinen Kopf wie in Zeitlupe um. Er kam auf mich zu und ich sah ihm direkt in seine kalten grauen Augen.

„Ich dachte, ich hätte mich klar ausgedrückt", fing er an zu reden. „Ich habe doch gesagt, dass du bei keinem Unterricht mehr mitfahren darfst. Das Verbot habe ich bis heute nicht aufgehoben. Also warum bist du bei dem Surfskatekurs mitgefahren?!", fragte er.

„Ich wusste ja nicht, dass das auch dafür gilt. Ich dachte, du meinst nur die Surfkurse." Ich merkte, dass mein Versuch mich herauszureden nicht zog.

„Ich könnte dir 1000 Sachen aufzählen, die du noch hättest abarbeiten können. Und ich habe gerade deinen Blog für nächste Woche kontrolliert. Der ist auch einfach nur schlecht! Schreiben gehört wohl auch nicht zu deinen Stärken!" Ich fühlte mich den Tränen nah. Mittlerweile war ich am Ende meiner Kräfte. Ich hatte keine Lust mehr, mir irgendwelche Ausreden auszudenken. Das war einfach zu anstrengend. Vielleicht war es einen Versuch wert, es noch einmal mit der Wahrheit zu probieren.

„Ich arbeite sechs Tage die Woche, mindestens neun Stunden pro Tag für dich. Ich schreibe nachts meine Blogs. Ich erledige alle meine Aufgaben. Was erwartest du eigentlich noch von mir?!" Auf einmal liefen Tränen meine Wangen herunter. Auch das schien ihn kalt zu lassen.

„Kann sein", sagte Tomas betont ruhig. Er schaute flüchtig zu den Gästen, die nur ein paar Meter entfernt mit Pedro in der Surfschule die Skateboards abluden. Tomas' Blick schauderte mich.

„Ich habe einfach nicht das Gefühl, dass für dich die Surfschule an erster Stelle steht. Aber das erwarte ich nun mal von meinen Mitarbeitern."

Ich schüttelte den Kopf. Ich hatte kein Verständnis mehr für seine Worte und ich wollte mir das nicht mehr länger gefallen lassen.

„Ich habe keine Lust mehr, mich von dir wie eine Sklavin behandeln zu lassen!", sagte ich geradeheraus.

„Ich bekomme fast kein Geld für das, was ich leiste und du willst mir jeglichen Spaß verbieten? Ich lebe nicht für deine Surfschule, sondern für mich!"

Perplex schaute er mich an. Mit Gegenwind hatte er wohl nicht gerechnet. Innerhalb einer Sekunde schlug seine Fassungslosigkeit in Wut um. Seine Augen funkelten, seine Hände waren zu Fäusten geballt.

„Wenn du nicht willst, dass ich dich rausschmeiße, solltest du besser tun, was ich sage!", drohte er mir. Ich schaute ihn herausfordernd an. Es fühlte sich gut an, endlich meine Stimme gegen ihn zu erheben. Ich schaute ihm tief in die Augen, meine Knie zitterten.

„Ich kündige!", sagte ich.

Die Worte kamen einfach aus mir herausgesprudelt. Ein Satz, den ich unterbewusst schon lange sagen wollte, aber der erst jetzt den Weg über meine Lippen fand. Zwei Wörter, die so viel Freiheit mit sich brachten und die mir gleichzeitig immer Angst gemacht hatten. Angst, eine vermeintliche Sicherheit zu verlieren. Doch ich hatte nichts mehr zu verlieren.

In diesem Moment fiel eine riesige Last von meinen Schultern. Ungläubig schaute Tomas mich an.

„Du kannst dir jemand anderen suchen. Ich habe keine Lust mehr, dein Mädchen für alles zu sein!", fügte ich hinzu. Für einen Moment hatte es ihm doch tatsächlich die Sprache verschlagen.

„Du kannst nicht einfach so kündigen! Du musst dich an die Kündigungsfrist halten!"

„Ach ja?", fragte ich. „Dann hättest du mich vielleicht mal anmelden müssen und mich nicht schwarzarbeiten lassen sollen. Dann könntest du sagen, dass ich mich an irgendeine Frist halten soll. Aber so?" Sein ganzer Körper bebte. Ich trat einen Schritt zurück.

„Außerdem habe ich mir meine Überstunden aufgeschrieben. Und das sind so viele, dass ich theoretisch noch für einen Monat bezahlt werden müsste, ohne überhaupt zu arbeiten."

„Was bildest du dir eigentlich ein?!", schrie Tomas mich jetzt an.

„Du hast wohl noch nichts von Respekt gehört, Fräulein?!"

Ich zuckte mit den Schultern. Auf einmal war mir alles egal. Die Sache war für mich erledigt. Ich kramte in meiner Hosentasche und zog meinen Schlüsselbund hervor. Seelenruhig machte ich die Schlüssel für die Surfschule, die Unterkunft und das Apartment ab und gab sie ihm in die Hand. Wortlos. Dann drehte ich mich um und marschierte an ihm vorbei. Ohne mich noch einmal umzudrehen machte ich mich auf den Weg zum Apartment. Ich war mir sicher, dass Pedro alles mitbekommen hatte.

Meine Tränen waren schon getrocknet, als ich beim Apartment ankam. Ich klopfte gegen die Tür. Neele öffnete mir. Mit den Worten „Ich habe gekündigt", begrüßte ich sie. Sie umarmte mich. Ich war so erleichtert wie lange nicht mehr.

„Arbeitslos steht dir gut", stellte Neele mit einem Grinsen fest. Sie war diejenige, die in den letzten Wochen am meisten von meiner Verzweiflung, die dieser Job in mir auslöste, gespürt hatte.

„Ich fühle mich viel besser", sagte ich. „Endlich wieder frei." Neele schaute mich an.

„Du siehst auch besser aus. Es war die richtige Entscheidung", sagte sie. Ich nickte.

„Aber du darfst noch hier wohnen, oder? Dir steht ja sogar noch Urlaub zu." Ich schüttelte mit dem Kopf.

„Ich weiß es nicht. Ich habe Tomas alle Schlüssel gegeben und eigentlich will ich so weit weg wie möglich von ihm sein.

„Kann ich gut verstehen", antwortete Neele darauf.

„Aber wo willst du dann wohnen?" Ich deutete mit dem Kopf zur Haustür. Auf der Straße stand Rudi.

„Doch nicht im Auto?". Entsetzt schaute Neele mich an.

„Warum nicht?", überlegte ich. Neele seufzte, aber sie wusste, dass sie mich nicht abhalten können würde.

„Ich rufe Simona an und frage sie", versuchte ich sie zu beruhigen. Auf einmal schaute Neele mich verschmitzt an.

„Ich wüsste da noch jemanden, der bestimmt gerne sein Bett mit dir teilen würde..." Sie zwinkerte mir zu.

„Ganz bestimmt nicht", sagte ich und verdrehte die Augen.

„Als ob ich Pedro anrufe. Was soll ich denn dann sagen? Hallo ich brauche ein Bett für ein paar Wochen bis ich nach Frankreich fliege..."

„Warum nicht?" entgegnete Neele. Ich schüttelte vehement den Kopf.

„Da nehme ich lieber Rudi."

Auf meine Kündigung stießen wir mit Bier an. Dann begann ich mein Hab und Gut zusammen zu packen. Es war nicht allzu viel. Mit der Zeit hatte ich gelernt immer minimalistischer zu leben. Ich hatte Simona eine Textnachricht geschrieben und sie gefragt, ob ich ein paar Nächte bei ihr schlafen könnte. Mein Handy vibrierte als ihre Antwort kam: Na klar, komm einfach vorbei. Ich bin stolz auf dich, dass du gekündigt hast! :*

Als ich meine Sachen gepackt hatte, verabschiedete ich mich von Neele.

„Wir sehen uns im Wasser", rief ich ihr zu, als ich aufs Gas trat. Auch wenn ich keinen Job mehr hatte, auf einmal schien alles viel leichter zu sein.

Kapitel 36

Hippieleben

Simona begrüßte mich gleich mit einer herzlichen Umarmung. Sie hatte in ihrer kleinen Wohnung ein Sofa, auf dem ich die nächsten Tage schlafen konnte. Noch nie war ich so dankbar für einen Schlafplatz gewesen, aber ich hatte zuvor auch noch nie so dringend einen benötigt.

Abends holte ich für uns beide Pizza und Bier. Wir schauten World Surf League im Fernsehen und alberten herum. Hätte mir jemand erzählt, dass ich mit der Surflehrerin von damals mal gemeinsam auf der Couch herumlungern würde, ich hätte ihm einen Vogel gezeigt. Es war komisch, wie sich alles gefügt hatte. War es Schicksal, dass ich mich nun so gut mit Simona verstand? Plötzlich überkam mich ein Gefühl der Dankbarkeit. Für all die wundervollen Menschen in meinem Leben, die ich kennenlernen durfte. Ich umarmte Simona und gab ihr einen Kuss auf die Wange.

„Danke, dass ich bei dir übernachten darf", sagte ich.

„Na klar, ist doch selbstverständlich", sagte sie und lachte. Ich schüttelte den Kopf. Vor Rührung stiegen mir Tränen in die Augen.

„Es ist gut, dass du da weg bist", sagte sie. „Der Chef geht einfach gar nicht." Sie öffnete ein neues Bier und drückte es mir in die Hand.

„Ich bin auch froh", sagte ich. „Aber was mache ich jetzt mit meiner ganzen freien Zeit?" Ich musste lachen. Ein lebendiges, unbeschwertes Lachen.

„Naja, du kannst für mich putzen, aufräumen und kochen. Und... ach ja: Die Wände müssten mal wieder neu gestrichen werden", witzelte Simona. Ich prustete los.

„Ja ist klar", sagte ich.

„Wir gehen surfen. Was dachtest du denn? Du musst doch endlich mal wieder deinen Cutback machen, von dem Pedro mir erzählt hat. Er meinte, der wäre ziemlich gut gewesen."

Direkt lief ich wieder rot an. Ich hoffte, sie würde nicht weiter fragen. Aber natürlich fragte sie:

„Und, gibt's jetzt etwas Neues zu berichten?"

„Nein, gar nicht", antwortete ich und schob mir ein Stück Pizza in den Mund. Warum fragten mich ständig alle?

Unser Zusammenleben in einer Mädels WG gestaltete sich sehr unkompliziert. Ich ging einkaufen und kochte für uns. Simona machte den restlichen Haushalt. Oder eben auch nicht. Denn meistens waren wir surfen. Ich genoss die Zeit bei ihr, aber ich wollte ihr nicht auf der Tasche liegen. Sie sagte, das alles sei selbstverständlich, aber sie hatte schon so viel für mich getan, dass ich zunehmend ein schlechtes Gewissen bekam.

Auch wenn ich es vor anderen nie zugegeben hatte: Manchmal schrieb ich mit Pedro über WhatsApp. Und jedes Mal, wenn eine neue Nachricht von ihm auf dem Display angezeigt wurde, klopfte mein Herz schneller. Eigentlich wollten wir gemeinsam etwas unternehmen, aber bisher hatten wir keinen Tag ausgemacht. Ich drückte mich darum, denn irgendwie traute ich mich nicht, mich mit ihm zu treffen. Auch wenn ich ihn echt gerne hatte, gab es etwas, das mich daran hinderte.

Nach einer Woche auf Simonas Coach fasste ich den Entschluss auszuziehen. Ich konnte ihr kein Geld für die Tage dort bezahlen, da auf meinem Konto Ebbe herrschte. Und ich wollte ihr nicht weiter zur Last fallen.

Auch wenn es vielleicht ein komisches und eventuell gefährliches Vorhaben war: Ich wollte für die restlichen Wochen in unserem kleinen Auto irgendwo an der Northshore einziehen. Ich wollte die Freiheit noch mehr spüren. Unter dem Sternenhimmel schlafen und mir abends ein kleines Feuer machen und auf einem Stock Marshmallows darüber halten. Vielleicht war das speziell, aber ich fühlte, dass ich genau das brauchte. Ich wollte mich wieder verbundener mit der Natur fühlen. Ich wollte mit dem Rauschen des Meeres, mit dem Ozean an meiner Seite einschlafen. Und neben ihm wieder aufwachen.

Ich packte also meine sieben Sachen erneut zusammen und baute das Auto um. Es war kein aufwändiger Vanausbau, wie man ihn überall auf Instagram sah. Ich machte es mir einfacher: Ich nahm die Rücksitze aus dem Auto und quetschte eine alte Matratze hinein. Darauf legte ich eine Decke, die als Bettlaken diente. Neele lieh mir, obwohl sie von meiner Idee nicht sonderlich begeistert war, ihren Schlafsack. Als Kopfkissen nahm ich einige meiner Klamotten. Ich fand das Auto super. Es war zwar sehr minimalistisch eingerichtet, aber für knapp drei Wochen würde es reichen. Denn eigentlich wollte ich ja nur surfen. Und jetzt hatte ich endlich die Zeit dafür, die ich brauchte. Ich musste nicht mehr nachts Blogbeiträge schreiben oder tagsüber irgendwelche stumpfsinnigen Aufgaben erledigen. Ich fühlte mich so frei, wie nie zuvor in meinem Leben.

Die erste Nacht verbrachten Rudi und ich neben einer kleinen Wohnwagensiedlung. So war ich wenigstens nicht komplett alleine. Da ich keine Vorhänge für die Autofenster hatte, ging ich ins Bett, als es dunkel wurde und stand auf, als es hell wurde.

Obwohl ich nicht allzu viel geschlafen hatte, fühlte ich mich super fit, als ich am nächsten Morgen aufstand. Ich öffnete die Kofferraumklappe und setzte mich hinten ins Auto. Ich hatte die perfekte Sicht auf den Spot. Ich trank etwas Wasser und aß eine Banane zum Frühstück. Einen Kaffee konnte ich mir zu meinem großen Bedauern nicht machen. Als ich aus der Ferne die ersten Surfschulvans anrollen sah, wurde ich unruhig. Ich klappte die Kofferraumtür zu und stieg auf dem Fahrersitz ins Auto. Noch im Schlafanzug fuhr ich die 200 Meter zum Spot. Die Leute mussten denken, dass ich den totalen Schuss weg hatte, als ich mir im Pyjama den Spot anschaute. Aber mir war alles egal. Trotz nur mäßig guter Wellen schlüpfte ich in meinen Neoprenanzug. Es war windig, das Wasser erinnerte mich heute eher an die Nordsee.

Ich nahm mir die Zeit für ein ausgiebiges Aufwärmtraining am Strand. Ich lief ein paar Runden auf und ab, dann dehnte ich jeden meiner verspannten Muskeln einmal durch. Als ich aufgewärmt war, machte ich mich auf den Weg ins Wasser. Anstelle meines morgendlichen Kaffees wurde ich heute durch das kalte Wasser geweckt.

Ich bekam, trotz schlechter Bedingungen, einige gute Wellen. Ich versuchte, wieder einen Cutback zu machen, was tatsächlich funktionierte. Wahrscheinlich sah es immer noch etwas steif aus, aber ich freute mich über das kleine Manöver, das ich gemacht hatte. Als ich gerade von einer Welle sprang, kam mir ein bekanntes Gesicht entgegen. Pedro. Sein Strahlen hätte ich noch in einem Kilometer Entfernung erkannt. Er sah unglaublich gut aus. Sein athletischer Körper, der so perfekt auf dem Brett lag.

Er hatte zwei Schüler im Schlepptau. Zusammen paddelten sie Richtung Line-up. Er zwinkerte mir zu. Auf einmal schlug mein Herz schneller. Hörte man nicht immer wieder, dass sich gerettete Menschen in ihren Helden verliebten? Ich hoffte, dass mir das nicht passieren würde. Oder war es schon passiert? Schnell schob ich diesen Gedanken zur Seite und versuchte, mich aufs Surfen zu fokussieren.

Ich paddelte über den Channel zurück zum Peak. Dabei kreuzte sich unser Weg.

„Hey", sagte ich zu Pedro. Ich versuchte, mir meine Unsicherheit nicht anmerken zu lassen und möglichst cool rüber zu kommen.

„Wie geht's dir?", fragte er.

„Gut, jetzt wo ich nicht mehr für Tomas arbeite", antwortete ich und grinste ihn an. Er lachte.

„Ja, da bist du mir einen Schritt voraus. Ich versuche auch immer noch eine neue Surfschule zu finden. Vergebens. Es gibt einfach keine Jobs auf dieser verfluchten Insel."

„Oh, das wusste ich gar nicht", sagte ich und schaute in seine blauen Augen. Er nickte.

„Wo wohnst du jetzt?", fragte er. Mit dem Finger deutete ich zu Rudi.

„Ist das dein Ernst?", fragte er.

„Junge Frauen sollten nicht allein im Auto wohnen. Da kann doch jeder einbrechen!" Ich schüttelte den Kopf. In keinster Weise fühlte ich mich unsicher. Die Fenster konnte man verschließen und sollte doch mal jemand an die Scheibe klopfen, könnte ich auf den Fahrersitz klettern und wegfahren.

„Ich bin schon groß", erwiderte ich. „Und kann auf mich selbst aufpassen." Pedro schien das Ganze nicht so lustig zu finden.

„Ich meine das ernst. Weißt du, was für Gestalten hier nachts rumlaufen? Da solltest du lieber bei mir übernachten."

Ich konnte nicht anders, als zu lachen. Wollte er mich einfach nur in sein Bett kriegen? Nach meinen ganzen Erfahrungen mit Männern war ich misstrauisch geworden. Der einzigen Person, der ich vertraute, war mir selbst. Und ganz bestimmt würde ich nicht bei Pedro im Bett schlafen. Er guckte mich ernst an. Das Lächeln in seinem Gesicht war erloschen. Er wirkte enttäuscht.

„Lieb, dass du mir das anbietest, aber es geht mir gut." Er schüttelte verständnislos mit dem Kopf. Dann paddelte er, ohne ein weiteres Wort zu verlieren, zu seinen Surfschülern.

Die Session war für mich gelaufen. Die Stimmung zwischen uns war abgekühlt und ich konnte mich nicht mehr konzentrieren. Seine Blicke, sobald ich auch nur eine Welle anpaddelte, wurden unerträglich und brannten wie Feuer auf meiner Haut. Ich machte mich auf den Weg zurück zum Auto und fuhr zum Bäcker, um mir einen Kaffee und ein ordentliches Frühstück zu besorgen. Auf der Toilette des Cafés putzte ich meine Zähne und machte eine kleine Katzenwäsche. Für alles musste man andere Wege finden. Aber irgendwie begann mir das Leben im Auto zu gefallen. Trotz der ganzen Unannehmlichkeiten.

Kapitel 37

Pizza und Vino

Den restlichen Tag verbrachte ich wieder in der Wohnwagensiedlung. Ich hatte es mir im Auto gemütlich gemacht und las ein Buch. Statt einem warmen Mittagessen gab es Obst und Brote, wie auch an allen anderen Tagen. Dafür genoss ich die Ruhe und das Alleinsein. Ich liebte es, wenn der Wind an meinem Auto rüttelte. Wenn ich frühmorgens mit Wellenrauschen aufwachte. Wenn die ersten Sonnenstrahlen durch mein Auto schienen und mein kleines Zuhause in goldenes Licht tauchten. Ich liebte die Stille, die mich umgab. Keine Gäste, die mir die immer gleichen Fragen stellten. Kein Tomas, der mir das Leben zur Hölle machte. Keine Arbeit, die meinen Körper kaputt machte. Einfach nichts von all dem, was mir in letzter Zeit zu viel geworden war.

Nachmittags telefonierte ich mit Zoe und danach war es schon fast wieder Zeit, um ins Bett zu gehen. Kurz vor dem Sonnenuntergang, ich kam gerade aus den Dünen zurück, erblickte ich einen roten Jeep. Das Auto von Pedro. Er kam in meine Richtung gefahren. Was wollte er denn hier? Ich knotete meine Jogginghose zu, während ich zu seinem Auto lief, dass er neben meinem geparkt hatte. Er stieg aus dem Auto und schlenderte auf mich zu.

„Hey", sagte ich mit fragendem Unterton. Er grinste mich an und zog eine Hand hinter seinem Rücken hervor. Darin hielt er eine Tüte, die verräterisch nach Pizza dufte. Ich lachte.

„Wir wollten doch noch zusammen essen gehen", sagte er.

„Ja, das stimmt", antwortete ich. Nun zog er auch seine andere Hand mit einer Flasche Wein darin hinter dem Rücken hervor.

„Ich dachte, ich könnte dir etwas Gesellschaft leisten."

„Ja, gerne", antwortete ich. Mein Herz zerfloss vor Rührung und in diesem Moment freute ich mich unheimlich über seine Anwesenheit.

Es war ein warmer Abend, die Luft surrte. Der Himmel verfärbte sich langsam rosa. Hatte er diesen perfekten Sonnenuntergang etwa auch geplant? Die Kulisse war an Romantik nicht zu übertreffen. Er breitete eine Decke auf dem Boden aus.

Wir setzten uns darauf, lehnten uns mit dem Rücken gegen sein Auto und betrachteten das Meer, das rosafarben glänzte. Wir aßen Pizza, tranken Wein und ich lachte über seine Witze. Und obwohl wir nicht viel redeten schien an diesem Abend alles perfekt zu sein.

Als es dunkel geworden war, legten wir uns in mein Auto auf die Matratze. Ich deckte uns mit dem Schlafsack zu und kuschelte mich an ihn. Er hielt mich fest in seinem Arm.

Genau in derselben Position erwachte ich am nächsten Morgen. Pedro hatte tatsächlich bei mir im Auto geschlafen. Ich drehte meinen Kopf, betrachtete sein wunderschönes, schlafendes Gesicht. Aber was wollte ich mit einem Surflehrer? Ich sagte mir, dass es dumm war, was ich tat. Würde ich hierher zurückkommen, nachdem ich in Frankreich meine Surflehrerprüfung bestanden hatte? Was, wenn ich sie gar nicht bestehen würde? Außerdem hatte Pedro ja gesagt, dass es hier kaum Jobs gab. Was wollte ich wirklich? Wo wollte ich in Zukunft leben?

Dass ich tausend Optionen hatte, machte mir auf einmal Angst. Ich könnte überall arbeiten, wenn ich es schaffte. Wollte ich hierher zurückkommen? Ich wusste es nicht. Es gab zu viele Dinge, über die ich mir vorher keine Gedanken gemacht hatte. Aber ich wusste, dass ich Angst hatte, mich zu verlieben.

Vorsichtig schob ich Pedros Arm zur Seite. Er schnaubte und drehte sich auf den Rücken. Ich hielt die Luft an, aber er schlief weiter. Vorsichtig pellte ich mich aus den Decken und krabbelte aus der Beifahrertür. Im Halbdunklen schlüpfte ich in meinen noch nassen Neoprenanzug. Ich schnappte mir mein Board und lief ins Wasser, um einen klaren Kopf zu bekommen. Ich sog die frische Morgenluft ein, als ich aufs Meer paddelte. Der einzige Ort, an dem sich meine Gedanken wieder sortieren konnten. Und mit dem ersten Waschgang, waren alle Fragen, die ich mir eben noch gestellt hatte im wahrsten Sinne des Wortes weggewaschen.

Nach einer halben Stunde kam Pedro angepaddelt.

„Machst du dich einfach ohne mich auf den Weg!", rief er mir zu.

„Ja klar!" Ich musste lachen, als ich in sein gespielt enttäuschtes Gesicht blickte.

„Ich habe leider nur noch eine halbe Stunde, dann muss ich zur Arbeit", sagte er.

„Okay, dann müssen wir wohl noch ein paar gute Wellen erwischen!", rief ich und paddelte so schnell ich konnte Richtung Peak. Er holte mich allerdings nach ein paar Metern ein und ärgerte mich, indem er mich an meiner Leash ein Stück zurückzog. Dann überholte er mich und streckte mir die Zunge raus. Ich ließ ihm seinen Spaß, irgendwie waren die meisten Surflehrer doch noch wie kleine Kinder.

Kurze Zeit später verabschiedete er sich von mir.

„Vielleicht sehen wir uns ja später nochmal", sagte Pedro und paddelte Richtung Ausgang. Ich schaute ihm nach.

Kapitel 38

Erschüttert

Die ersten Surfschulen machten sich auf den Weg ins Wasser. Plötzlich war ich genervt, da wir bis eben die einzigen Personen im Line-up gewesen waren. Ich musste feststellen, dass ich mich verändert hatte. War es am Anfang kein Problem gewesen, mit tausenden von Menschen gemeinsam zu surfen, nervte es mich mit steigendem Können immer mehr. Die meisten Leute beachteten keine Vorfahrtsregeln, was für mich definitiv das größte Problem war. Seit meinem Unfall wusste ich, wo das hinführen konnte. Trotzdem liebte ich diesen Spot und wollte weiter hier surfen, trotz der vielen Anfänger. In dieser Welle hatte ich die Möglichkeit, mich zu verbessern, denn sie verzieh einem viele Fehler.

Da ich mich aber immer an die Vorfahrtsregeln hielt, war es wohl nicht verwunderlich, dass ich mich aufregte, wenn andere dies nicht taten. Ich musste einschätzen lernen, wer wie gut surfen konnte. Innerhalb von Sekunden versuchte ich die Leute abzuscannen und ihr Können irgendwo einzuordnen. Das war allerdings gar nicht so einfach für mich und manchmal verschätzte ich mich. Dann hatte ich das Gefühl, dass ich nicht nur für mich verantwortlich war, sondern auch für alle anderen Menschen um mich herum.

An diesem Tag kamen die Surfschüler wie eine Armee ins Wasser gestürmt. Auf einmal war alles voll von ihnen. Egal wo ich hinblickte, ich wurde von bunten Softboards umzingelt.

Zuerst surfte ich noch ein paar Wellen, aber kurze Zeit später bemerkte ich, dass ich keinen Spaß daran hatte, mir diese mit mindestens fünf anderen Personen zu teilen.

Der Wind nahm, genau wie die Anzahl der Menschen, zu und ich beschloss, das Wasser zu verlassen.

Noch eine Welle, sagte ich mir und paddelte direkt die nächste an. Weit und breit sah ich niemanden. *Endlich eine Welle nur für mich,* dachte ich, als ich den Take off machte. Plötzlich hörte ich links neben mir eine Frauenstimme rufen.

„Ey, das ist meine Welle!"

Ich drehte mich um, anscheinend hatte ich einer Longboarderin die Vorfahrt genommen. Wo kam die denn plötzlich her? Ich hatte sie nicht kommen sehen. Um ihr die Welle zu lassen, sprang ich von meinem Board. Was ich nicht bemerkte war, dass auch die junge Frau zeitgleich zu mir die Welle beendete. Dabei hätte sie ja theoretisch noch weitersurfen können. Sie hatte ja Vorfahrt gehabt. Als ich auftauchte, war ich einen kurzen Moment verwundert. Wo war sie? Ich drehte mich zur Seite, um Ausschau nach ihr zu halten. Plötzlich spürte ich einen dumpfen Schlag gegen meinen Kopf. Reflexartig schloss ich die Augen. Was war das? Ich hörte ein Surfboard aufs Wasser aufschlagen. Ich rieb mir die Schläfe und stöhnte. Ich sah, wie die Surferin ihr Board zu sich heranzog, mir einen bösen Blick zuwarf und von dannen paddelte. Ich war verwirrt, als hätte sie sich auf die Welle gebeamt, denn ich hatte sie nicht kommen sehen. Benommen blickte ich ihr hinterher. Irgendwie war mein Gehirn leer. Mein Kopf fing an zu schmerzen. An meiner Schläfe pochte es. Ich fühlte mit der Hand dort, wo das Surfboard gegen geschlagen war, wie sich innerhalb von Sekunden eine Beule bildete. An meinen Fingern war etwas zu Blut zu sehen. Ich zog mein Board zu mir heran und legte mich darauf. Doch etwas war komisch. Wo konnte ich aus dem Wasser rausgehen? Und wo war ich überhaupt? Ich schaute mich um. Ich hatte es einfach vergessen. An einer Stelle, nahe mehrerer Steine gingen Leute mit Surfboards ins Wasser. *Das muss der Ausgang sein,* dachte ich und paddelte etwas benommen in die Richtung, aus der die Leute kamen. Mir war bewusst, dass ich mich eigentlich daran hätte erinnern müssen. Also versuchte ich nachzudenken. Krampfhaft überlegte ich, wo ich wohnte, wie ich hierhergekommen war. Doch mir fiel nichts ein. Mein Kopf war einfach nur leer.

Am Strand angekommen, setzte ich mich in den Sand. Wo sollte ich nun hingehen? Für ein paar Minuten wusste ich nichts mehr. Ich saß einfach nur da, beobachtete das Geschehen im Wasser. Mir war bewusst, dass ich eine Gehirnerschütterung haben musste und hoffte, dass meine Erinnerungen wieder zurückkehren würden.

Plötzlich hörte ich das Hupen eines Autos. Ich drehte mich um. Ein weißer Van parkte ein paar Meter hinter mir. Dann stieg jemand aus dem Auto.

Ich erkannte ihn sofort. Sein Lächeln, seine Sommersprossen und die lockigen Haare. Ich fühlte mich mit ihm verbunden, ich wusste, ich kannte diesen Mann.

Aber sein Name wollte mir nicht einfallen. Krampfhaft überlegte ich. *Irgendwas mit P., Pablo oder so,* dachte ich. Aber ich war nicht ganz sicher. Der Mann kam mit einem fragenden Blick zu mir gelaufen.

„Ist alles okay?", fragte er mich. Ich nickte.

„Wieso sitzt du da so? Das machst du doch sonst nie", stellte er fest und musterte mich.

„Nur so", antwortete ich. Prüfend blickte er mir in die Augen. Ich schweifte ab und musste feststellen, dass er wunderschöne Augen hatte. Blau wie das Meer.

„Du guckst so komisch", sagte er.

„Ich gucke doch nicht komisch", antwortete ich. Er schüttelte mit dem Kopf.

„Was ist das da?" Seine Augen weiteten sich und er zeigte auf meine Schläfe. Ich fasste mit meinen Fingern an die Stelle. Daran war eindeutig Blut. War das eben auch schon da? Ich konnte kaum einen klaren Gedanken fassen.

„Was machst du nur für Sachen die ganze Zeit?", fragte er mich. Auf einmal ratterte es. Er hatte mir schon mal geholfen. Pedro war sein Name.

„Ist doch nichts passiert", sagte ich. Die Stelle konnte nicht allzu sehr bluten. Sonst hätte ich schon früher etwas gemerkt.

„Komm her", sagte er und half mir aufzustehen. Direkt wurde mir schwindelig. Hatte ich diese Situation schon einmal erlebt?

„Setz dich hier ins Auto und warte bis ich wieder komme", sagte Pedro. Ich nickte und setzte mich auf den Fahrersitz. Seine Surfschüler zogen sich gerade um. Pedro ging zum Kofferraum und kam mit einem Erste- Hilfe Paket zurück. Während er die Stelle desinfizierte, fragte er mich: „Weißt du noch, was passiert ist?" Ich schüttelte mit dem Kopf. Doch dann fiel es mir ein.

„Aaah doch, mir ist ein Surfboard gegen den Kopf geknallt." Er seufzte.

„Weißt du noch welches?" Ich wusste es nicht.

„Also ich glaube, es war nicht meins", mutmaßte ich. Was genau passiert war, hatte ich aber vergessen. Darüber, dass ich wieder seinen Namen wusste, war ich sehr dankbar.

„Am besten du ruhst dich erstmal aus, ich schaue nachher nochmal nach dir." Ich nickte nur. Dann hörte ich eine unbekannte Stimme: „Frauen machen auch immer nur Ärger, was?" Das musste einer von seinen Surfschülern gewesen sein. Ich wollte protestieren, aber wusste nicht was ich sagen sollte. Pedro nickte nur und seufzte.

„Wir sehen uns später", sagte ich und stand langsam auf. In dem Surfschulvan wollte ich nicht bleiben. Ich überlegte, wo ich mein Auto geparkt hatte. Es fiel mir nicht ein. Ich schaute mich um. Als ich die Wohnwagen in der Ferne erblickte, dämmerte mir, dass ich es vermutlich dort hatte stehen lassen. Ich wollte gerade loslaufen, da rief Pedro mir noch hinterher: „Willst du, dass dein Surfboard geklaut wird?" Ich drehte mich zu ihm um, schlug mir mit der Hand gegen die Stirn und hob mein Board auf.

„Danke", sagte ich noch und stapfte los.

Ich war froh, dass ich mein Auto wiedererkannte. Ich legte das Board daneben und langsam kamen all meine Erinnerungen zurück. Meinen Neoprenanzug tauschte ich gegen Jogginghose und Pullover. Dann setzte ich mich auf den Fahrersitz, drehte den Rückspiegel und schaute mir meine Schläfe an. Es war ein oberflächlicher Cut zu sehen, der nicht weiter dramatisch war. Dafür war die Beule weiterhin am Anschwellen. Ich legte mich auf die Matratze in meinem Auto und versuchte ein bisschen zu lesen, schlief dann aber doch relativ schnell ein. Der Stoß von dem Surfboard musste härter gewesen sein, als gedacht.

Als ich wieder aufwachte, war es schon mittags. Ich richtete mich auf, um etwas zu trinken. Mein Kopf dröhnte. Alles drehte sich. Die Sonne schien viel zu hell durch die Fensterscheiben. Ich holte mir aus meiner Reiseapotheke eine Schmerztablette, die ich mit viel Wasser herunterwürgte. Dann parkte ich das Auto um. So, dass es im Schatten eines Wohnmobils stand. Ich legte mich wieder hin, so war es einigermaßen auszuhalten. Ich war immer wieder erstaunt, wie gut mein spartanischer Lebensstil doch funktionierte. Und das mit Gehirnerschütterung.

Später rief ich noch einen Freund aus Deutschland an, der als Arzt an einer Uniklinik arbeitete. Ich fragte ihn, was ich am besten machen sollte. Seine Antwort war: „Ausruhen und nicht surfen gehen."

Na super, dachte ich

„Wie lange?", fragte ich ihn. „Mindestens eine Woche", sagte er. Ich seufzte. Mit so einer Antwort hatte ich schon gerechnet. Aber was sollte ich nun die ganze Zeit machen? Vor allem im Auto?

Diese Frage löste sich dann aber von selbst: Wie sich herausstellte, brauchte mein Körper viel Schlaf um die Gehirnerschütterung zu bewältigen. In einem dornröschenartigen Dämmerzustand verbrachte ich also die meiste Zeit. Ansonsten fuhr ich zu Simona, zum Kaffee trinken und quatschen. Auch Pedro bot mir an, ihn mal besuchen zu kommen. Was ich dann auch tat. Und ich übernachtete sogar bei ihm. Dies tat ich natürlich nur, weil man seine Wohnung fast komplett abdunkeln konnte. Und das gut für meinen Kopf war. Vielleicht fand ich Pedro doch ganz süß, aber ich war mal wieder gut darin mir einzureden, dass dies nicht der Grund dafür war, dass ich bei ihm übernachtete.

Nach einer Woche ging es mir wieder einigermaßen gut. Mir waren alle vergessenen Dinge wieder eingefallen. Ich wusste wieder die Namen meiner Freunde, wo sie wohnten und wo ich wohnte. Oder auch aktuell nicht...

Mein Kopf war wieder hergestellt. Alles war wieder auf Normalzustand.

Ich begann meine Gesundheit immer mehr zu schätzen und lernte, dass ich meinem Körper eine Pause geben musste, wenn er eine brauchte. In dieser Woche war ich nicht so unruhig wie bei meiner Fußverletzung. Irgendwas hatte Klick gemacht. Mein Körper hatte Priorität. Auch wenn mir das Surfen wichtig war, ich durfte es nicht über meine Gesundheit stellen.

Und auch wegen der Surflehrerausbildung machte ich mir kaum Gedanken. Natürlich wollte ich diese immer noch unbedingt bestehen, versuchte aber an meiner Einstellung zu arbeiten. Ich wollte mein Bestes geben. Wenn es reichte- super. Wenn nicht- konnte ich ja immer noch ein Video nachreichen. Einfach alles auf mich zukommen lassen, das war mein Plan. Mich nicht mehr so stressen und mich selbst und meine Gesundheit als oberste Priorität betrachten.

Kapitel 39

Zu neuen Ufern

Nach meiner einwöchigen Pause ging ich das erste Mal zusammen mit Pedro surfen. Er zog mich fast bis zum Peak raus und ich hielt mich nur an seiner Leash fest, während er paddelte. Wir alberten die ganze Zeit herum, wodurch das Surfen noch spaßiger wurde.

Und eigentlich surfte ich nicht schlechter als sonst, wäre da nur nicht meine neue Angst gewesen. Die Angst vor zu vielen Menschen im Wasser. Und ihren Boards. Die Angst davor, das nächste Brett an den Kopf zu bekommen.

Es strengte mich an, mich auf alles zu konzentrieren, die Leute einzuschätzen und aufmerksam zu bleiben. Meine Konzentration ließ schnell nach, wodurch ich meist früher als sonst das Wasser verließ.

Bis mein Praktikum in Frankreich begann, blieben mir noch zwei Wochen Training. Abwechselnd ging ich mit Simona und Pedro surfen. Ich versuchte mich an meine Anfänge zurückzuerinnern. Daran, was es eigentlich für mich bedeutete zu surfen. Ich versuchte es wieder so zu sehen wie damals, nicht so verbissen, sondern als eine spaßige Freizeitbeschäftigung. Ein Hobby oder eine Leidenschaft. Etwas, das ich liebte. Ich wollte wieder im „Flow" sein mit der Welle. Was mir auch gelang, wenn nicht zu viele Menschen im Wasser waren...

Mir gelangen sogar Top Turns und Cutbacks. Solange ich alleine auf der Welle war. Solange die Wellen gut waren und ich mich sicher fühlte. Sobald aber auch nur ein Mensch zu viel im Line-up saß, wollte gar nichts mehr klappen. Dann wurde ich unsicher. Ich entwickelte eine immer stärkere Abneigung gegen jedes menschliche Wesen im Wasser. Schon ihre bloße Anwesenheit machte mich nervös und manchmal entstanden Szenarien in meinem Kopf, in denen ich wieder ein Surfboard gegen meinen Kopf bekam, nur, dass es dann nicht so glimpflich ausging, wie das letzte Mal.

Die letzten Tage auf Fuerteventura verbrachte ich wieder bei Simona auf dem Sofa. Ich räumte das Auto aus, baute die Rücksitze wieder ein. Mein Flug nach Bordeaux sollte in zwei Tagen gehen. Ich plante mit dem Bus die Strecke von Bordeaux nach Moliets zu fahren, wo mein Praktikum stattfinden würde.

Die letzte Zeit vor dem Abflug war ich etwas nachdenklich. Ich wusste nicht, was mich in Frankreich erwarten würde und ich musste mir eingestehen, dass ich Pedro doch mehr vermissen würde, als gedacht. Diese Tatsache zermürbte mich noch zusätzlich. Würde ich ihn wiedersehen? Ich konnte es nicht sagen. Ich wusste ja nicht einmal, wie meine Prüfung verlaufen würde. Nur weil ich aktuell die geforderten Manöver surfen konnte, hieß das noch lange nicht, dass ich das auch in Frankreich problemlos hinbekommen würde. Meine Gedanken drehten sich im Kreis. Immer und immer wieder. Und es fühlte sich komisch an, zu gehen.

Den letzten Abend verbrachte ich mit Simona, Neele und Pedro. Wir machten ein kleines Lagerfeuer an der Northshore. Wir saßen windgeschützt zwischen Steinen im warmen Sand. In den Händen hielten wir unser Bier, Simona briet Würstchen. Es war ein wundervoller Abend. Vollgepackt mit Emotionen. Voller Dankbarkeit über die Menschen, denen ich begegnet war, voller Glück und Unbeschwertheit, aber auch voller Trauer darüber, dass der Abschied nahte. Auf dieser Insel hatte ich endlich Mal das Gefühl gehabt, angekommen zu sein. Ich konnte einfach ich sein und es war in Ordnung. Nach einer unendlich langen Suche. Einer Suche nach diesem Gefühl. Dem Angekommen sein. Dem zuhause sein. Und nun, da ich es einmal gefunden hatte, war es schon wieder Zeit zu gehen.

Bis spät in die Nacht saßen wir an dem knisternden Feuer. Ich lehnte mit dem Rücken an Pedro. Ich spürte seine Wärme. Die Wärme des Feuers an meinen nackten Füßen. Hörte das beruhigende Knistern. Ich atmete tief ein, als ich merkte, wie mir Tränen in die Augen stiegen. Er nahm mich fester in den Arm und hauchte mir einen Kuss in den Nacken. Die Härchen an meinen Armen stellten sich auf. Mein Herz schlug schneller. Mein Kopf weigerte sich immer noch, sich zu verlieben. Aber so langsam musste er einsehen, dass er gegen mein Herz keine Chance hatte.

Pedro schien es ernst zu meinen. Er verheimlichte mich nicht, nahm mich vor anderen in den Arm. Für andere Frauen hatte er kein Auge über. Er war lieb, zuverlässig, gutaussehend und er brachte mich zum Lachen. Trotzdem wollte ich mich nicht komplett darauf einlassen. Vielleicht weil ich morgen abreisen würde und ich nicht wusste, wann ich ihn wiedersehen würde...

Die letzte Nacht verbrachte ich sogar bei ihm und ich war mir alles andere als sicher, ob dies eine kluge Entscheidung war. Pedro war es auch, der mich nachmittags zum Flughafen brachte.

Dass es wehtat, mich von ihm zu verabschieden, wollte ich mir natürlich nicht anmerken lassen. Ich versuchte mich zusammen zu reißen und nicht zu weinen. *Tränen machen es nicht einfacher,* dachte ich. Ich gab ihm einen letzten Kuss, strubbelte ihm durch die lockigen Haare und sagte: „Bis hoffentlich bald."

„Ohne das hoffentlich!", rief er mir hinterher, als ich Richtung Sicherheitskontrolle verschwand. Ich drehte mich noch einmal zu ihm um. Er warf mir eine Kusshand zu. Ich lachte und schüttelte mit dem Kopf. Gleichzeitig stiegen mir Tränen in die Augen. Ich spürte, dass er mir hinterherschaute. *Nicht umdrehen,* dachte ich und ging schnell weiter.

Als ich dann den Flieger bestieg, war es um mich geschehen und ich brach endgültig in Tränen aus. Am liebsten wäre ich direkt zu Pedro umgedreht.

Ich hatte Angst vor dem, was auf mich zukommen würde. Angst vor dem Unbekannten. Und das Schlimmste: Angst davor, zu versagen.

Ich wollte zu neuen Ufern aufbrechen, aber hatte das Gefühl, dass ich mich gerade erst an diese Insel gewöhnt hatte. Und irgendwie wollte ich diese und die Menschen, die mir ans Herz gewachsen waren, noch nicht verlassen. Ich fühlte mich noch nicht bereit. Gleichzeitig stellte ich mir die Frage, ob ich mich jemals bereit fühlen würde...

Kapitel 40

Wieder in Frankreich, September 2019

Als der Flieger in Bordeaux aufsetzte, wich die trübselige Stimmung einer sentimentalen Vorfreude. Ich war wieder an dem Ort, an dem alles begonnen hatte. Ich erinnerte mich zurück an meine Anfänge, als ich mit Zoe und Emma hier surfen gelernt hatte. Ich dachte darüber nach, wie viel in den letzten Jahren passiert war und was ich gelernt hatte. Wie sehr ich mich im Surfen verbessert hatte, auch wenn ich es nicht immer sehen konnte.

Gefühlt war ich zu einem komplett anderen Menschen geworden. Meine Welt hatte sich um 180° gedreht. Ich war auf der Zielgeraden, mir endlich meinen Traum zu erfüllen und Surflehrerin zu werden. Mein ganzes Leben könnte sich für immer verändern, wenn ich es tatsächlich schaffte.

Meine Sitznachbarin riss mich aus meinen Gedanken, indem sie mir auf die Schulter tippte.

„Wir können aussteigen", sagte sie in einem genervten Ton. Schnell stand ich auf und griff nach dem Handgepäck über mir. Ich lief mit dem Strom der Menschenmasse zur Gepäckausgabe. Mein Surfboard wurde als letztes herausgegeben. Nachdem ich meinen Koffer und mein Board zusammengesammelt hatte, machte auch ich mich als Letzte auf den Weg zum Ausgang.

Ich spürte warme Sonnenstrahlen auf meiner Haut, als ich aus dem Flughafengebäude trat. Ich schaute mich um: Ein paar Meter entfernt gab es eine Busstation. Ich nahm all mein Gepäck und machte mich auf den Weg dorthin. Mit dem Bus fuhr ich ein paar Stationen Richtung Stadtmitte, wo ich umsteigen musste. Schweißperlen liefen mir über die Stirn, meine Arme zitterten vom Tragen der Surfboardtasche. An der Haltestelle angekommen, warteten schon einige Menschen auf den Bus nach Moliets.

Als alles verstaut war, ließ ich mich geschafft in einen der Sitze fallen. Den ganzen Tag war ich unterwegs gewesen. In öffentlichen Verkehrsmitteln oder im Flugzeug. Einen großen Teil der Zeit war ich mit gefühlten 100 Kilo Gepäck durch die Straßen Frankreichs geirrt. Mir fiel wieder auf, wie anstrengend Reisen doch war. Umso angenehmer empfand ich die mehrstündige Fahrt nach Moliets. Die Endstation des Busses war der Campingplatz auf dem das Surfcamp lag. Mein neuer Praktikumsplatz. Mit einem Quietschen hielt der Bus auf dem riesigen Parkplatz. Die Türen öffneten sich und ich trat auf den von Piniennadeln übersäumten Asphalt. Auch wenn es diesmal eine andere Surfschule als damals war, fühlte es sich an, als hätte ich ein Déjà-vu. Ich sah die hochgewachsenen Pinien. Abendsonne schien zwischen den Zweigen hindurch und warf lange Schatten auf den Boden. Ich atmete die frische Abendluft ein. Freundlicherweise half mir der Busfahrer mit dem Gepäck und ich machte mich schwer behängt, auf die Suche nach der Surfschule. Zum Glück waren die asphaltierten Wege ausgeschildert und ich wurde schnell fündig.

Die Surfschule in der ich die nächsten vier Wochen verbringen würde, befand sich relativ mittig auf dem großen Gelände. Sie war an manchen Stellen mit einem Holzzaun eingegrenzt worden. Ich trat durch den sandigen Eingang des Surfcamps. *Jetzt muss ich erstmal jemanden finden, der mir weiterhelfen kann,* dachte ich und legte meine Sachen im Sand ab. Ein paar Meter weiter sah ich ein paar Bänke und Tische, an denen Leute saßen und sich unterhielten. Schnurstracks lief ich auf sie zu. *Wahrscheinlich Gäste,* dachte ich erst. Freundlich lächelte ich sie an, als ich an ihrem Tisch ankam.

„Hi, ich bin neu hier und auf der Suche nach Hajo, dem Chef".

Die drei schauten mich verdutzt an. Dann stand einer der drei auf.

„Ach ja, stimmt, heute sollte ja eine neue Praktikantin kommen. Das bist du, richtig?"

„Ja genau", antwortete ich.

„Ich glaube Hajo ist schon im Bett. Ich bin Fred, einer der Surflehrer hier", redete der braunhaarige junge Mann weiter. Nun schaute ich ihn mir etwas genauer an. Er hatte ein schönes Gesicht mit markanten Augenbrauen und hellbraunen Augen. Er war nur etwas größer als ich. Seine Muskeln zeichneten sich unter seinem schwarzen Longsleeve ab. Er war definitiv nicht unattraktiv, aber an Pedro kam er trotzdem nicht heran.

„Unter anderem bin ich der Camp Leiter und für die Zelte verantwortlich. Ich zeige dir mal, wo deins ist", sagte Fred. Ich war mir nicht sicher ob ich einen arroganten Unterton in seiner Stimme heraushörte oder mir diesen nur einbildete. Er nahm mir die Surfboardtasche ab und führte mich über den sandigen Boden vorbei an Lichterketten umhängten Pinien. Überall waren Hängematten aufgehängt. Die Stimmung war sehr romantisch, was mich in diesem Moment traurig machte, da ich bemerkte, wie sehr Pedro mir fehlte.

Mittlerweile dämmerte es und ich hörte Mücken surren, als Fred auf ein Zelt am Rande des Teambereiches zeigte.

„Das ist glaube ich noch frei, da kannst du einziehen. Frühstück gibt es morgen um 8:30 Uhr. Um 10 Uhr ist Teambesprechung. Hast du sonst noch Fragen?" Ich schüttelte den Kopf. Eigentlich wollte ich noch wissen, wo die Toiletten waren, aber irgendwie machte Fred auf mich den Eindruck, dass er schnell zurück zu den anderen wollte.

„Bis morgen früh", sagte ich, gähnte und stapfte zu meinem Zelt. Es war klein, hatte eine Luftmatratze und sogar eine kleine Lampe. Ich verstaute meine Sachen und machte mich dann auf die Suche nach dem Waschhaus, welches glücklicherweise nur 50 Meter entfernt lag. Dann schlurfte ich zurück zu meinem neuen Zuhause und kuschelte mich in meinen Schlafsack. Ich war todmüde von dem langen Tag und spürte meine Armmuskeln vom Surfbrett schleppen.

Am nächsten Morgen wurde ich durch ein kratzendes, schabendes Geräusch geweckt. Ich schaute auf meine Armbanduhr. Es war gerade mal 6:00 Uhr morgens. Ich versuchte weiterzuschlafen, doch das Geräusch war so durchdringend, dass ich es nicht ausblenden konnte. Ich setzte mich kerzengerade im Bett auf. Jetzt konnte mein Gehirn das Geräusch zuordnen: Jemand war dabei, sein Surfboard zu wachsen, aber musste das um diese Uhrzeit sein? Da ich eh zur Toilette musste, pellte ich mich aus dem warmen Schlafsack. Als ich den Reißverschluss meines Zeltes öffnete, erblickte ich Fred und eine junge Frau, wie sie gerade ihre Boards vorbereiteten.

„Du bist ja schon wach", stellte Fred erstaunt fest.

„Ja, guten Morgen", antwortete ich während ich mir den Schlaf aus den Augen rieb. *Wie soll man bei dem Lärm auch weiterschlafen?*, fragte ich mich. Die Sonne war schon aufgegangen, aber die Luft war noch extrem kalt.

„Möchtest du mit Surfen kommen?", fragte mich die rothaarige Frau. Ich überlegte kurz. Eigentlich war es viel zu kalt und ich war noch gar nicht richtig wach.

„Eigentlich schon, aber ich brauche erst einen Kaffee", antwortete ich.

„Okay, Wir gehen schon mal vor", sagte Fred.

„Kaffee gibt's da vorne." Er deutete in die Richtung des Küchenzeltes. Ich nickte nur. Zum Antworten war ich noch viel zu müde.

Ich wusste nicht warum, aber irgendwie war ich nicht sonderlich motiviert surfen zu gehen. Wahrscheinlich hatte ich Angst davor, wieder hier surfen zu gehen. Angst, dass ich meinen eigenen Ansprüchen nicht genügen würde, Angst, dass es anders sein würde als vor vier Jahren. Denn anders würde es mit Sicherheit werden. Ich war nicht mehr dieselbe Person wie vor vier Jahren, ich hatte mich verändert. Die Bedeutung, die Surfen für mich hatte, hatte sich geändert. Es war nicht mehr einfach nur ein Spaß, es war ALLES für mich geworden.

Und wie lange war es her, dass ich an einem Beachbreak surfen war? Die letzten Wochen war ich hauptsächlich mit Simona und Pedro an irgendwelchen Riffspots unterwegs gewesen. Konnte ich überhaupt noch an einem Beachbreak surfen? Oder hatte ich es womöglich schon verlernt?

Ich holte mir einen Kaffee und machte mich auf den Weg zurück zu meinem Zelt. Die Versuchung, mich direkt wieder hinzulegen, war groß, doch ich tat es nicht. Stattdessen kramte ich meinen Neoprenanzug heraus und schlüpfte hinein. Das noch immer feuchte Neopren ließ mich frösteln. *War es hier damals auch schon so kalt gewesen?*, fragte ich mich. Ich konnte mich nicht erinnern.

Ich spülte die letzten Schlucke Kaffee hinunter, holte mein Board und meine Leash und machte mich auf den Weg zum Strand. Barfuß tapste ich über die von Piniennadeln bedeckten Trampelpfade bis ich zu einer großen Düne kam. Auch wenn ich diesmal in einem anderen Camp war, war sich doch alles sehr ähnlich.

Pinienwälder und Sandstrände soweit das Auge reichte. Als ich auf der Düne angekommen war, blieb ich kurz stehen und hielt inne. Noch einmal ließ ich die letzten Jahre im Schnelldurchlauf Revue passieren.

Ich war tatsächlich wieder hier. Nach vier Jahren. Hätte ich damals damit gerechnet wieder zurück zu kommen? Geschweige denn eines Tages selbst Surflehrerin zu werden? Ich bezweifelte es. Vermutlich wäre es schon eine der größten Herausforderungen gewesen, mich alleine auf den Weg ins Wasser zu begeben...

Selbstbewusst sog ich die salzige Luft ein. *Egal was in den nächsten Wochen passieren wird. Ich kann stolz auf mich sein,* dachte ich.

Denn das konnte ich. Auf alles, was ich bis hierher geschafft hatte. Selbst wenn ich die Prüfung nicht bestehen sollte. Das alles hat mich nur stärker gemacht.

Während ich erhobenen Hauptes die Düne herunterschritt, betrachtete ich den Ozean. Es war windstill, die Wellen schienen eine gute Größe zu haben, mindestens schulterhoch. In perfekten Linien kamen sie hereingerollt. Das Wasser sah atemberaubend schön aus, wie es von der Morgensonne in goldenem Licht glänzte. Jetzt spürte ich, wie sich die Motivation den Weg durch meinen Körper bahnte. Mein Herz schlug schneller, mein Bauch kribbelte und ich konnte es kaum abwarten, endlich mit meinen Füßen das Wasser zu berühren. Als ob ich etwas verpassen könnte, begann ich die Düne hinunter zu joggen. Kurz vor der Wasserkante blieb ich außer Atem stehen. Ich schaute mich nach einer Stelle, an der ich ins Wasser gehen wollte, sowie nach einem Orientierungspunkt um. Direkt auf der Sandbank vor mir sah ich Fred und seine Freundin im Line-up sitzen. Zumindest vermutete ich, dass es seine Freundin war, bisher hatten wir uns einander noch nicht vorgestellt. Ich band mir die Leash um den Knöchel und setzte den ersten Fuß ins Wasser. Es fühlte sich eiskalt an. Ich hielt die Luft an, als ich Stück für Stück tiefer ins Wasser watete. Mein Neoprenanzug schien nach all den Jahren ausgeleiert und dünn zu sein. Er wärmte nicht mehr richtig und auch das Loch am Rücken war seit Holland eher größer anstatt kleiner geworden.

Schnell warf ich mich auf mein Board, um dem kalten Wasser zu entfliehen und Richtung Line-up zu paddeln. Direkt kamen die ersten Weißwasserwellen auf mich zugerollt. Sie kamen mir riesig vor. Ich atmete tief ein und aus, paddelte schneller, direkt auf die Schaumwalze zu. Ein paar Meter vorher hielt ich die Luft an und versuchte mein Board mit den Armen herunterzudrücken und unter der Welle hindurch zu tauchen. Mein erster Versuch einen Duckdive[24] zu machen, stellte sich schwieriger heraus, als gedacht. Ich kam nicht tief genug mit dem Board unter Wasser und wurde von den Schaumwalzen immer wieder ein Stück zurück Richtung Strand gespült. Es war extrem anstrengend. An all den Riffspots brach keine einzige Welle im Channel, sodass ich bisher nie gezwungen gewesen war, einen Duckdive zu lernen. Ich hoffte, die anderen waren genug damit beschäftigt, selbst zu surfen, als mich bei meinen kläglichen Duckdive Versuchen zu beobachten.

Nach einigen Minuten kam ich schließlich, völlig außer Atem bei Fred und der anderen Surferin im Line-up an. Ich fühlte mich schon jetzt kaputt und musste feststellen, dass die Strömung stärker war, als ich ursprünglich gedacht hatte: Schon während des Rauspaddelns war ich ein paar Meter Richtung Süden abgetrieben. Schnell begann ich wieder nordwärts zu paddeln um in der Nähe der anderen Beiden zu bleiben. Fred surfte eine Welle nach der anderen, die Rothaarige beobachtete ihn die ganze Zeit. Mittlerweile war ich mir sicher, dass sie seine Freundin war. Ich versuchte erstmal, nur meine Position zu halten, denn die Wellen waren doch größer als ich sie anfangs eingeschätzt hatte. Nachdem die Rothaarige eine Welle gesurft war, zeigte ich ihr beide Daumen nach oben. Sie schien sich zu freuen und stellte sich beim Zurückpaddeln bei mir vor:

„Ich bin Hannah, übrigens. Sorry, ich war heute Morgen noch nicht so gesprächig."

„Kein Problem", antwortete ich und lächelte sie an.

Ich versuchte, die nächste Welle, die hereinkam, zu nehmen. Ich paddelte sie so stark ich konnte an, lehnte mich nach vorne, um mehr Geschwindigkeit zu bekommen. Doch im letzten Moment stellte ich fest, wie steil die Welle war und zog mein Board reflexartig zurück. Die Welle baute sich mit so einer Geschwindigkeit auf, dass ich kaum Zeit für den Take- off gehabt hätte.

---

[24] Durchtauchmanöver

Wie sollte ich das schaffen? Ich war in den letzten Wochen nur noch an dem Riffspot mit der langsam brechenden Welle gesurft. An dem es fast schon egal war, wie schnell man aufstand. Irritiert schaute Fred zu mir herüber.

„Die Welle war doch perfekt! Warum hast du die nicht genommen?", rief er mir zu.

Ich zuckte nur mit den Schultern. Plötzlich wurde ich nervös. Ich fühlte mich, als ob ich ihm etwas beweisen musste. Die Wellen waren wirklich perfekt. Sie hatten eine gute Größe, brachen schnell und steil. Manche von ihnen waren hohl, gläsern. Es wehte kein Wind. Ich hätte richtig performen können, aber es klappte einfach nicht. Auch die nächsten Wellen, die ich anpaddelte, waren noch eine Nummer zu groß für mich. Jedes Mal zog ich mein Board wieder zurück. Es passierte automatisch und ich konnte mich nicht dazu überwinden, die steile Wellenwand hinunterzufahren. Nach ein paar weiteren Versuchen suchte ich mir eine kleinere Welle weiter vorne aus. Doch auch diese brach genauso steil, wie die Wellen weiter draußen. Nur dieses Mal hatte ich nicht zurückgezogen und es tatsächlich in die Welle geschafft. Ich wollte aufstehen, doch mein Take-off war einfach zu langsam. Die Welle riss mich auf uneleganteste Weise mit sich in die Tiefen. Ich wurde auf den harten Sandboden geschleudert und umhergewirbelt. Es tat nicht weh, aber wieder einmal zeigte mir der Ozean, wer in unserer Beziehung die Hosen anhatte. Als ich auftauchte, war mein ganzes Gesicht voller Sand. Genervt legte ich mich wieder auf mein Board und paddelte zurück zu den anderen beiden. *Wie peinlich,* dachte ich nur. Die zwei mussten denken, ich sei der totale Anfänger. Dass ich Surflehrerin werden wollte, konnte man vermutlich nicht erahnen. Gefrustet saß ich im Line-up und schaute Fred zu, wie er eine nach der anderen Welle surfte. Nach einigen Minuten wurde mir kalt und ich begann zu zittern. Ich war unschlüssig, was ich tun sollte. Ich wollte mich unbedingt verbessern, aber irgendwie war ich unmotiviert und hatte Angst vor den Blicken der anderen. Als meine Zähne zu klappern begannen, entschied ich mich, das Wasser zu verlassen und mich auf den Rückweg zu machen.

Zurück im Camp schaffte ich es sogar noch zu duschen, bevor es Frühstück gab. Ich setzte mich zu Fred und Hannah in den Teambereich, wo ich auch gleich noch auf mindestens zehn weitere mir unbekannte Gesichter stieß. Alle schienen Surflehrer zu sein oder irgendwelche anderen Jobs hier im Camp zu machen. Obwohl sie sich alle vorstellten, war ich völlig überfordert damit, mir auf Anhieb die ganzen Namen zu merken. Es waren einfach zu viele Eindrücke auf einmal.

Um 10 Uhr fing dann das erste Teammeeting an. Wir schoben Bierbänke zusammen, die in dem sandigen Untergrund fast umfielen, als wir uns darauf setzten. Jetzt lernte ich auch Hajo endlich kennen. Ein Mann, etwa um die 50 Jahre alt, mit braunen Locken und einem freundlichen Gesicht. Er schien das Gegenteil von Tomas zu sein und ich hoffte, dass ich mich nicht täuschte. Wir gingen die Campaufgaben durch, redeten über die Gäste, die heute ankommen würden und teilten die Gruppen ein. Insgesamt gab es acht Surflehrer, also acht Surfgruppen in einer Woche. Außer mir gab es noch einen weiteren Praktikanten, der sein „Vorpraktikum" für den Surflehrerschein machte. Die Praktikanten dienten den Surflehrern nur als Unterstützung. Wir müssten mitlaufen, viel über die Schulter schauen und teilweise kleinere Aufgaben übernehmen. Das wird ja eine entspannte Zeit, dachte ich zu diesem Zeitpunkt noch. Hajo teilte mich in die Gruppe von Fred ein, er würde diese Woche Anfänger unterrichten. Ich wusste nicht, was ich von Fred halten sollte, aber ich freute mich darüber, dass wir in unserem Kurs hauptsächlich Kinder haben würden...

Kapitel 41

Surflehrerpraktikum

Gegen Mittag marschierten die ersten Gäste durch das Tor in das Surfcamp, am Nachmittag waren wir dann vollzählig. Wie die anderen vorausgesagt hatten, waren unter den Gästen viele Kinder, worüber ich mich riesig freute.

Am frühen Abend begannen wir damit, den Surfschülern ihre Bretter und Neoprenanzüge zuzuteilen. Der ganze Tagesablauf war bis ins kleinste Detail strukturiert und ich freute mich darüber, ausnahmsweise mal nicht für alles alleine zuständig zu sein. Jedes Teammitglied hatte seine eigenen, ihm zugeteilten Aufgaben.

Am Sonntag fand dann der erste Surfkurs statt. Mit unserer Gruppe, die aus vier Kindern und ihren Eltern bestand, machten Fred und ich uns auf den Weg zum Strand. Es war mild, ein leichter Wind blies über den Ozean Richtung Land und formte die Wellen zu unschönen „Onshore Wellen". Ich hatte bei diesen Bedingungen keine Lust, ins Wasser zu gehen, aber für die Kinder sah es nach machbaren Bedingungen aus. *Die Kleinen werden schon ihren Spaß haben,* dachte ich und erinnerte mich zurück an die grottigen Wellen, in denen ich am Anfang surfen gelernt hatte.

Am Strand angekommen legten wir unsere Boards in den Sand und zogen unsere Neoprenanzüge an. Fred begann damit, etwas von den momentanen Surfbedingungen zu erzählen und den Ablauf des ersten Surftages zu erläutern.

Genau wie bei meinem ersten Surfkurs damals, sollten auch unsere Surfschüler zunächst ein Gefühl für die Wellen bekommen. Fred forderte sie dazu auf, sich erstmal nur auf ihr Board zu legen und auf der Welle zum Strand zu gleiten.

Während Fred vom Strand aus unsere Gruppe beobachtete, ging ich mit den vier Jungs ins Wasser. Sie waren Geschwister im Alter zwischen sechs und zwölf Jahren. Ich nahm Sammy, den kleinsten, direkt an meiner Seite mit ins Wasser und trug sogar sein Surfboard.

Aufgeregt und laut quietschend hüpfte er hoch, als die erste Weißwasserwelle seine Beine umspülte.

Seine Freude wirkte so ansteckend, dass auch ich mich zurückversetzt fühlte in die Zeit, in der ich das erste Mal surfen war. Aber wie spannend musste es sein, als Kind das erste Mal auf einem Surfboard zu stehen? Ich grinste ihn an.

„Komm Sammy, wir gehen noch ein Stück rein", sagte ich zu ihm. Wie ein kleiner Welpe folgte er mir. Nach ein paar Metern forderte ich ihn auf, sich auf sein Board zu legen. Dies tat er voller Energie, sodass ich Mühe hatte, das Brett festzuhalten. Wann immer eine Weißwasserwelle unter ihm entlanglief, war er vor Begeisterung kaum zu halten.

„Bist du bereit Sammy?", fragte ich ihn.

„Ja", antwortete er und wedelte aufgeregt mit den Armen. Gefühlvoll schob ich das Board in seine erste Weißwasserwelle und ließ es los. Auf ihr fuhr er bis zum Strand. Lachend rollte er sich in den Sand. Voller Unbeschwertheit. Dann griff er freudestrahlend nach seinem Board und wollte zu mir zurücklaufen, doch wegen der starken Strömung schaffte er es nicht. Immer wieder fiel er hin. Ich lief zu ihm zurück und begann das Spiel von vorne. Ich half ihm beim Rauslaufen und manövrierte ihn wieder in die nächste Welle. Dabei platzte ich fast vor Stolz. Und Glücksgefühlen. Nie hätte ich erwartet, dass es mich so erfüllen würde, einem Kind das Surfen beizubringen. Es war unbeschreiblich. Und auch seine Geschwister machten mit jeder Welle Fortschritte. Sie brauchten nicht ganz so viel Unterstützung wie der Kleinste, aber auch ihnen half ich ab und zu.

Mein erster „Arbeitstag" war ein voller Erfolg. In meiner Entscheidung Surflehrerin zu werden, wurde ich wieder bestätigt. Ich hatte das Gefühl, das Richtige zu tun und endlich einen Job gefunden zu haben, der zu mir passte.

Doch nachmittags, nachdem der Kurs beendet war, begann ich wieder zu zweifeln. Fred und alle anderen Surflehrer nahmen sich ihre Boards, um selbst surfen zu gehen. Doch mir fehlte irgendwie die Motivation. Ich hatte keine Lust, noch einmal so dazustehen, wie gestern. Zudem war jetzt das gesamte Team im Wasser, was bedeutete, dass mich jeder sehen konnte. Ich befürchtete, dass meine Leistungen beurteilt würden. Und weil das ja noch nicht genug war, saßen auch die gesamten Surfschüler am Strand und beäugten ihre Idole im Wasser. Das Ganze kam mir vor wie eine Fernsehshow. Wie sollte ich hier in Ruhe surfen gehen? Wie sollte ich mich auf mich konzentrieren? Da mir dies unmöglich erschien, stapfte ich enttäuscht von mir selbst zurück ins Camp.

Die nächsten Tage verliefen ähnlich. Ich hatte zwar Spaß an der Arbeit, wollte aber auf keinen Fall, dass mir jemand beim Surfen zusah. Also ging ich, nachdem wir fertig mit unserem Kurs waren, schnurstracks zurück ins Camp, wo ich las oder mit Pedro telefonierte. Ich war gut darin, mir Ausreden auszudenken, um nicht surfen zu gehen.

Denn ich konnte mich einfach nicht daran gewöhnen, bei so viel Publikum ins Wasser zu gehen. Es ging einfach nicht. Vom gesamten Camp wurde man beobachtet und bewertet. Ich hatte das Gefühl, dass es für die anderen Surflehrer fast wie ein Wettkampf im Wasser war. Sie schienen sich gegenseitig zu duellieren und ich hatte den Eindruck, dass es oft nur darum ging, der „beste" Surfer zu sein. Es ging darum, die Surfschülerinnen zu beeindrucken und die Männlichkeit zu präsentieren. Doch dies war nicht meine Motivation, surfen zu gehen.

Ich führte schon seit Monaten einen Wettkampf, der anstrengend genug war. Einen Wettkampf gegen mich selbst. Da konnte ich nicht auch noch die Energie aufbringen bei der Challenge der anderen mitzumachen.

Nach ein paar Tagen ohne surfen war ich dann aber wieder genervt von mir selbst. *So kann es auch nicht weitergehen!,* sagte ich zu mir. Wenn ich die Prüfung bestehen wollte, musste ich definitiv wieder ins Wasser, um zu trainieren.

Für den nächsten Morgen stellte ich mir den Wecker so früh, dass ich noch vor Sonnenaufgang ungesehen mit meinem Board zum Strand laufen konnte. Wegen des fehlenden Kaffees war mein Körper noch nicht richtig wach.

Da musst du jetzt durch, sagte ich mir, als ich im Dunkeln über die Düne kletterte. Ich spürte den von der Nacht noch kühlen Sand unter meinen Füßen und mochte mir gar nicht vorstellen, wie kalt erst das Wasser sein würde. Doch mir blieb keine Wahl, wenn ich unbeobachtet surfen wollte.

Als ich Schritt für Schritt tiefer ins Wasser watete, fiel mir wieder auf, wie heruntergekommen mein Neoprenanzug war. Durch ein Loch am Rücken lief mir kaltes Wasser hinein. Schon die ganze Zeit war ich am Frieren, doch ich biss meine klappernden Zähne zusammen und paddelte ins Line-up. Keine Menschenseele war zu sehen. Beruhigt atmete ich die frostige Luft ein. Ich setzte mich auf mein Board und wartete. Die Wellen waren relativ klein und die Sonne noch immer nicht aufgegangen. Erste Strahlen von goldenem Sonnenlicht bahnten sich ihren Weg über die Dünen und ließen das Meer golden schimmern. Ich schaukelte auf der Wasseroberfläche hin und her. Seelenruhig. Meine kalten Füße baumelten im Wasser. Und trotzdem genoss ich die morgendliche Einsamkeit.

Ich wollte einfach nur für mich sein und an nichts denken. Schon viel zu lange zerbrach ich mir den Kopf darüber, was andere wohl über mich dachten.

Die Wellen an diesem Morgen waren klein. Wahrscheinlich zu klein für all die Surflehrer aus meinem Camp, denn sie ließen sich auch weiterhin nicht blicken.

Endlich waren der Ozean und ich mal wieder alleine. Nur wir zwei. Als hätten wir seit Ewigkeiten mal wieder eine „Datenight". Tatsächlich bekam ich einige gute Wellen. Mit dem Softboard war das Paddeln einfacher, ich bekam selbst Miniwellen und begann, wieder Spaß am Surfen zu haben. Ich spürte, wie die Leidenschaft zurückkehrte. Wie die Energie durch meinen Körper floss und jeden einzelnen Finger zum Kribbeln brachte. Ich fuhr Turns. Ab und zu machte ich einen Cutback. Es war so einfach, als hätte ich mein ganzes Leben nichts anderes gemacht. Wieso klappte es auf einmal? Ich konnte es nicht verstehen, aber genoss das Gefühl, endlich mal wieder meinen eigenen Ansprüchen zu genügen.

Durchgefroren und mit blauen Lippen machte ich mich eine Stunde später auf den Weg zum Camp. Ich spürte jeden einzelnen meiner zitternden Muskeln.

Ich lief zu meinem Zelt und zog mir schnell meine Jogginghose und einen dicken Pullover an. Zeit für eine warme Dusche blieb mir nicht, denn ich musste mich beeilen, um noch etwas vom Frühstück abzubekommen.

Das erste Mal, seitdem ich hier war, setzte ich mich mit einem Lächeln an den Tisch.

Vielleicht war das das Geheimnis? Loszulassen. Sich frei von der Meinung anderer zu machen? Mir wurde wieder bewusst, weshalb ich surfte. Für mich. Nicht für die anderen. Warum war es mir dann wichtig, was andere von mir dachten? Wenn doch eigentlich am wichtigsten war, dass ich mit meiner Leistung zufrieden war. Vielleicht sollte ich doch noch einmal versuchen, mit Publikum zu surfen. *Du musst sie nur ausblenden,* sagte ich mir selbst.

Als wir unseren Kursteilnehmern die Boards und Neoprenanzüge austeilten, nahm auch ich mir einen der Leihneoprenanzüge. Der Gedanke daran, gleich in dieses vollgepinkelte Ding zu steigen widerte mich an. Zudem war der Wetsuit noch dünner als mein eigener. Aber er hatte einen Vorteil: Er war trocken. Und ich würde weniger darin frieren, als in meinem eigenen.

Mit unserer Gruppe paddelten Fred und ich an diesem Tag sogar schon ins Line-up.

Trotz der kleinen Wellen hatte auch Fred seinen Spaß. Er hatte sich ein Softboard mit ins Wasser genommen und surfte den Kleinen vor. Auch ich surfte eine Welle nach der anderen. Vielleicht war ich noch nicht ganz so gut wie Fred, aber ich hatte einfach Spaß.

Ohne es zu bemerken surfte ich plötzlich vor dem ganzen Team und allen Surfschülern. Dann registrierte ich plötzlich, dass ich beobachtet wurde. Von erfahrenen Surflehrern und unsicheren Anfängern. Ich spürte die Blicke auf meiner Haut, spürte, wie jede meiner Bewegungen verfolgt wurde. Ich vermutete, dass über mich und meinen Surfstil geredet wurde. Das war schließlich normal, dieses Auseinandernehmen der einzelnen Manöver und Bewegungen. Aber davon wollte ich mich nicht mehr aus der Ruhe bringen lassen.

Ich sollte noch früh genug herausfinden, was über mich geredet wurde.

Nach einiger Zeit saß Fred plötzlich neben mir im Line-up.

„Du solltest aus dem Wasser gehen", sagte er. Fragend guckte ich ihn an.

„Deine Finger und deine Lippen sind schon ganz blau." Ich schaute auf meine Hände. Die ungesunde Farbe, die sie mittlerweile angenommen hatten, hatte ich gar nicht bemerkt.

„Wir sind doch eh gleich fertig mit dem Unterricht, oder?", fragte ich. Mein Kiefer bebte vor Kälte beim Reden, meine Zähne versuchten immer wieder aufeinander zu klappern. Er nickte.

„Ok", sagte ich und paddelte wieder zu Sammy, der sich gerade an einer grünen Welle versuchte.

„Du wirst noch krank!", rief Fred mir hinterher und schüttelte mit dem Kopf. Ich lachte nur.

Nach dieser Surfstunde machte ich mich auf den Weg in den Surfshop des kleinen Ortes. Das Wasser war im September tatsächlich schon viel zu kalt, und wenn ich mir keinen gescheiten Neoprenanzug kaufte, würde ich mich erkälten. Als Surflehrerin war man doch länger im Wasser als die Kursteilnehmer. Außerdem war der kalte Nordwind nicht zu unterschätzen. Ein guter Neoprenanzug war da auf jeden Fall eine Notwendigkeit.

Eine Glocke läutete, als ich den kleinen, nach Surfwachs duftenden Laden betrat. Ein Verkäufer begrüßte mich mit einem Lächeln auf den Lippen.

„Ich brauche einen Neo, am besten 5/3 mm Dicke", sagte ich.

„Die sind leider alle schon ausverkauft", sagte er. „Ich habe noch einen in 4/3 mm in deiner Größe." Er musterte mich von oben bis unten und reichte mir einen Neoprenanzug von Rip Curl. Er war schwarz, hatte an den Armen ein wunderschönes Muster und war von innen mit einer Art „Fell" überzogen.

„In dem wirst du auf jeden Fall nicht frieren", sagte der Mann zu mir. Dankend nahm ich den Neoprenanzug und machte mich auf den Weg in die Umkleide. Das gute Stück sah etwas klein aus aber ich hoffte, dass er mir passen würde. Er war eng, aber tatsächlich konnte ich mich hineinzwängen.

Doch als mein Blick auf das Preisschild fiel, bekam ich einen Schock. 399 € sollte das gute Stück kosten. Das war viermal so viel wie mein Board gekostet hatte. Doppelt so viel wie mein Monatsgehalt bei Tomas. Ich schluckte.

„Gib es auch noch etwas Günstigeres?", fragte ich.

Der Verkäufer schüttelte den Kopf.

„Nicht in deiner Größe", antwortete er auf meine Frage. Ich seufzte und hielt ihm meine Kreditkarte hin. Mir blieb keine andere Wahl, als den Neoprenanzug zu kaufen.

Ich musste weiter surfen und durfte nicht auch noch krank werden. Denn dann könnte ich mir die Prüfung in ein paar Wochen aus dem Kopf schlagen. Zum ersten Mal in meinem Leben bat ich um die Quittung.

Mit knapp 400 € weniger auf meinem Bankkonto, aber dafür einem warmen Neoprenanzug in den Händen, lief ich zurück zum Camp. Ich hoffte, dass mein Geld reichen würde, um noch zur Prüfung fahren zu können. Denn leihen wollte ich mir nichts.

Kapitel 42

Quallen und große Wellen

In der darauffolgenden Woche konnten wir alle weniger surfen als gedacht. Der Grund dafür waren Feuerquallen, die die französische Atlantikküste besiedelten.

Ihre Tentakel hinterließen rote Quaddeln auf der Haut, die stark juckten, aber zum Glück nicht tödlich waren. Die Quallen selbst schienen viel anfälliger für das Sterben zu sein, denn sie lagen in Scharen im Sand herum, was an ein Schlachtfeld erinnerte.

Wir hatten unseren Surfschülern erklärt, wie es sich mit den Quallen verhielt, doch sie hatten so viel Panik vor den Tieren, dass sie sich weigerten, ins Wasser zu gehen.

Ich konnte ihre Angst verstehen, doch, dass einige direkt zu Hajo liefen und ihr Geld zurück verlangten, das wiederum fand ich unangemessen.

Ich wusste nicht, was ich zu all dem sagen sollte, ich war bereit dazu, Surfunterricht zu geben, genau wie meine Kollegen. Aber wenn die Surfschüler nicht wollten, konnten wir auch nicht viel ausrichten.

Im Endeffekt sah ich die Quallenzeit, die sich über knapp eine Woche zog, als positiv an. Ich hatte mehr Zeit, um selber surfen zu gehen und an meinen Manövern zu feilen.

Das Ganze war mit einer Menge Fluchen verbunden, denn auch ich verbrannte mich immer wieder an den Tentakeln. Nach dieser Woche waren sowohl meine Hände, als auch meine Füße von Verbrennungen und Bläschen übersät. Dafür hatte ich mir aber mit weniger Leuten das Line-up teilen müssen.

Doch auch nachdem die Quallen verschwunden waren, wurden die Bedingungen nicht wirklich besser. Zumindest nicht für mich. Der Swell hatte zugenommen und bescherte uns riesige Wellen. Das Donnern und Krachen war schon vom Camp aus zu hören. Und im Gegensatz zu mir waren meine männlichen Surflehrerkollegen hocherfreut über die „Bomben", die herein kamen.

Nach dem Unterricht rannten sie mit ihren Boards ins Wasser, als ob es kein Morgen geben würde. Anfangs versuchte auch ich noch mit ihnen raus zu paddeln. Mein Ehrgeiz war wieder geweckt, mir war egal, was die anderen dachten. Ich war so risikobereit wie nie zuvor in meinem Leben und wollte unbedingt mit den Jungs mithalten. Auch wenn die Bedingungen für mich viel zu groß waren.

Das Rauspaddeln war für mich die größte Herausforderung überhaupt. Immer wieder knallten mir Monsterwellen auf den Kopf. Ich versuchte, mein Brett zu duckdiven, was nicht ganz so funktionierte, wie ich mir das vorstellte. Unkontrolliert wurde mir mein Board von den Wellen entrissen und knallte mir bei dem Versuch, es unter Wasser festzuhalten, gegen sämtliche Körperteile. Dann wurde ich meistens von den Wellen mitgerissen und zurück Richtung Strand gespült. Meine Mission ins Line-up zu kommen, muss erbärmlich ausgesehen haben. Ein Kampf, den ich nur verlieren konnte.

Wenn ich es dann wieder Erwarten doch raus geschafft hatte, ohne zu ertrinken, wurde ich beim Versuch eine Welle zu nehmen, mit voller Wucht ins Wasser katapultiert und auf den sandigen Untergrund geschmettert. Immer wieder tauchte ich nach Luft japsend mit einem komplett versandeten Gesicht auf. Es war frustrierend, doch ich wollte nicht aufgeben.

Solange, bis ich einmal zu viel Wasser geschluckt hatte und mich davon übergeben musste. Erst dann gab ich mich geschlagen und sah ein, dass es keinen Sinn für mich machte, bei der Größe der Wellen surfen zu gehen. Auch wenn es sich anfühlte, als hätte ich versagt, war es doch irgendwie ok. Denn immerhin hatte ich alles gegeben.

Von da an setzte ich mich nur noch an den Strand und schaute den Jungs zu, wie sie auf den Wellen performten. Es war faszinierend, doch irgendwie fehlte mir etwas. Die Surflehrer aus meinem Camp konnten extrem gut surfen, aber es löste nichts in mir aus. Irgendwie hatten sie nicht dieses „Gefühl" für die Wellen, das Louis und Adrien hatten. Sie surften perfekte Manöver, aber verschmolzen nicht miteinander. Es war kein Tanz zwischen ihnen zu sehen, keine Beziehung. Irgendwie sah alles zu perfekt aus.

Und dann dieser ewige Wettkampf um die größte Welle...

Wo dieser Wettkampf noch hinführen sollte, musste ich leider ein paar Tage später selbst mit ansehen. Fred und zwei andere Surflehrer waren bei „richtig sick" aussehenden Bedingungen surfen gegangen. Kolosse aus Wasser, die hereingerollt kamen. Das Geräusch, der auf den Strand brechenden Wellen, ließ mir das Blut in den Adern gefrieren. Für kein Geld der Welt wäre ich an diesem Tag rausgepaddelt. Die drei Jungs waren die einzigen, die lebensmüde genug waren, denn sonst war niemand im Wasser zu entdecken.

Das gesamte Team des Camps sowie alle Surfschüler standen am Strand versammelt und beobachteten das Geschehen. Wir schauten den dreien dabei zu, wie sie um die Wellen kämpften. Wie sie um ihr Leben kämpften.

Aus der Ferne sahen sie aus wie kleine Strichmännchen, die auf riesigen, sich auftürmenden Wellenbergen umhergeworfen wurden. Durch eine graue Himmelsfarbe wurde der Moment passend untermalt.

Mit einem Grollen kündigte sich das Set des Tages an. Ich hielt die Luft an, als es hereingerollt kam. Die schlammfarbenen Wellen maßen mindestens 3,5 m und brachten eine enorme Energie mit sich. Fred paddelte direkt die erste Welle an. Gebannt schauten wir ihm zu. Seine Freundin filmte ihn. Man konnte die Spannung in der Luft förmlich spüren, als Fred schneller und schneller paddelte, um die Welle zu bekommen. Sie wurde steiler und steiler. *Eine Monsterwelle,* dachte ich nur und war heilfroh, dass ich nicht da draußen war. Ich hätte Todesangst gehabt.

Im ersten Moment sah alles gut aus, Fred machte seinen Take off und sprang auf, doch irgendwas ließ ihn aus dem Gleichgewicht kommen. Er stand vielleicht eine Sekunde auf dem Board, dann fiel er und wurde von der Monsterwelle mitgerissen. Ich sah noch wie er „Over the falls [25]" ging, sah sein weißes Board, wie es mitgerissen wurde. Ein Raunen ging durch die Runde.

---

[25] „Over the falls" beschreibt einen Wipe Out und meint, dass der Surfer vom oberen Wellenbereich in den unteren mitgerissen wird

„Das muss wehtun!", sagte jemand. Dann hörten wir die Welle auf den sandigen Untergrund knallen. Ein unschönes Geräusch, vor allem, weil ich wusste, dass es Fred war, der gerade von der Welle verschluckt wurde. Ich hörte seine Freundin kurz aufschreien, dann ließ sie die Kamera fallen und lief zur Wasserkante. Ich betete, dass nichts passiert war. Dann lief ich ihr hinterher. Von Fred war nichts zu sehen. Nur sein weißes Board schwamm an der Wasseroberfläche. Ohne ihn. Fred musste noch immer unter Wasser treiben. Die Zeit verging und ich stand nur wie gelähmt da. Ich wusste nicht, wie lange Fred schon unter Wasser war. Sollte ich zu ihm schwimmen?

Nun kamen auch die anderen Surflehrer zur Wasserkante gerannt. Hannah und ich starrten nur auf das Board, in der Hoffnung, gleich einen braunhaarigen Kopf auftauchen zu sehen. Aber nichts geschah. Nun machte ich die ersten Schritte ins Wasser. Wir mussten ihn doch irgendwie daraus holen! Aber meine Beine weigerten sich weiter zu laufen. Es war einfach zu gefährlich bei dieser Wellengröße.

Langsam brach Panik aus, alle wurden unruhig. Doch keiner wusste, was zu tun war.

Dann ging alles ganz schnell: Zwei der Surflehrer aus unserem Camp rannten an mir vorbei, tauchten durch die entgegenkommenden Wellen und begannen zu ihrem Freund zu schwimmen. Immer wieder wurden die beiden von der Strömung mitgerissen und zur Seite getrieben. Sie hatten enorm zu kämpfen. Kurz bevor sie bei Freds Surfboard ankamen, sah ich endlich einen Kopf aus dem Wasser tauchen. Den Kopf von Fred. Er bewegte sich, also musste er definitiv noch am Leben sein. Ich atmete auf.

Nach einigen Minuten kamen die anderen beiden bei ihm an und begannen ihn abzuschleppen. Als sie nach einer gefühlten Ewigkeit fast den Strand erreicht hatten, liefen Hannah und ich ihnen ein Stück im Wasser entgegen, um zu helfen. Zu viert schleppten wir Fred an Land. Er schien bei Bewusstsein zu sein, wenn auch nicht vollkommen. Er hustete und würgte. Aus seiner Nase floss Blut.

Damit, dass Fred- der beste Surfer aus unserem Camp, einen Surfunfall haben würde, hätte wohl kaum jemand gerechnet.

Zusammen legten wir ihn ein paar Meter weiter im etwas härteren Sand ab. Sein Stöhnen ließ mich nur erahnen, dass er sich durch den Aufprall eine ernsthafte Verletzung zugezogen hatte.

„Wie geht's dir, Kumpel?!", fragte ihn Paul.

„Geht so", antwortete Fred und deutete auf seine Rippen.

„Oh scheiße", murmelte der andere. „Kannst dann jetzt erstmal nicht mehr surfen gehen, was?"

Fred rollte mit den Augen.

„Danke, Elias", nuschelte er.

„Sollen wir einen Krankenwagen holen?", fragte Hannah besorgt.

Fred schüttelte mit dem Kopf.

„Das ist übertrieben", sagte er.

„Ist bestimmt nur eine kaputte Rippe, mir geht's gut."

„Dir geht's überhaupt nicht gut. Du musst zu einem Arzt!", erwiderte Hannah. Unter einem Stöhnen richtete Fred sich auf.

„Und was soll der machen?", fragte er.

„Dich röntgen und nachsehen, ob du irgendwelche inneren Verletzungen hast", mischte ich mich etwas besserwisserisch ein. Triumphierend schaute Hannah ihren Freund an. Fred schnaubte.

„Was für ein Schwachsinn! Ich brauche keinen Arzt! Der kann auch nichts machen!"

Hannah und ich schauten uns an. Sie zuckte hilflos mit den Schultern. Mittlerweile war auch das restliche Camp bei uns angekommen und hatte sich in Scharen um uns versammelt.

„Ihr könnt alle wieder nachhause gehen!", rief Fred der Masse zu. „Ich lebe noch! Hier gibt es nichts zu sehen!"

„Sollen wir einen Krankenwagen rufen?", fragte wieder jemand. Was durchaus berechtigt war, bei Freds Anblick.

Doch dieser fand diese Frage alles andere als angebracht, sondern total übertrieben.

„Verdammt nochmal! Ich brauche keinen Krankenwagen!", rief er nun genervt. Er zuckte zusammen, während er das sagte.

„Es ist alles in Ordnung!" Als Beweis richtete er nun seinen Oberkörper auf und versuchte aufzustehen. Man sah seine zusammengebissenen Zähne, Schweißperlen, die ihm die Stirn hinunter liefen. Man sah den puren Schmerz in seinem Gesicht, als er versuchte, sich hochzudrücken. Bestimmt 20 Augenpaare waren auf ihn gerichtet. Es war mucksmäuschenstill. Niemand wollte ihn anfassen, aus Angst, nur noch mehr kaputt zu machen. Und niemand wollte etwas sagen, aus Angst das falsche zu sagen.

„Hilf mir doch!", fauchte Fred und schaute zu Paul.

Schnell reichte dieser seinem Kollegen die Hände und half ihm auf die Füße.

Das Stehen schien für Fred noch eine wackelige Angelegenheit zu sein. Scharf sog er die Luft ein und hielt sich mit der linken Hand den rechten Rippenbogen. Er stand ganz still da, als könnte er mit der nächsten Einatmung direkt zerbrechen.

„So, gibt doch gleich Abendessen, ich geh dann mal.", sagte Fred betont lässig. Er schaute auf sein Surfboard, das noch im Sand lag.

„Kannst du das bitte für mich tragen?", fragte er Hannah. Sie nickte nur und hob das Board hoch, da er nicht mehr in der Lage zu sein schien, seinen Oberkörper zu beugen.

Langsam bahnte Fred sich seinen Weg durch die Menschenmasse.

„Ich brauche erstmal ein Bier", sagte er und machte sich im Zeitlupentempo auf den Weg zurück ins Camp. Paul, Elias und ich folgten ihm auf Schritt und Tritt und wir kamen tatsächlich ohne weitere Zwischenfälle im Camp an. Wir mussten Fred helfen, sich aus seinem Neoprenanzug zu schälen, da er seinen Oberkörper nicht mehr bewegen konnte.

Ich war genervt davon, dass er nicht zum Arzt fahren wollte. Dass ihm seine Gesundheit egal zu sein schien. Ich verstand es einfach nicht und konnte mich über so viel Gleichgültigkeit dem eigenen Körper gegenüber nur aufregen.

Aber das schien sowieso so ein Surferphänomen zu sein, wie ich im Laufe der Jahre feststellen musste.

Kapitel 43

Süchtig nach Meer

Fred war tatsächlich gezwungen, sich die nächsten Tage auszuruhen. Zum Glück verbot Hajo es ihm, zu arbeiten, und surfen gehen konnte er dann auch nicht. Er war weiterhin der Ansicht, keinen Arzt zu brauchen. Er wollte „mit der Kraft des Alkohols" heilen, wie er uns scherzhaft mitteilte. Sein Vorhaben schien er aber dann doch relativ wörtlich zu nehmen, denn er war so gut wie jeden Abend betrunken. Meistens lag er den Tag über irgendwo im Camp herum. Das Bild eines kaputten Suchtkranken. Eines Surfers.

Manchmal unterhielten wir uns und redeten über alles Mögliche. Ich erzählte ihm von Pedro, wie sehr ich ihn vermisste und von meinen Bedenken bezüglich der anstehenden Surflehrerprüfung. Und davon, dass ich mich zum ersten Mal in meinem Leben verstanden fühlte. Dass ich umgeben war von Gleichgesinnten. Ich erzählte ihm von meinen Ängsten zurück nach Deutschland zu müssen und, dass es mich fertig machte, nicht zu wissen, wie meine Zukunft aussehen würde. Denn das tat es. Ich wollte das Gefühl von Sicherheit.

Am liebsten hätte ich schon mein ganzes Leben geplant und gewusst, was auf mich zukommen würde. Aber so war das Leben nicht und damit musste ich mich wohl abfinden. Ich wusste ja nicht mal, was in drei Wochen sein würde. Entweder ich würde die Prüfung bestehen oder nicht. Aber selbst, wenn ich bestehen würde, wollte ich zurück nach Fuerteventura gehen? Wollte ich dort als Surflehrerin arbeiten? Oder doch ganz woanders hin?

Der Fakt, dass ich keine dieser Fragen beantworten konnte, machte mich wahnsinnig. Es war das schlimmste Gefühl, in der Luft zu hängen, unentschlossen zwischen den Entscheidungen zu stehen und nicht zu wissen wohin die Reise gehen würde. Nur einer Sache war ich mir sicher: Ich war genauso süchtig wie Fred. Süchtig nach dem Meer und nach dem Surfen. Und ich konnte mir ein Leben ohne mein Suchtmittel nicht mehr vorstellen.

Um mich und Fred auf andere Gedanken zu bringen erzählte ich von den Surfschülern, die gerade bei Paul und mir in der Gruppe waren. Es war die unsportlichste Truppe, die man sich hätte vorstellen können. Sie bestand aus fünf Informatik- und Physikstudenten, allesamt spindeldürr und weiß wie die Wand meines früheren Physikraumes. Es wurde wirklich zu einer Art „Mission", ihnen das Surfen beizubringen. Selbst im Wasser wollten sie ihre Harry Potter Brillen nicht absetzen, weshalb sie einen Großteil der Zeit damit beschäftigt waren, diese in den Tiefen der Schaumwellen zu suchen...

Mit meinen Erzählungen brachte ich Fred wenigstens zum Lachen und auf andere Gedanken, denn seit seinem Unfall herrschte Eiszeit zwischen Hannah und ihm.

Da in dieser Woche die Wellen nicht besonders gut waren, war ich nicht sehr motiviert, surfen zu gehen. Ich stellte eine Art „Hängereinstellung" bei mir fest, die ich in dem Ausmaß von mir nicht kannte. Insbesondere dann nicht, wenn es ums Surfen ging.

Doch irgendwie steckte ich so in meinem Gedankenkarussell, in meinen Zweifeln und Unsicherheiten die Zukunft betreffend fest, dass ich in eine Art „Schockstarre" verfiel und einfach gar nichts mehr tat. Ich versuchte mir einzureden, dass sich alles fügen wird. Alles so geschehen wird, wie es soll. Und, dass am Ende eh alles gut werden würde. Ich wusste ja, dass ich eigentlich meine Turns fahren konnte. Ich konnte sogar einen Cutback surfen. Wenn es die richtigen Bedingungen waren, wenn ich einen guten Tag hatte, wenn ich mich gerade mal nicht verletzt hatte und wenn einfach alles passte...

Aber wie oft kam das vor? Wie viele Faktoren mussten zusammenspielen, dass mein Vorhaben gelingen würde? Ich wusste es nicht.

Und noch weniger konnte ich einschätzen, wie die Wellen werden würden, wenn ich meine Surflehrerprüfung haben würde. Wenn ich dem Forecast glauben konnte, würde es so groß werden, wie an dem Tag, als das mit Fred passierte. Und bei solchen Bedingungen würden mich keine zehn Pferde ins Wasser bringen. Kurz gesagt, hatte ich einfach nur eine Heidenangst, aus der eine „Alles egal Einstellung" resultierte, die mir aber keineswegs weiterhalf. Aber die ich in dem Moment auch nicht ändern konnte. Ich hätte auch nicht gewusst wie und versuchte daher, einfach alles auf mich zukommen zu lassen.

Surfunterricht zu geben forderte mich in meiner vorletzten Woche immer mehr. Ich war kaputt, die Wellen waren schlecht, es war kalt und windig und von meiner Motivation war so gut wie nichts mehr übrig. Nachdem Paul und ich unseren Unterricht gegeben hatten, machte ich mich auf den Weg zurück ins Camp. Meistens setzte ich mich zu Fred, manchmal telefonierte ich mit Pedro. Wobei auch unsere Anrufe mit der Zeit immer weniger wurden, da es sich für mich sinnlos anfühlte. Hatten wir überhaupt die Chance auf eine gemeinsame Zukunft?

Zweimal die Woche gab es einen „Bar Abend", an dem Fred und ich die Leute waren, die am meisten Geld loswurden. Hannah und Fred hatten sich vor ein paar Tagen getrennt, die Gründe kannte ich nicht, aber Hannah war Hals über Kopf abgereist. Und Fred musste seinen Kummer irgendwie betäuben. Und ich machte mit. Warum auch immer.

Eines Nachts, als ich gerade leicht angetrunken über den Campingplatz spazierte, wurde ich von einer Frau angehalten. Ich war erst etwas verwirrt, denn ich wusste nicht, was sie von mir wollte und ich wollte eigentlich nur meine Ruhe haben. Sie war eine der Kursteilnehmerinnen und hieß Andrea, soviel wusste ich. Sie war kleiner als ich, braunhaarig und hätte auf den ersten Blick gut in meine und Pauls „Nerdgruppe" gepasst.

„Wo gehst du hin?", fragte sie mich und lief neben mir her. Mit ihren kurzen Beinen war sie viel langsamer als ich.

„Weiß nicht", antwortete ich kurz angebunden. Eigentlich hatte ich vor, Pedro anzurufen, aber das konnte ich ja nun vergessen.

„Wollen wir uns dahinsetzen?", fragte Andrea außer Atem.

Ich war genervt. Konnte ich nicht einfach mal meine Ruhe haben?

„Von mir aus", ich zuckte mit den Schultern.

Andrea strahlte und lief zur nächsten Sitzgelegenheit. Einer Bordsteinkante. Ich kannte sie kaum. Warum wollte sie mit mir reden? Ich ließ mich neben sie auf den Asphalt plumpsen und schaute sie fragend an.

„Weißt du", begann sie. „So ein Sternenhimmel ist schon was Romantisches".

Ich zog eine Augenbraue hoch.

„Naja, also es ist romantisch, wenn man die Sterne mit der Person beobachten kann, die man mag..."

Sie warf mir vielsagende Blicke zu. Meinte sie etwa mich? Ich war irritiert. Hatte sie gekifft? Ich schaute mir ihre Augen an, doch sie waren klar und auch sonst, sie roch weder nach Gras, noch nach Alkohol.

„Ja, kann sein", sagte ich nur. Mit dem Fuß schabte sie auf der sandigen Straße herum. Sie schien ungeduldig, aber ich verstand einfach nicht, was sie von mir wollte. Nach ein paar Sekunden der Stille, in denen ich schon überlegte, ob ich einfach aufstehen und gehen sollte, rückte sie dann aber doch mit der Sprache heraus.

„Also, du verstehst dich ja gut mit Fred oder?" *Ah ja, daher weht der Wind,* dachte ich nur.

„Ja", antwortete ich.

„Naja, ich habe mir echt Sorgen gemacht um ihn, als das neulich passiert ist. Und jetzt habe ich gehört, dass er nicht mehr mit seiner Freundin zusammen ist. Da dachte ich, du könntest mir vielleicht mal etwas von ihm erzählen.

„Ähhh", antwortete ich. „Keine Ahnung, was soll ich dir erzählen?"

„Naja, irgendwas von Fred. Findest du ihn nicht auch so verdammt heiß wie ich?", fragte sie mich.

Ich schüttelte den Kopf. Was war nur los mit den Menschen?

„Keine Ahnung, wir verstehen uns gut, er ist nett, das war's", sagte ich."

„Auf welchen Typ Frau steht er denn so?", fragte sie mich. Ich glaubte meinen Ohren nicht zu trauen. *Wieso sitze ich hier noch?* fragte ich mich.

„Was weiß ich denn?!", antwortete ich genervt.

„Vielleicht kannst du mir ja helfen, da mal was zu organisieren mit Fred", redete sie einfach weiter.

„Der hat sich gerade von seiner Freundin getrennt, dabei werde ich dir sicher nicht helfen!" antwortete ich. Traurig schaute sie mich an.

„Ich muss jetzt los, bin noch zum Telefonieren verabredet", sagte ich und stand einfach auf.

Als ich am nächsten Tag mit Paul am Strand stand und unsere Gruppe unterrichtete, hatte ich unsere nächtliche Begegnung schon fast wieder vergessen. Bis ich alle aus dem Wasser gepfiffen hatte und mir etwas zum Trinken holte. Da sah ich sie bei meinen Sachen sitzen- Andrea. Lächelnd winkte sie mir zu. Ich hatte Mühe, zurück zu lächeln. Wahrscheinlich war es eher eine dieser gruseligen verzerrten Fratzen die ich machte, als ich sie sah, aber ich gab mir wirklich Mühe es freundlich aussehen zu lassen.

„Hi", sagte sie als ich meine Sachen zusammen packte.

„Hi", antwortete ich.

„Willst du schon gehen?", fragte sie. Ich nickte.

„Ich komme mit, ok?", fragte sie. Ich atmete tief ein.

„Klar", sagte ich und schnallte meinen Rucksack auf.

15 Minuten Fußmarsch, vom Strand über die Düne bis ins Camp. Das schaffst du, dachte ich.

Wir machten uns auf den Weg.

„Gehst du zu Fred?", fragte sie.

„Ich gehe zurück ins Camp", antwortete ich.

„Kannst du ihn vielleicht von mir grüßen? Ich sehe ihn ja nur noch beim Essen, jetzt wo er keinen Unterricht mehr gibt."

„Ja natürlich", antwortete ich betont gelassen.

Konnte sie mich nicht einfach in Ruhe lassen?

Auf dem Weg über die Dünen und Trampelpfade schwärmte sie mir von Fred vor. Ganze 15 Minuten lang. Von seinen „starken männlichen Schultern", seiner „rauen Stimme" und seiner „besonderen Art". Ich war überfordert und wusste nicht, was ich zu all dem sagen sollte. Meistens machte ich nur „Hmm" oder „Mhm". Als wir das Camp betraten, atmete ich erleichtert auf. Es waren nur noch ungefähr 50 Meter bis zum Teambereich.

„Es ist ja so schade, dass ihr einen abgetrennten Bereich habt, sonst könnte ich auch bei euch abhängen", sagte Andrea.

Nein, dachte ich, und

„Ja, stimmt, ganz schade", antwortete ich. „Bis morgen", sagte ich noch und stapfte zu meinem Zelt.

Wie auch die Tage zuvor lag Fred auf der Couch im Teambereich. Heute war er ausnahmsweise mal am Lesen, anstatt am Handy zu sein. Ein Fortschritt. Die Bierflasche hatte er trotzdem in der Hand obwohl es erst 15 Uhr war.

„Willst du auch?", fragte er mich und reichte mir ein Radler, dass er neben sich in den Sand gestellt hatte. Ich nahm es an. Dieses ganze Gequatsche von Andrea war so nervtötend gewesen, dass ein bisschen Alkohol da sicher helfen würde. Auch wenn ich eigentlich kein großer Fan davon war.

Kapitel 44

(Un)motiviert

Wie ich am nächsten Morgen feststellen musste, hatten weder Fred noch der Alkohol einen guten Einfluss auf mich. Ich schaffte es kaum aus dem Bett. Meine Augen waren wie zusammengeklebt. Mein Kopf war schwer wie Blei, zog mich zurück in die Kissen und machte es fast unmöglich, aufzustehen.

Doch im Gegensatz zu Fred, der in Ruhe seinen Kater ausschlafen konnte, musste ich heute arbeiten. Ich stöhnte. Wenn das das Surflehrerleben sein sollte, dann musste ich das Ganze noch einmal gründlich überdenken. Am liebsten hätte ich die Augen direkt wieder zugemacht. Verschlossen vor diesem Tag, der ganzen Woche und der Prüfung, die mir bevorstand. Denn diese würde in einer Woche beginnen.

Bei dem Gedanken an diese Tatsache war ich auf einmal hellwach. Ich hatte nur noch eine Woche?! Nur noch 6 Tage zum Trainieren. Und ich war dabei, meine Zeit zu verschwenden. Was ich tat brachte mich meinem Ziel definitiv nicht näher. Eher entfernte ich mich noch davon, denn der Alkohol tat nichts für mich, eher raubte er mir nur meinen Schlaf, meine Konzentration und Energie.

Trotz Kopfschmerzen und einem dösigen Gefühl beeilte ich mich heute mit dem Anziehen. Ich schaute auf meine Uhr, Ich hatte noch ungefähr eine Stunde, bevor ich arbeiten musste. Das würde nicht reichen, um selber surfen zu gehen. *Morgen früh wird das anders laufen!* sagte ich mir selbst.

An diesem Abend entsagte ich sowohl Fred, dem Barabend als auch dem Alkohol und ging früh ins Bett.

Als ich am nächsten Morgen den Reißverschluss meines Zeltes öffnete und mein Fuß den noch kühlen Sand berührte, erblickte ich Fred. Er saß auf der Couch im Teambereich und schaute mich erwartungsvoll an. Als hätte er nur auf mich gewartet.

„Ich habe dich vermisst gestern", sagte er.

„Hab mir schon gedacht, dass du surfen gehen willst".

„Ja, genau", antwortete ich und gähnte. „So kann es wirklich nicht weitergehen." Er nickte.

„Na dann, worauf wartest du noch?"

„Du willst doch nicht etwa auch surfen gehen?", fragte ich ihn entsetzt.

Er schüttelte mit dem Kopf.

„Nein, ich wollte mitkommen und dir Tipps geben."

„Ok", sagte ich. „Warum nicht?"

Gemeinsam machten wir uns im Halbdunkeln auf den Weg zum Strand. Fred schien noch immer nicht fit zu sein, aber das war nicht verwunderlich, bei einer vermutlich gebrochenen Rippe und dem ganzen Alkoholkonsum. Er hatte sich von niemandem überzeugen lassen, zum Arzt zu gehen. Auch nicht von Hajo.

Am Strand angekommen setzte er sich ein paar Meter von der Wasserkante entfernt in den Sand.

„Mach du nur", sagte Fred. Er zog eine Kamera aus seiner Tasche.

„Danach können wir gemeinsam Videoauswertung machen."

Ich erstarrte. Ich hatte nicht damit gerechnet, dass er mich filmen wollte. Da müsste ich mir ja besondere Mühe geben. Ich seufzte.

„Na super", sagte ich. Vielleicht hätte ich dankbar sein sollen, dass er mir helfen wollte. Aber irgendwie war ich nicht wirklich begeistert.

„Ich werde schon nichts Fieses sagen", sagte er, als er meinen Blick sah.

Ich nickte und band mir in Zeitlupe die Leash um den Knöchel.

„Wenn du in dem Tempo weiter machst, ist das Line-up schneller voll als du gucken kannst" sagte Fred und grinste mich an.

„Ok, bis gleich", antwortete ich und lief ins Wasser.

Nach Tagen des Nichtsurfens fühlte sich das Wasser umso besser an. Kalt, aber dank meines Neos war es gut auszuhalten. Als ich mich auf mein Board warf, spürte ich, wie eine Lebendigkeit mich durchflutete. Plötzlich war ich hellwach. Unter den Weißwasserwellen versuchte ich hindurch zu tauchen. Es funktionierte mehr oder weniger. Insgeheim hoffte ich, dass Fred meine Duckdiveversuche nicht sah. Ich war immer noch nicht wirklich gut darin, mein Board so tief unter Wasser zu drücken, dass die Welle komplett über mir entlanglief.

Die Wellen hatten eine entspannte Größe für mich. Sie gingen mir bis zur Brust und brachen ausnahmsweise nicht ganz so steil. Ich hätte richtig performen können. Hätte ich nicht gewusst, dass Fred mir zuschaut. Denn ich spürte seine Blicke auf jeder meiner Bewegungen. Und dadurch sah die Lage ein bisschen anders aus. Ich war nicht gelassen genug, spürte wie angespannt ich surfte.

Ich war mir sicher, dass es an Freds Anwesenheit lag. Daran, dass er besser surfen konnte und mir nun zuschaute. Dass er der „Lehrer" war und mich bewertete. Es war fast wie in der Schule, nur dass es nicht um Noten ging, sondern darum, diesen Schein zu bestehen, was mir wichtiger war als alles andere. Und es ging nicht nur um 1300 Euro, sondern auch um meine Zukunft. Um meinen Lebenstraum. Ob er die Chance hatte, wahr zu werden oder nicht. Aber wie sollte das ganze funktionieren, wenn ich mich schon bei Fred nicht konzentrieren konnte? Bei der Prüfung würde uns der Prüfer ja höchstwahrscheinlich auch vom Strand aus beobachten und filmen.

Gestresst kam ich eine Stunde später aus dem Wasser. Meine Gedanken machten mich fertig. Ich musste dringend entspannter werden, aber wie sollte das gehen, wenn es einfach um alles ging?

Tropfend legte ich mein Surfboard in den Sand und setzte mich neben Fred.

„Ich bin mir nicht sicher, ob das für die Prüfung reicht", sagte er direkt.

„Ja, danke", sagte ich genervt. Damit, dass so eine Aussage kommen würde, hatte ich schon gerechnet. Mit der Unsicherheit, ob mein Können ausreichte die Prüfung zu bestehen, schlug ich mich ja schon seit Wochen herum. An manchen Tagen war ich mir sicher, dass ich es schaffen würde. Ich fühlte mich stark, selbstbewusst, energiegeladen. Alles war einfach. Im nächsten Moment hielt ich mich für den größten Verlierer und fragte mich, wie ich es überhaupt an diesen Punkt hatte schaffen können. Nichts funktionierte. Es war zum Verrücktwerden.

„Wo ist dein Flow?", fragte Fred.

„Keine Ahnung", antwortete ich. „Nicht da."

Ich stütze meinen Kopf in meine Hände und blickte aufs Meer.

„Da draußen vielleicht."

In dem Moment fühlte es sich an, als hätte es sich gegen mich verschworen. Es fühlte sich an, als würden mir ständig 1000 neue Steine in den Weg gelegt werden. Und ich war nur damit beschäftigt diese aus dem Weg zu räumen. Oder darüber zu klettern. Ich wünschte mir einen Weg frei von Steinen. Einen Feldweg, mit Blümchen am Wegesrand. Aber wahrscheinlich wäre es dann nicht mein Weg gewesen.

„Ich weiß, dass du das besser kannst", riss Fred mich aus meinen Gedanken.

„Neulich, als so viele Leute am Strand waren, da bist du mega gut gesurft."

„Danke, das ist nett, dass du das sagst", antwortete ich.

„Wenn du so surfst wie an dem Tag, dann schaffst du es auf jeden Fall!"

„Aber das waren ja auch Miniwellen", entgegnete ich.

„Ja, aber das macht ja nichts, da hast du richtig rasiert, und alle von dir überzeugt."

Ich grinste ihn an.

„Du musst einfach ausblenden, dass du gefilmt wirst", sagte Fred. *Als ob das so einfach ist,* dachte ich und seufzte.

Vor allem waren es an jenem Tag extrem kleine Wellen, der Forecast sagte für nächste Woche aber einen Riesenswell voraus.

„Du wirst das schon schaffen, es gibt ja mehrere Tage, an denen du dich beweisen kannst."

Ich hoffte er würde Recht behalten.

„Den Film kannst du wieder löschen", sagte ich, als wir die Düne zum Camp hinauf stapften.

Er schüttelte mit dem Kopf.

„Ich schick ihn dir vorher noch per E-Mail und dann kannst du damit machen, was immer du willst."

„Weißt du eigentlich, ob Andrea noch da ist?", fragte er mich nach einer Minute der Stille.

„Ich glaube, die ist schon wieder weg", sagte ich nur. Plötzlich hatte ich ein schlechtes Gewissen. Was, wenn er sie gut gefunden hatte und ich hatte ihm nichts davon erzählt...

„Wieso fragst du?", fragte ich ihn.

„Nur so."

Ich schaute ihn prüfend an.

„Ich fand sie irgendwie ein bisschen anstrengend", rückte Fred mit der Sprache heraus. Ich atmete auf.

„Die ist ständig an Orten aufgekreuzt, an denen ich auch war, als ob sie mich verfolgt hätte. Einmal hat sie vor dem Klo auf mich gewartet."

Ich musste lachen. Dann erzählte ich ihm, wie Andrea mich zu ihm ausgefragt hatte, und wie sie mir nachts von ihm vorgeschwärmt hatte.

„Sie hat mich gefragt, auf welchen Typ Frau du stehst", sagte ich.

Fred musste wieder lachen.

„Naja, da fällt mir nur eine ein."

„Hannah?", fragte ich. Er schüttelte mit dem Kopf.

„Nein, nicht Hannah. Eher so eine Praktikantin."

Ich muss ihn wohl ziemlich verwirrt angeschaut haben.

„Na die, die gerade neben mir läuft", klärte er mich schließlich auf.

Verdutzt schaute ich ihn an. Damit hatte ich nicht gerechnet. Nun beschleunigte ich meinen Schritt etwas. Was sollte ich darauf antworten?

Alles, was ich aus mir heraus brachte war ein verlegenes Lachen, dann wechselte ich schnell das Thema. Wir redeten über belanglose Dinge. Über Surfboards. Über unsere neuen Surfschüler, von denen ich mir nicht mal die Namen merken konnte.

Kapitel 45

Am Leben

Die letzte Praktikumswoche in Frankreich war hart und wurde zur Zerreißprobe für mich. Jeden Morgen stand ich noch vor Sonnenaufgang auf, um surfen zu gehen. Als ob ich in den wenigen Tagen noch viel hätte ändern können. Wenn ich jetzt nicht gut genug war, dann würden vermutlich auch diese sechs Tage Training nicht mehr viel bringen. Trotzdem wollte ich keine Zeit verschwenden und alles geben. Auch wenn mein Körper mir mit einem schmerzenden Rücken zu verstehen gab, dass ich ihm zu viel zumutete. Ich ignorierte ihn. Mal wieder. Ich konnte einfach nicht anders. Auf einmal wurde mir wieder bewusst, wie sehr ich Surflehrerin werden wollte. Um jeden Preis.

Das viele Training kam mir aber auch zugute, da ich so von Freds Aussage abgelenkt war, die nur ein zusätzlicher Stressfaktor für mich war. Denn weder wusste ich, was ich darauf antworten konnte, noch wie ich mich ihm gegenüber verhalten sollte. Mein Training war daher die beste Ausrede, ihm aus dem Weg zu gehen.

Diese Woche unterstützte ich Paul beim Surfunterricht. Es war anstrengend. Es war kalt. Wieder hatten wir eine neue Gruppe. Neue Menschen. Neue Namen, die ich mir merken musste. Das alles wurde zu viel für mich. Der Druck, den ich mir selber machte, die Arbeit, meine Geldsorgen. Die ständige Unsicherheit, was meine Zukunft bringen würde.

Auch wenn ich es liebte zu unterrichten, ich konnte mich nicht konzentrieren und war nur noch körperlich anwesend. Meine Gedanken schweiften ständig ab. Zu Pedro nach Fuerteventura, zu diversen Zukunftsideen, zu meiner Vergangenheit, die ich um keinen Preis zurück wollte. Ich hasste das Gefühl, auf der Stelle zu treten und wollte irgendetwas tun. Weiterkommen. Doch ich musste einsehen, dass ich nichts machen konnte. Surfen zu gehen war das einzige, was ich in der Hand hatte. Es war, als drehte ich mich im Kreis. Meine Gedanken überfluteten mich. Ich konnte sie nicht mehr sortieren, es waren einfach zu viele.

Doch auch diese Woche ging irgendwie vorbei. Und dann stand ich da. Morgens um acht Uhr an einer Bushaltestelle in Frankreich. Mit meinem Koffer und meinem Surfboard wartend auf den Bus, der mich in den Ort zu meiner Surflehrerprüfung bringen sollte. Alles schien mir so unwirklich. So unreal. Tatsächlich war ich jetzt an diesem Punkt angelangt. Nie hätte ich damit gerechnet. Und irgendwie war dieser Moment doch so echt wie selten etwas in meinem Leben.

Es war nebelig, als ich in den Bus einstieg, und kalt. So kalt, dass Atemwölkchen entstanden, als ich ausatmete. *Der Nordwind,* hätte Fred gesagt und plötzlich musste ich lächeln. Dann schlossen sich die Bustüren hinter mir und ich begann die letzte Reise vor der Endstation. Meiner Surflehrerprüfung.

In meinem Leben waren mir Prüfungen nie wichtig gewesen. Ich war auch meist nicht sonderlich aufgeregt oder machte mir Gedanken. Selbst für meine Examensprüfung als Kinderkrankenschwester hatte ich mich kaum vorbereitet. Wäre ich durchgefallen, hätte ich es vermutlich nicht allzu schlimm gefunden. Aber jetzt war es anders. Bei dieser Prüfung war es mir nicht egal, was passierte. Es ging um alles oder nichts. Wenn ich durchfallen würde, würde eine Welt für mich zusammenbrechen. Wenn ich bestehen würde, würde ich der glücklichste Mensch der Welt sein.

Monate des Trainings, harter Arbeit und Schweiß lagen hinter mir. Momente voller Verzweiflung, Momente, in denen ich bereit war, alles zu riskieren. Über Grenzen zu gehen. Momente, in denen ich so wütend war, dass ich auf wehrlose Palmen eingeprügelt hatte. Momente voller Panik, in denen ich dachte, mein Leben würde gleich enden. Momente der Angst, in denen ich nicht mehr klar denken konnte. Momente der Ehrfurcht. Vor dem Ozean, vor seiner Kraft. Nie zuvor hatte ich so verschiedene Gefühle durchlebt wie in den letzten Monaten. Die Erkenntnis, dass ich ein Teil war, ein Teil des großen Ganzen.

Mein Leben schien klarer, leuchtender und voller Farben. Auf einen Moment des Absturzes folgte ein Höhenflug. Ich fühlte mich so lebendig wie niemals zuvor.

Das Gefühl tiefster Dankbarkeit, dass sich in mir ausbreitete. Und dann, dann gab es dieses besondere Glücksgefühl, das sich anfühlte, als strahlte ich von innen, als wäre ich die Sonne. Das Gefühl einer tiefen Zuversicht, das so stark war, dass ich wusste, dass alles gut werden würde. Das Vertrauen zu dem Ozean. Das Vertrauen zu mir selbst. Erst jetzt bemerkte ich, dass diese beiden Gefühle Hand in Hand gingen.

Das Leben war voller Veränderungen, voller Emotionen, die da sein wollten. Die gefühlt werden wollten. Und vielleicht war das die Aufgabe? Loszulassen, ein Teil von all dem zu werden. Einfach zu surfen, ins Unbekannte, ohne zu wissen was kommt. Versuchen nicht nicht aufzugeben und sich selbst und dem Leben zu vertrauen.

Wieviel ich durch das Surfen in den letzten Jahren gelernt hatte, konnte wohl mit keinem Klassenzimmer der Welt mithalten. Es hatte mir mehr über das Leben beigebracht, als all meine Lehrer zusammen. Und in gewisser Weise war das Surfen eine Art Schule für mich. Die Schule des Lebens.

Und auch wenn ich nicht wusste, was auf mich zukommen würde, versuchte ich zu vertrauen und einfach zu atmen. Ich spürte eine Träne warm über meine Wange kullern. Dann musste ich lächeln.

Ich war am Leben, mehr als jemals zuvor.

Kapitel 46

Rettungsschwimmer

Mit einem lauten Ächzen hielt der Bus inmitten einer kleinen Stadt, gelegen an der Atlantikküste Frankreichs. Nur ein paar hundert Meter entfernt von dem Fleckchen, an dem ich in gerade aus dem Bus gestiegen war, würde es für mich in ein paar Tagen um alles gehen. Um alles oder nichts.

Ich atmete die kühle Luft ein. Es war Oktober und noch kälter geworden. Ich war hellwach, gleichzeitig merkte ich, wie die letzten Monate an mir gezerrt hatten und ich eine andauernde Müdigkeit spürte. Meine Muskeln waren ständig angespannt und hätten eigentlich eine Pause gebraucht.

Wieder schulterte ich meine Surfboardtasche und machte mich mit meinem restlichen Gepäck auf den Weg zu der Surfschule und Unterkunft, wo die Prüfung stattfinden sollte. Ungefähr eine halbe Stunde lang schleppte ich meinen ganzen Kram durch nur allzu französisch klingende Straßen. Vorbei an Wiesen und Spielplätzen. Und dabei war ich weder aufgeregt noch machte ich mir viele Gedanken um das, was kommen würde. *Bald fängt so oder so ein neuer Lebensabschnitt für mich an,* dachte ich.

Als ich die Unterkunft erreichte und vor mir das Schild mit dem Namen der Surfschule sah, begann mein Herz dann doch etwas schneller zu schlagen. Ich öffnete das Tor, vor mir lag ein Garten, dahinter ein Haus mit weißen Fassaden. Ich spürte, wie nasses Gras meine Beine streifte, dann erreichte ich den Innenhof. Mehrere Bierbänke und Tische waren dort aufgestellt, in einer Ecke sah ich einige Leute stehen, die sich unterhielten. Sie sahen aus wie Surfer. Einer hatte lange ausgeblichene und verfilzte Haare. Ein anderer war unglaublich braungebrannt, klein und schwarzhaarig. Zwischen ihnen stand eine Frau, die mich vom Aussehen ein bisschen an Simona erinnerte. Die drei gehörten auf keinen Fall zu den Surfschülern hier, da war ich mir sicher. Sie bemerkten mich und die Frau mit den langen, hellbraunen Haaren lächelte mir freundlich zu. Ich trat ein Stück auf sie zu.

„Du musst auch zur Prüfung hier sein, was?", fragte sie mich.

„Ja, genau."

Vielleicht sah man mir an meinen weißblonden Haaren und Augenbrauen an, dass ich die letzten Monate viel Zeit im Salzwasser verbracht hatte. Was mich irgendwie mit Stolz erfüllte. Ich erinnerte mich an Louis und Adrien, deren Haare genauso ausgeblichen waren wie meine jetzt. Bei dem Gedanken an die beiden musste ich lächeln. Ob sie wohl damit gerechnet hätten, mich eines Tages selbst an diesem Punkt zu sehen? *Wahrscheinlich würden sie mich nicht wiedererkennen,* dachte ich.

Ich unterhielt mich kurz mit den anderen, vergaß aber schnell wieder, worüber wir geredet hatten. Mein Kurzzeitgedächtnis schien durch den ganzen Stress nicht ganz so gut zu funktionieren. Ich hatte schon Probleme damit, mir all die Namen zu merken.

Doch zum Glück fand nur wenige Minuten später die erste Vorstellungsrunde statt. Nachdem ich meine Sachen auf ein freies Bett in einem Mehrbettzimmer gelegt hatte, ging es um 15 Uhr auch schon los. Unser Ausbilder stellte sich als erster vor. Sein Name war Benjamin. Er kam aus Österreich und war als Kind mit seinen Eltern nach Frankreich ausgewandert. Sein Alter verriet er uns nicht, doch ich schätzte ihn auf ungefähr 40 Jahre. Er schien sehr muskulös zu sein, war groß und etwas breiter gebaut. Keiner dieser schmalen Surfer.

„Die nächsten zwei Wochen werdet ihr mit mir verbringen", sagte er. „Zuerst findet der Rettungsschwimmerkurs statt. Dieser dauert fünf Tage. Danach habt ihr zwei Tage Pause und nächste Woche beginnt dann der Surflehrerkurs."

Viel Programm, dachte ich nur, doch da redete Benjamin schon weiter.

„Um den Rettungsschwimmerschein zu bekommen, müsst ihr eure erste Hilfe Fähigkeiten unter Beweis stellen und an einer Puppe CPR [26] demonstrieren. Zudem will ich noch eure körperliche Fitness testen. Ihr werdet auf Zeit laufen, schwimmen und eine Person abschleppen. Dazu möchte ich am Ende der fünf Tage sehen, dass ihr auch alle Techniken des Rettens mit einem Surfboard beherrscht."

---

[26] Cardio Pulmonale Reanimation, Herz- Lungen- Wiederbelebung

Mir blieb die Luft weg. Wie oft war ich während meines Praktikums schwimmen gewesen? Nicht einmal. Zudem hatte ich über die Maßen Alkohol getrunken und erst letzte Woche wieder mit dem Trainieren begonnen.

Ich hörte einige meiner Mitstreiter stöhnen, anscheinend ging es ihnen nicht anders. Vermutlich hatte niemand von uns damit gerechnet, dass dieser Kurs ein Zuckerschlecken werden würde, aber dass es so hart werden würde, das hätten wir wohl auch nicht gedacht.

Hinzu kam, dass Benjamin nicht der lockere Surferdude zu sein schien, sondern eher wie ein Drillinstructor rüberkam. Dieser Gedanke bestätigte sich mit seiner nächsten Aussage:

„Ich hoffe ihr seid alle fit genug, denn wenn ihr durchfallt, gibt es nur eine weitere Möglichkeit, die Prüfung nachzuholen. Ansonsten müsst ihr nächstes Jahr nochmal kommen."

Wir tauschten vielsagende Blicke untereinander aus. Hatte ich mir zu viel zugemutet?

„Natürlich gibt es auch noch einen schriftlichen Test, mit ein paar medizinischen Fragen. Aber der sollte gut zu schaffen sein."

Warum tue ich mir das an? fragte ich mich. Bisher war nur die Rede vom Rettungsschwimmerschein. Wie sollte dann erst die Surflehrerprüfung werden?

Ehe wir uns versahen, ging es dann auch schon los mit dem Reanimationstraining, stabiler Seitenlage, Heimlich Handgriff und allem, was das Rettungsschwimmerrepertoire sonst noch hergab.

Mein Kopf rauschte, als ich mich abends mit den anderen zum Abendessen setzte. Insgesamt waren wir neun Auszubildende. Und den anderen schien es nicht anders zu gehen. Alle wirkten müde und kaum einer konnte sich noch auf ein Gespräch konzentrieren. Wahrscheinlich hatten wir alle das Programm, das auf uns zukommen würde, unterschätzt. Oder uns selbst überschätzt.

Außer mir gab es noch zwei weitere Frauen, die restlichen sechs Teilnehmer waren männlich. *Ob ich wohl die gleichen Zeiten wie die Männer schwimmen muss?,* fragte ich mich. Vermutlich hätte ich das unfair gefunden, da ich selbst eher zu der kleineren und auch schmaleren Fraktion Mensch gehörte. Aber mir blieb nicht viel Zeit darüber nachzudenken, denn nach dem Essen war ich so erschöpft, dass ich direkt ins Bett fiel und einschlief.

Am nächsten Tag verlagerte Benjamin das Training an den Strand. Heute sollten wir alles, was wir gestern gelernt hatten, dort wiederholen.

Zudem probierten wir heute die verschiedenen Rettungstechniken mit dem Surfboard aus. Wir taten uns in 2-er Gruppen zusammen, ich bildete mit einem Mädchen namens Julia ein Team. Auf Benjamins Anweisung hin sprintete einer von uns in den Ozean, schwamm ein paar Meter hinaus und ließ sich von den Wellen treiben. Es waren nicht gerade kleine Bedingungen an diesem Tag. Umso schwieriger gestaltete sich dann das Retten der Person mit dem Surfboard. Das Rauspaddeln war schon anstrengend genug, doch die Person auf das Board zu ziehen, gestaltete sich noch schwieriger. Zum Glück war meine Partnerin ungefähr so groß und schwer wie ich, sodass das ganze trotz der Wellen irgendwie machbar war. Ich hatte es mir schwieriger vorgestellt. Unser Ausbilder Benjamin stand die ganze Zeit am Strand und beobachtete das Geschehen.

Mit dem Retten wechselten wir uns ab, danach übten wir noch weitere Techniken.

An diesem Tag kam ich an meine körperlichen Grenzen. Die Sonne knallte stundenlang auf meinen Kopf, dazu kam dieser Hochleistungs- Rettungsschwimmersport.

Mit den Worten: „Morgen machen wir das Zeitschwimmen und Retten mit dem Board", schickte Benjamin uns irgendwann in den Feierabend. Die Nacht über konnte ich kaum schlafen, da alle möglichen Gedanken in meinem Kopf kreisten. Ob ich wohl schnell genug sein würde? Er hatte nichts zu der Zeit gesagt.

Am nächsten Morgen war ich als erste wach. Ich trank einen Kaffee, um meine seltsame, gerädete Müdigkeit zu überdecken. Und schon nach ein paar Minuten spürte ich mein Herz rasen. Mein Körper war durch den Stress auf 180. Dauerhaft. Es war, als wollte er gleichzeitig schlafen und surfen. Und ich wusste nicht mehr, wie ich mit dieser seltsamen Anspannung umgehen sollte.

Durch das zusätzliche Koffeinzuckergemisch wurde ich extrem gepusht. Am Strand wippte ich während Benjamins Erklärungen unruhig mit den Füßen auf und ab. Meine Partnerin Julia war mit den anderen schon auf dem Weg ins Wasser.

„Wir machen jetzt alles in einem", sagte Benjamin in die Runde.

„Ich denke, das Abschleppen mit dem Surfboard klappt bei allen von euch gut. Das habt ihr gestern schon bewiesen. Jetzt rettet ihr also auf Zeit."

Nervös pulte ich an einer verklebten Stelle von meinem Neo herum. Mein Herz klopfte mir bis zum Hals.

„Ihr werdet um die Fahne dahinten herumlaufen, zu mir sprinten, euch ein Board nehmen und damit euren Partner retten." Ich schaute zu Julia, die im Wasser trieb. An ihrem roten Neoprenanzug war sie gut zu erkennen.

„Für das alles habt ihr fünf Minuten Zeit. Wenn einer nicht schnell genug sein sollte, dann besteht morgen die Möglichkeit für eine Wiederholung."

Ich atmete tief ein. *Du schaffst das,* sagte ich mir. Wir stellten uns nebeneinander in eine Reihe. Es war fast wie damals, bei den Bundesjugendspielen in der Schule. Meine Knie zitterten, jeder Muskel meines Körpers war angespannt. Dann hörte ich den Pfiff aus Benjamins Trillerpfeife. Er durchdrang meine Ohren und ging direkt in meine Beine, die sich automatisch in Bewegung setzten. Die anderen sprinteten direkt wie die Irren los. Ich kam kaum hinterher. Schon nachdem ich die Fahne umrundet hatte, hatten die anderen mich überholt, bis auf das andere Mädchen, das an dem Kurs teilnahm. Ich versuchte, meine Kräfte einzuteilen, wenn ich mich jetzt schon völlig verausgabte, würde ich es kaum schaffen. Ich rannte weiter, versuchte gleichmäßig zu atmen. Vor mir sah ich die ganzen Männer, der Sand flog in die Luft, so schnell rannten sie. Auf einmal musste ich grinsen. Irgendwie erinnerte mich dieses ganze Szenario an Baywatch. Es hätten nur noch die roten Badehosen gefehlt. Keuchend erreichte ich Benjamin. Ich schnappte mir das vorletzte Surfboard, band mir in Windeseile die Leash um und sprintete ins Wasser. Es war schwer im knöchelhohen Wasser zu rennen, doch ich gab mein bestes. Als das Wasser tief genug war, warf ich mich auf mein Board und paddelte in die Richtung, in der meine Partnerin hilflos umher schwamm. Mit nur ein paar Paddelzügen war ich so weit gekommen, dass ich einige der Jungs wieder eingeholt hatte. Ich war von mir selbst überrascht, wie stark meine Arme mittlerweile waren.

Bei Julia angekommen, zog ich sie auf mein Board. Zum Glück half sie mit und machte sich nicht ganz so schwer. Dann begann ich zurück zum Strand zu paddeln. Mittlerweile hatte ich aufgeholt und war unter den ersten drei. Ich grinste. Wieso war es plötzlich so einfach?

Als dritte zog ich schließlich meine Partnerin Julia an Land. Benjamin hatte eine Linie in den Sand gezeichnet, an die wir unser „Opfer" legen mussten.

„4,15 Minuten", sagte er zu mir. „Den ersten Teil hast du bestanden." Ich strahlte ihn an.

Unsere Mittagspause verbrachten wir in einem kleinen Café an den Dünen. Für ein paar Minuten konnte ich den Stress vergessen.

Nachmittags ging es dann über zur zweiten praktischen Prüfung. Wir machten quasi das Gleiche nochmal, nur, dass wir diesmal die Person schwimmend abschleppten. Ohne Board. Was sich bei den Wellen als deutlich schwieriger herausstellte. Zwar kam ich nun als letzte ins Ziel, aber trotzdem schaffte ich es auch dieses Mal wieder.

In dieser Woche verlor ich komplett das Zeitgefühl. Ich wusste nicht mehr, welcher Tag war, oder wie viele Tage ich hier schon teilgenommen hatte. Es war merkwürdig, ich war nur noch damit beschäftigt, mir Rettungsschwimmerwissen anzueignen, zu schwimmen oder Benjamin zuzuhören. Ich hangelte mich von einer Aufgabe zur nächsten.

Im Nu war auch der nächste Tag wieder vorbei und dann stand der letzte Tag des Rettungsschwimmerkurses bevor. Heute stand der schriftliche Test an. Zudem sollten unsere Reanimationsfähigkeiten geprüft werden. *Für mich als Krankenschwester ja kein Problem,* dachte ich nur. Eine Puppe zu reanimieren. Wie oft hatte ich das schon gemacht? So oft, dass ich es gar nicht mehr wusste.

Doch es kam alles anders als gedacht.

Benjamin hatte uns vorher ganz genau erklärt, was wir zu tun hatten. Die Prüfung lief dann etwa so ab: Man kam in den Prüfungsraum und sollte nach Gefahren schauen. Das musste man laut kommentieren. Wenn keine Gefahren zu erkennen waren, durfte man die Puppe auf dem Boden ansprechen. Wenn sie nicht reagierte, rief man nach Hilfe. Kam einer der anderen Kursteilnehmer in den Raum, delegierte man, dass er den RTW rufen sollte. Wenn niemand kam, musste man dies selber machen. Dann konnte man mit der Reanimation beginnen. Fehlerfrei natürlich.

Bei einem Erwachsenen 30 Mal drücken, zwei Mal beatmen. Bei einem Kind erst fünf Mal beatmen dann 30 Mal drücken. Das ganze tief genug, weder zu schnell, noch zu langsam und mit der richtigen Handposition. Benjamin achtete wirklich auf alles.

Überzeugt von mir selbst, überließ ich die Puppe nach einigen Minuten sich selbst.

„Du kommst nach den anderen bitte nochmal", sagte mein Prüfer nur. Ich weiß nicht mehr, was ich getan hatte, aber irgendwas musste falsch gewesen sein. Ich glaube, ich hatte vor lauter Nervosität irgendwas in der Reihenfolge am Anfang durcheinander gebracht. Und das obwohl ich Krankenschwester war. Wie konnte mir das passieren?!

Während die anderen alle der Reihe nach dran kamen und jeder strahlend aus dem Raum kam, fühlte ich mich immer schlechter. Ich war wohl die einzige, die nicht bestanden hatte. Unruhig lief ich im Garten umher. Ich konnte nicht mehr klar denken. Das einzige, was ich dachte war: *Was, wenn ich es jetzt nicht schaffe? Kann ich den Surflehrerschein dann auch gleich vergessen?* Mir stiegen Tränen in die Augen.

„Hey, du bist dran!", hörte ich wenige Minuten später einen der Kursteilnehmer rufen. Und wieder machte ich mich auf den Weg in diesen scheinbar verfluchten Raum.

Auch, wenn ich einfach keine Kraft mehr hatte, der einzige Weg führte dadurch. Ich nahm einen tiefen Atemzug, dann begann die ganze Situation noch einmal von vorne. Diesmal musste ich ein Kind reanimieren. Ich versuchte mich zu konzentrieren. Meine Gedanken nicht verrücktspielen zu lassen um die Puppe am Ende zu retten.

„Siehst du, war doch gar nicht so schwer", sagte Benjamin, als ich nach fünf Minuten fertig war. Ich atmete auf. Ich versuchte ihm noch zuzulächeln, als ich den Raum verließ, aber ich fühlte mich einfach nur leer.

Jetzt nur noch der schriftliche Test, dann bist du Rettungsschwimmer, dachte ich nur. Nachmittags war es dann soweit und wir saßen wie in der Schule vor unseren Tests. Beantworteten Fragen auf einem Blatt Papier. Dies war für mich der einfachste Teil. Durch meine Ausbildung hatte ich alle medizinischen Fragen, wovon einige drankamen, direkt beantworten können. Und auch das Antworten auf die anderen Aufgaben fiel mir nicht schwer. Schon als ich den Zettel Benjamin in die Hand drückte war ich mir sicher, diesen Teil bestanden zu haben.

Abends hatten wir es dann noch einmal schwarz auf weiß. Mit einem zufriedenen Gesichtsausdruck überreichte uns Benjamin unsere Rettungsschwimmerurkunden.

Kapitel 47

Der Surflehrerkurs

Nachdem wir alle den Rettungsschwimmerschein bestanden hatten und niemand eine Teilprüfung nachholen musste, hatten wir zwei Tage frei. Zwei lange Tage, in denen ich kaum wusste, was ich tun sollte. Ich war das reinste Nervenbündel. Ich wollte endlich alles hinter mir haben, fertig sein. Ich konnte nicht richtig schlafen, nicht richtig essen, nicht richtig wach sein. Einfach alles stellte mich vor eine Herausforderung. Natürlich freute ich mich darüber, dass ich jetzt meinen Rettungsschwimmerschein in der Tasche hatte, aber der größte Teil stand mir noch bevor. Meine Gefühle änderten sich im Minutentakt. Von einer positiven, selbstbewussten Einstellung rutschte ich innerhalb kürzester Zeit in eine negative Stimmung, in der mir mein ganzes Leben wie eine einzige Herausforderung erschien. Wie ein endloser Kampf. Ich fragte mich, was ich hier tat, was ich wirklich wollte. Auch wenn ich es eigentlich wusste, ich war trotzdem am Zweifeln.

Manchmal telefonierte ich mit Pedro. Oder mit Zoe und Emma. Oder mit Simona. Aber irgendwie hatte ich das Gefühl, dass keiner von ihnen mich wirklich verstehen konnte. Ich fühlte mich zerrissen, als wenn ich nicht mehr wusste, wo ich hingehörte. Ich war mir sicher, dass ich nicht mehr nach Deutschland zurück wollte. Aber würde ich auf Fuerteventura glücklich werden können? Immer wieder schlichen sich dieselben Fragen in meinen Kopf. Und ich fand einfach zu keinem Ergebnis, bis ich für mich beschloss, die Entscheidung auf später zu verschieben. Mich nur auf die Prüfung zu konzentrieren und danach zu entscheiden, wo es mich hin verschlagen würde. Denn im Moment konnte ich darauf keine Antwort finden.

Während dieser freien Tage ging ich mit meinen Kursteilnehmern surfen. Aber das Surfen hatte nichts mit dem zu tun, dass es eigentlich für mich bedeutete. Sowohl die anderen, als auch ich waren zu fokussiert auf unser Können, auf unsere Performance. Auf Perfektion. Wir wollten abliefern. Es war ein einziges Vergleichen. Ein einziger Konkurrenzkampf. Und das war es nicht, was Surfen eigentlich für mich bedeutete. Es war Druck im Gegensatz zu Freiheit. Perfektion im Gegensatz zu Spaß. Schnelligkeit im Gegensatz zu Entspannung. Und ich fühlte mich einfach nicht gut dabei. Zudem waren manche meiner Mitstreiter enorm gute Surfer. Ich merkte, wie ich mich beeinflussen ließ und unsicherer wurde. Einer, Francois, hatte insgesamt fünf Boards dabei und surfte auf allen einfach nur gigantisch gut. Wie sollte ich da nur mithalten?

So kurz vor dem Ende meiner Reise sank meine Motivation auf meinen bisherigen Tiefpunkt. Ich verließ an beiden Tagen als erste das Wasser und war erleichtert, als endlich der Surflehrerkurs begann.

Benjamin begrüßte uns in dem altbekannten Prüfungsraum, der mich schon jetzt gruselte. Wann war das alles endlich vorbei?

Wir saßen in einem Stuhlkreis. Ich hatte meine Hände zwischen meine Beine und den Stuhl geschoben. Es war kalt in dem Raum. Der Oktober zeigte sich von seiner besten Seite: Regnerisch, kalt und mit einem Riesenswell. Am liebsten hätte ich mich mit meiner Bettdecke auf den Stuhl gesetzt. Und einem Tee. Wie sehr mich das Ganze doch an meine Schulzeit erinnerte. Ich seufzte. Dann begann Benjamin auch schon mit seinen Erklärungen zur Surflehrerprüfung:

„Diese Woche wird ein bisschen schwieriger. Ihr wisst ja sicher, dass ihr vorsurfen müsst und ich möchte von euch allen einen soliden Bottom- und Top turn sehen. Wenn möglich noch einen Cutback. Diese Woche haben wir, ihr habt ja bestimmt den Forecast gecheckt, sehr große Wellen."

Ich hatte den Forecast gesehen, und genau dieser Fakt machte mir Angst. Ich hoffte, Benjamin würde uns nicht zwingen, ins Wasser zu gehen, wenn es zu groß war. Ich sah mich schon „over the falls" gehen wie Fred vor ein paar Wochen und verzog das Gesicht.

„Wenn es viel zu groß ist, werde ich natürlich nicht von euch verlangen, ins Wasser zu gehen, aber wir werden schon versuchen ein paar morgendliche Surfsessions einzubauen."

Ich war mir nicht sicher, was seine Aussage genau heißen sollte. Meinte er nun, wir würden ins Wasser gehen oder nicht? Was war seine Definition für große Wellen? Die gleiche wie für mich? Ich befürchtete, dass wir uns unter „großen Wellen" etwas anderes vorstellten. Und ich befürchtete, dass er, wie auch schon die Tage zuvor, sehr hohe Erwartungen an uns stellen würde.

„Zudem werdet ihr ein Thema ziehen und im Laufe der Woche ein Referat darüber halten", redete Benjamin weiter. Es hätte nicht schlimmer kommen können. Ich hasste es vor vielen Menschen zu reden.

„Dann wird es noch einen schriftlichen und einen mündlichen Test geben. Und den Tag über werdet ihr in kleinen Gruppen verschiedene Unterrichtseinheiten erarbeiten, die ihr der restlichen Gruppe präsentieren werdet. Diese werde ich natürlich auch bewerten."

Wie konnte ein Mann, der so nett aussah, nur ein so strenges und Auftreten haben? Wir tauschten vielsagende Blicke untereinander aus. Keiner sagte ein Wort.

„Es ist viel. Aber es ist machbar", sagte Benjamin.

Mir blieb keine Zeit, darüber nachzudenken, denn wir fingen direkt mit dem Auslosen der Themen für die Referate an. Ich zog das Thema „Gefahren beim Surfen".

Das ist wenigstens einfach, dachte ich nur und versuchte erstmal nicht weiter darüber nachzudenken, dass ich ein Referat halten musste.

Dann ging es weiter mit der Gruppeneinteilung für die Unterrichtseinheiten, die wir erarbeiten mussten. Zum Glück war ich wieder mit Julia in einer Gruppe. Wir begannen damit, unsere Unterrichtseinheit vorzubereiten, wir sollten den anderen die verschiedenen Take-offs erklären. Für die Erarbeitung hatten alle Gruppen 2 Stunden Zeit, dann musste jede Gruppe präsentieren.

Mit unserer Lehreinheit hatten Julia und ich zum Glück kaum Probleme. Benjamin machte sich zwar mit einem ernsten Gesichtsausdruck Notizen, lobte uns im Anschluss aber doch.

Im Nu war der Tag auch schon wieder vorbei. Es gab Abendessen und ich musste mein Referat vorbereiten, dass ich den nächsten Tag halten musste.

Nach dem Abendessen kam Benjamin noch einmal zu unserem „Azubitisch", an dem wir alle fleißig an unseren Referaten arbeiten oder sonstige Sachen lernten.

„Morgen früh können wir uns um 6:30 Uhr treffen und zusammen schauen, ob ihr schon einmal vorsurfen könnt."

Mir fiel die Kinnlade herunter. Ich hatte den Forecast für morgen gelesen und die Wellen sollten deutlich größer werden als heute. Wie kam er auf die Idee? Das konnte doch nicht sein Ernst sein. Noch einmal öffnete ich die App auf meinem Handy, um mich zu vergewissern, dass ich mich nicht geirrt hatte. Doch es stand immer noch da. 10-12 ft. Das war groß. Viel zu groß. Und auch wenn ich normalerweise eine Person war, die Wettervorhersagen und Forecasts nicht allzu viel Glauben schenkte. Selbst wenn die Wellen nur etwas kleiner sein würden. Selbst dann wären sie noch zu gewaltig für mich. Und so viel würde sich die App nicht irren. Ich war mir sicher.

Abends, als wir alle schon in unseren Betten lagen, beschloss ich, am nächsten Morgen nicht mit an den Strand zu gehen. Wofür? Ich wusste, dass ich bei den Wellen eh nicht ins Wasser gehen würde. Und irgendwie hatte ich im Gefühl, dass irgendetwas nicht stimmte. Zum Glück hatten wir für das Vorsurfen mehrere Versuche, ich hoffte also auf einen besseren Tag. Bevor ich das Licht ausknipste, sagte ich noch Julia, dass sie mich nicht zu wecken bräuchte und ohne mich zum Frühsurf gehen soll. Sie schien etwas verwundert, fragte aber nicht weiter.

Am nächsten Morgen hörte ich noch wie die anderen den Raum verließen. Es fühlte sich falsch an, einfach im Bett liegen zu bleiben, während die anderen surfen gingen, aber irgendwie wusste ich, dass es das Richtige war. Ich stand auf, machte mich fertig für den Tag, holte mir einen Kaffee und setzte mich dann nach draußen, an eine der Bänke, um meine Präsentation für heute fertig zu machen. Ungefähr nach 20 Minuten konzentrierten Arbeitens kamen die anderen Kursteilnehmer durch die Gartenpforte hereingestapft. Mit trockenen Haaren und trockenem Neoprenanzug.

„Was ist passiert?!", fragte ich Julia.

„Nichts", antwortete sie nur. Sie schien genervt zu sein.

„Es war viel zu groß, wir konnten überhaupt nicht rausgehen", sagte einer der anderen. Ich musste grinsen.

„Das hätte ich euch gestern schon sagen können."

Zum Glück war ich nicht mitgegangen und hatte meine Zeit sinnvoll genutzt.

„Na da hast du ja alles richtig gemacht", sagte Benjamin, als er an mir vorbeilief. Ich nickte ihm zu.

„Aber man sollte immer gucken gehen, man kann nie wissen, wie groß die Wellen wirklich sind". Ich nickte erneut und widmete meine Aufmerksamkeit dann wieder den Unterlagen für mein Referat.

Dieser Tag verlief ähnlich, wie der vorherige. Wir erarbeiteten in unsere Gruppe einen Teil des Surfunterrichts. Im Laufe des Tages stellten wir uns die Einheiten wieder gegenseitig vor. Heute hatten Julia und ich das Thema Einweisung, Sicherheit und Aufwärmen. Es war sogar noch etwas einfacher als am Tag zuvor. Wobei Benjamin auch heute wieder sehr genau auf alles achtete.

Gegen Abend musste ich dann mein Referat halten. Mir zitterten die Knie, als ich mich nach vorne bewegte. Ich hasste es, im Mittelpunkt der Aufmerksamkeit zu stehen. Alle starrten mich an. Meine Hände schwitzten. Mit zittriger Stimme begann ich zu erzählen. Von den Gefahren des Ozeans. Von Quallen, Haien, Sonnenbrand, Hitzschlag und Strömungen. Von all den Gefahren, die der Ozean mit sich brachte. Meine Stimme wurde dabei höher als sie normalerweise war aber irgendwann war ich am Ende der Präsentation angekommen und das letzte Bild meiner Powerpointpräsentation, mit der Aufschrift „Danke für eure Aufmerksamkeit", erschien. Die anderen klatschten und ich atmete erleichtert auf. Dann bekam ich noch eine Bewertung von Benjamin: Auch diesen Teil hatte ich bestanden.

Ich setzte mich zurück auf meinen Platz. Ich hatte es tatsächlich hinter mir. Von der nächsten Präsentation bekam ich kaum etwas mit, so müde und erleichtert fühlte ich mich auf einmal.

Den nächsten Tag gaben Julia und ich wieder unseren Unterricht, den Benjamin wieder ausführlich bewertete. Dies war fast schon zu einer Art Routine geworden. Nervös waren wir nicht. Nachmittags hatten wir dann noch einmal Theorieunterricht. Diese Einheit über Surfboards würde unter anderem Teil der Prüfung sein, sagte Benjamin uns. Auch die anderen Themen, die Teil der mündlichen Prüfung werden würden, verriet er uns heute. Den ganzen Abend hatten wir die Möglichkeit, zu lernen.

Auch wenn wir so viel Zeit in der Gruppe verbrachten, wusste ich eigentlich kaum etwas über die anderen. Jeder machte sein Ding und lernte für sich. Unser Programm war so straff, dass gar keine Zeit blieb, sich kennenzulernen.

Es war komisch, dass ich eigentlich nur die Namen meiner ganzen Kurskollegen kannte. Aber vielleicht würde sich irgendwann die Gelegenheit ergeben, sich näher kennenzulernen.

Am nächsten Morgen klingelten unsere Wecker bereits um 5:00 Uhr. Benjamin hatte uns gesagt, wir würden für einen Frühsurf nach Hossegor fahren. Unser Ausbilder erhoffte sich an dem 40 km entfernten Beachbreak etwas bessere, surfbare Bedingungen. Der Spot sollte wohl geschützter sein, also vermutete er, dass dort nicht so viel Power hereinkam und er uns endlich surfen sehen würde.

Kapitel 48

Vorsurfen in Hossegor

Mit weichen Knien stand ich morgens aus meinem quietschenden Bett auf. Es war noch stockdunkel. Julia und ich schlüpften schon in unsere Neoprenanzuge und zogen uns obenrum mehrere Pullis an. Eigentlich wäre ich lieber in meinem warmen Bett geblieben, aber wenn die Wellen heute kleiner werden würden, dann musste wohl auch ich surfen gehen. Und auch wenn ich es sonst liebte, dieser Zwang, den ich im Moment beim Surfen verspürte, war für mich unerträglich.

Wir fuhren mit zwei Vans meiner Kurskollegen. Nach einer halben Stunde Fahrt erreichten wir Hossegor, den Spot, an dem wir gleich vorsurfen mussten. Ich versuchte, mir nicht allzu viele Gedanken zu machen. Auch nicht darüber, dass mir dieser Spot unbekannt war und ich noch nie hier war.

Ich fühlte mich alles andere als munter und bei dem Gedanken daran, gleich vorsurfen zu müssen, wurde mir übel. Die anderen hingegen schienen schon hellwach und Feuer und Flamme zu sein.

Wo hatten die nur die ganze Energie her? Die Jungs joggten schon wieder zum Strand, als ob es kein Morgen geben würde. Um 6 Uhr morgens. Julia und ich brauchten ein paar Minuten länger, um unsere Boards zu wachsen und uns fertig zu machen.

Wir liefen den anderen hinterher. Zeit, um irgendetwas von der Umgebung wahrzunehmen, hatte ich nicht. Unentwegt schaute ich zu den Wellen. Mein Herz schlug mir bis zum Hals. Am Strand angekommen, sahen wir schon Benjamin mit einer riesigen Kamera nur einige Meter von der Wasserkante entfernt stehen. Es wurde ernst. Mit unseren Boards stellten wir uns zu unserem Ausbilder.

„Ihr teilt euch wieder in zwei Gruppen auf", sagte er.

„Die erste Gruppe geht ins Wasser und surft. Die andere Gruppe bleibt hier und beobachtet den jeweiligen Partner. Ihr habt 20 Minuten Zeit, in denen ich euch filmen werde. Danach kommen die anderen dran." Während er das sagte, teilte er an uns orangefarbene Lycras aus.

„Am besten, ihr nehmt denselben Partner, wie auch bei den Unterrichtseinheiten. Wenn ihr seht, dass etwas passiert, dann seid ihr jetzt verantwortliche Rettungsschwimmer und ich erwarte ein adäquates Handeln von euch." Ich schluckte. Mein Mund war staubtrocken. Ich schaute zu Julia herüber. Auch sie schien etwas nervös zu sein. Sie pulte an dem Wachs ihres Boards, während sie den Ozean beobachtete. Die Wellen waren mindestens kopfhoch. Immer noch groß für einen Beachbreak. Aber es schien machbar zu sein. Es saßen schon einige Surfer im Wasser. Es gab einen Channel, in dem weniger Wellen brachen. Aber noch immer war die Sonne nicht ganz aufgegangen. Ein neuer Spot, große Wellen und das Ganze noch im Halbdunkeln. Halleluja.

„Willst du zuerst?", fragte ich Julia. Sie nickte.

„Dann habe ich es hinter mir." Sie streckte mir die Zunge heraus.

„Noch Fragen?" Benjamin schaute in die Runde. Niemand sagte etwas.

„Na, dann habt ihr ab jetzt 20 Minuten, danach ist die andere Gruppe dran." Ein schriller Pfiff durchriss die morgendliche Stille. Die anderen sprinteten los. Ich versuchte, Julia im Blick zu behalten und mich während den zwanzig Minuten aufzuwärmen. Ich lief ein bisschen im Sand umher, dehnte meinen Oberkörper und beobachtete währenddessen unentwegt das Meer. Ich versuchte mir genau die Stelle einzuprägen, an der die anderen ins Wasser gelaufen waren. Versuchte den Peak ausfindig zu machen. Für ein paar Minuten hatte ich Zeit, die Wellen zu beobachten. Zu analysieren, wie sie brachen. Mittlerweile war ich mir nicht mehr sicher, ob es besser war, als zweite zu surfen. Die Wellen schienen schon nach ein paar Minuten schlechter zu werden. Ich sah Julia hauptsächlich draußen, gegen die Strömung ankämpfen. Zwei Wellen war sie gesurft. Benjamin filmte alle und machte hin und wieder Kommentare wie:

„Falsche Wellenauswahl" oder „guter Top Turn" oder „Das wird nichts", wenn jemand eine Welle anpaddelte. Und es wurde auch nichts.

Nach 20 Minuten waren die anderen außer Atem zurück und der zweite Pfiff des Tages schrillte durch die Luft. Sand flog gegen meine Beine. Die anderen sprinteten los. Ich sprintete hinter den anderen her. Das war definitiv nicht meine Zeit für Hochleistungssport. Außer Atem kam ich an der Wasserkante an. Ich setzte den ersten Fuß ins Wasser und erschrak. Es war eiskalt. Die ersten Leute aus meiner Gruppe waren schon am Paddeln und machten Duckdives, um die Weißwasserwellen zu überwinden. Bei ihnen sah es so einfach aus. Plötzlich kamen mir die Wellen noch größer vor. *Nicht zögern,* sagte ich mir. *Du kannst das.* Ich versuchte meine Scheuklappen aufzusetzen, nicht nach links und rechts, nur nach vorne zu schauen. Mich auf mein Ziel zu fokussieren. Das Line-up.

Ich war die letzte, die ins Wasser ging. Und ich musste kämpfen. Mit der Strömung. Und den Weißwasserwellen, die mir entgegen gerollt kamen. Sie waren groß und immer wieder wurde ich mit meinem Brett Richtung Strand gerissen. Immer wieder hielt ich die Luft an, versuchte einen nach dem anderen Duckdive zu machen. Meine Lunge brannte wie Feuer. Mit so viel Elan war ich selten gepaddelt. Aber ich wollte es unbedingt schaffen. Ich keuchte, als ich nach einer gefühlten Ewigkeit bei den anderen im Line-up ankam.

Ich nahm das dunkle Wasser wahr, doch in diesem Moment konnte ich nicht darüber nachdenken, so fokussiert war ich. Jeder von uns hielt Ausschau nach einer guten Welle. Kein einfaches Vorhaben an diesem Tag. Die Wellen waren riesig und wurden vom auflandigen Wind verblasen. Welche davon sollte ich nur nehmen? Wo war der richtige Punkt, um meinen Take off zu machen? So viele Dinge, die ich gleichzeitig beachten musste. Und selten hatte ich mich so fehl am Platz gefühlt wie hier. So unbeholfen.

Glücklicherweise überließen uns die anderen Surfer die meisten Wellen. Sie konnten sich wohl schon denken, dass es uns heute um etwas ging.

Francois und noch ein anderer bekamen trotz der eher bescheidenen Bedingungen direkt einige gute Wellen. Ich war mir sicher, dass sie bestanden hatten. Ich hingegen schaukelte im Line-up auf und ab. Beobachtete die anderen Surfer und tat nichts. Außer gegen die Strömung zu paddeln. Ich fühlte mich im wahrsten Sinne des Wortes ins kalte Wasser geschmissen. Doch die Zeit lief. Ein Blick auf meine Uhr verriet mir, dass mir noch fünf Minuten blieben. Ich paddelte wieder näher zum Peak. Unschlüssig, was ich tun sollte, auch wenn ich es eigentlich wusste.

Unter Zwang zu surfen, war schwieriger als gedacht. Bisher war ich es gewohnt, mir so viel Zeit zu lassen, wie ich wollte. Ich schaute hin und her. Zwischen den hereinlaufenden Wellen, deren Schönheit ich überhaupt nicht wahrnehmen konnte und zwischen Benjamin, der am Strand mit seiner Kamera stand. Ich hörte die Uhr ticken. Nur noch vier Minuten. *Nimm einfach die nächste Welle,* dachte ich. Und tatsächlich paddelte ich die nächste Welle, die hereinkam, an. Aber irgendwie konnte ich mich nicht festlegen. Ich hatte kein gutes Gefühl. *Egal, dir bleibt keine Zeit mehr,* sagte ich mir und paddelte weiter. Doch im allerletzten Moment zog ich mein Board reflexartig zurück. Es ging einfach nicht. Wieder blickte ich auf meine Uhr. Noch zwei Minuten. Ich biss die Zähne zusammen. Legte mich auf mein Board, paddelte Richtung Peak und schaute hinter mich. Die nächste Welle sah nicht ganz so schlecht aus. Voller Kraft paddelte ich sie an. Ich spürte, wie ich ins Gleiten kam und machte meinen Take off. Und stand. Dann passierte alles ganz schnell. Ich surfte einen kurzen Moment, dann stieß mich das Weißwasser von der Welle. Ich wurde Unterwasser gedrückt, umhergewirbelt. Kaltes Wasser lief mir in den Neoprenanzug. Dann tauchte ich auf. Wie konnte mir das nur passieren? Ein blöder Anfängerfehler. Ich hatte einen Closeout angepaddelt. Die Zeit war abgelaufen. Mit Tränen in den Augen und der bitteren Erkenntnis, dass ich es nicht geschafft hatte, zog ich mein Brett zu mir heran. Ich hielt Ausschau nach den anderen und sah Francois, wie er sich auf den Weg zum Strand machte. Ich paddelte ihm hinterher. Frustriert. Enttäuscht von mir selbst.

Der Weg zu Benjamin kam mir jetzt noch länger vor.

„So, da seid ihr ja alle wieder. Niemand ertrunken, das ist gut" Er lachte. Ich hoffte, dass er sich nicht über mein Wipe out lustig machte.

„Einigen von euch darf ich schon mal gratulieren." Er trat einen Schritt vor und schüttelte insgesamt drei meiner Kurskollegen die Hand. Unter anderem Francois. Betreten schaute ich auf den Sand.

„Vielleicht werden die Bedingungen noch einmal gut genug sein, dass wir noch eine Session machen können, ansonsten müssen die anderen ein Video nachreichen."

Schweigen.

Vermutlich waren auch die anderen, die es nicht geschafft hatten, enttäuscht von ihrer Leistung.

Auf der Rückfahrt sagte niemand ein Wort. Nach einer anstrengenden morgendlichen Surfsession, lag ein langer Tag vor uns. Ein Tag bestehend aus Unterrichtseinheiten, Referaten und einer mündlichen Prüfung.

Die mündliche Prüfung fand abends statt. Nacheinander rief Benjamin uns wieder in den altbekannten Prüfungsraum, vor dem es mir mit der Zeit mehr und mehr gruselte. Er stellte mir einige Fragen. Zur richtigen Spotauswahl für Anfänger, zum didaktischen Dreieck, zu verschiedenen Motivationstheorien und zur Thermik des Land-See- Systems. Nachdem ich all seine Fragen beantwortet hatte, musste ich noch auf einem Surfboard, das auf dem Boden lag, die verschiedenen Wellenüberwindungstechniken demonstrieren. Danach durfte ich mit einem „Glückwunsch, du hast bestanden", den Raum verlassen.

Ich atmete auf. Jetzt fehlte nur noch die schriftliche Prüfung und das Vorsurfen. Falls es noch eine Chance gab. Mein Zeitgefühl hatte ich immer noch nicht wiedergefunden. Ich wusste nicht, welcher Tag heute war, aber es ging dem Ende zu. Es fühlte sich nicht so an.

Morgen wäre schon der letzte Tag. Der Tag, an dem wir unsere schriftlichen Prüfungen schreiben würden. Den Tag darauf hätten wir noch Zeit bis 13 Uhr.

„Das ist unsere Extrazeit, falls die Bedingungen gut sind und wir noch einmal surfen gehen können", sagte unser Ausbilder.

„Oder falls jemand den Test nochmal nachschreiben muss."

Schneller als gedacht, stand dann auch schon der Tag der schriftlichen Prüfung vor der Tür. Wir alle hatten bis spät in die Nacht gelernt. Was genau dran kommen würde, war unklar, also mussten wir wohl oder übel alles lernen, was wir an Material zur Verfügung hatten. Ich versuchte, alles auswendig zu lernen. Und es war viel, obwohl sich manche Inhalte mit der mündlichen Prüfung überschnitten.

Ich weiß noch, dass ich nachts auf dem Sofa im Aufenthaltsraum lag. Es war vier Uhr morgens und ich lernte alles über die verschiedenen Surfboardshapes. Auf meinem Bauch lag eine schnurrende Katze. Als wollte sie mich beruhigen. Irgendwann schlief ich ein. Doch noch bevor mein Wecker klingeln konnte, war ich schon wieder aufgewacht. Mein Kopf dröhnte, mein Körper war schwer wie Blei.

Zum Glück würde diese Tortur der Surflehrerprüfung nur noch einen Tag andauern. Ich hoffte, dass ich alles bestehen würde, doch mittlerweile war ich entspannter geworden. Ich konnte nicht mehr machen als mein Bestes geben. Und entweder es reichte am Ende oder es reichte eben nicht. Mehr konnte ich nicht tun.

Ich versuchte, an die letzten zwei Tage mit dieser Einstellung heranzugehen. Und es funktionierte erstaunlich gut.

Gegen Mittag schrieben wir die Prüfung. Zum gefühlt hundertsten Mal setzte ich mich in den mit Holz verkleideten Prüfungsraum. Auf meinen unbequemen harten Stuhl. Aber jetzt war es das letzte Mal. Benjamin teilte die Tests aus. Ich war nicht wirklich aufgeregt. Ich atmete ein und aus. Dann drehte ich das Blatt um. Die Fragen waren nicht allzu schwer, wenn man sich vorbereitet hatte. Eine Frage nach der anderen beantwortete ich, bis ich bei der letzten ankam.

„Ihr habt noch fünf Minuten", sagte Benjamin. Ich beendete meinen letzten Satz, stand auf und gab Benjamin den Zettel in die Hand. Dann verließ ich den Raum. Jetzt konnte ich nichts mehr tun. Alle Prüfungen lagen hinter mir. Es sei denn, es würde noch einen Versuch fürs Vorsurfen geben. Ich setzte mich auf eine Bank, ein paar Minuten später setzte Julia sich neben mich und zündete sich eine Zigarette an.

„Willst du auch?", fragte sie und hielt mir die Packung hin. Ich nickte. Eigentlich rauchte ich nicht, aber das war eine Ausnahme.

Am Nachmittag wurde noch ein Referat gehalten, dann bekamen wir unsere schriftlichen Tests zurück. Benjamin verteilte die Zettel.

„Glückwunsch", sagte er, als er mir das Blatt Papier in die Hand drückte. Ich hatte 97% richtig. Mehr als gedacht. Und als ich in die Gesichter der anderen schaute, wirkten auch sie alle sehr zufrieden mit ihren Ergebnissen.

Kapitel 49

Eine letzte Chance

Bisher hatten nur drei Leute den praktischen Teil bestanden. Drei von neun Leuten durften sich quasi schon Surflehrer nennen. Sechs von uns hatten es noch nicht geschafft.

„Am besten, ihr steht morgen um 6 Uhr auf", hatte Benjamin am Abend noch verkündet. „Wenn es nicht so groß wird, würde ich euch gerne nochmal surfen sehen. Sonst müsst ihr alle ein Video nachreichen."

Am nächsten Morgen klingelte mein Wecker um sechs Uhr. Obwohl es meine letzte Chance war, mich zu beweisen, war ich unmotiviert. Ich weiß nicht wieso, denn natürlich war es mir nicht egal, was passierte. Auch wenn ich versuchte, mir das einzureden. Und auch wenn ich nicht mehr tun konnte, als mein Bestes zu geben. Ich wollte, dass mein „Bestes" auch ausreichte. Ich wollte es einfach schaffen. Endlich Surflehrerin sein. Gleichzeitig merkte ich, dass ich mit diesem Druck, den ich mir machte, einfach nichts erreichen würde. Ich musste loslassen.

Steh auf, geh surfen, hab Spaß, sagte ich mir selbst. *Das ist deine letzte Chance.* Ich setzte mich auf die Bettkante. Auch Julia war mittlerweile wach.

„Auf eine neues", begrüßte sie mich. Ich nickte und suchte im Dunkeln nach meinem Neoprenanzug. Noch im Zimmer zog ich ihn an. Wie vor zwei Tagen zog ich mehrere Pullis darüber. Wieso wollte ich nochmal im Oktober meinen Surflehrerschein machen? Dann holte ich mir einen Kaffee.

Tatsächlich war heute der letzte Tag meiner Surflehrerausbildung. Ich konnte es kaum glauben. Ich hatte es tatsächlich soweit geschafft. Während ich den Kaffeeduft einatmete, dachte ich nach. Eigentlich konnte es doch egal sein, ob ich am Ende bestehen würde. Das Wichtigste war, dass ich mit mir und meiner Leistung zufrieden war. Ob ich es nun schaffte oder nicht. Irgendwie würde sich schon alles fügen.

Auf dem Weg zum Strand wechselte meine Einstellung alle paar Minuten von *„ach, alles wird gut"* zu *„ich habe keine Perspektive im Leben".* Doch am Strand angekommen, gewann die positive Seite in mir.

Ich sah Benjamin vor mir. Dieses Mal war es schon vertrauter, ihn mit der Kamera zu sehen. Gar nicht mehr so angsteinflößend. Der Ozean sah im Vergleich zu den letzten Tagen viel friedlicher aus. Die Wellen waren immer noch groß, aber sie schienen surfbar für mich zu sein. Im Wasser tummelten sich schon eine Menge anderer Surfer, die Sonne ging gerade auf. Hätte ich nicht gewusst, dass dies meine letzte Chance war, die Prüfung zu bestehen, hätte es einfach eine friedliche Earlybird Session werden können. Entspannt. Ohne Druck. Ohne Zeitstress. Ohne Zukunftsangst. Aber vielleicht musste ich diese Gedanken einfach aus meinem Kopf streichen. Einfach so surfen, als wäre nichts. So tun als ob. Vielleicht musste ich Benjamin, seine Kamera und die Lycras, die er gerade an uns verteilte, einfach ausblenden. Und mir einfach vorstellen, ich würde jetzt mit Simona surfen gehen.

Genau das versuchte ich, als ich den Startpfiff hörte. Wieder hatten wir nur 20 Minuten Zeit um abzuliefern. Ich lief los. Ich spürte den kühlen Sand unter meinen Füßen. Ein leichter Wind, der mir über das Gesicht strich. Diesmal war ich in der ersten Gruppe. Julia hatte die Aufgabe, mich zu beobachten. Ein bisschen versetzt paddelte ich hinter den anderen ins Wasser. Diesmal war es nicht so schwer, ins Line-up zu gelangen. Es gab einen klaren, definierten Channel. Die Wellen waren schön, nicht zu steil und hatten eine gute Größe. Nach ein paar Minuten zügigen Paddelns war ich, ohne einen einzigen Duckdive machen zu müssen im Line-up angekommen. Die Strömung zog mich heute sogar Richtung Peak, was hieß, dass ich nicht noch gegen die Strömung ankämpfen musste.

Ich setzte mich auf mein Board, atmete tief ein und aus. Schaute mir genau das Wasser an. Schaute, wo ich meinen Take-off machen müsste. Für einen kurzen Moment beobachtete ich die anderen Surfer. Es sah so einfach aus heute.

Die Wellen waren ungefähr schulter- bis kopfhoch. Die Strömung zog mich immer mehr Richtung Peak. Ich beobachtete die hereinkommenden Wellen. Welche sollte ich nehmen?

Zunächst war ich überfordert, doch dann spürte ich, wie ich innerhalb von Sekunden in diese Situation hereinwuchs. *Nicht zögern, du kannst das,* sagte ich mir wieder, als ich die nächste Welle anpaddelte, die mir gut erschien. Ich schob das Wasser unter mir weg. Atmete ein, hielt die Luft an und sprang auf mein Board. Die Welle baute sich auf. Gleichmäßig und nicht zu schnell. Ich surfte nach links, machte einen Bottom Turn. Die Welle bot die perfekte Rampe. Dann machte ich einen Top Turn. Darauf folgte ein Cutback. Als hätte ich nie etwas anderes gemacht. Auf einmal war es so leicht und passierte einfach so. Dann krachte die Welle in sich zusammen. In diesem Moment war ich so erstaunt über mein eigenes Können, dass ich vergaß, abzuspringen und einfach mitgerissen wurde. Das war wohl die beste Waschmaschine meines Lebens. Sand sprudelte durch meine Nase, ich wurde umhergewirbelt. Wie buntes Konfetti. Dann tauchte ich auf. Mit einem Grinsen paddelte ich zurück ins Line-up. Ich hoffte, es hatte gereicht. Und ich hoffte, Benjamin hatte sie auch gesehen. Aber man konnte ja nie wissen, also surfte ich noch eine Welle. Und noch eine. Sie waren nicht so gut wie die zuvor aber auch auf diesen machte ich meinen Bottom- und Top Turn.

Nach den zwanzig Minuten begab ich mich auf den Weg zurück zu Benjamin. Bei ihm angekommen, legte ich mein Brett in den Sand. Er zählte, ob alle aus dem Wasser gekommen waren. Dann pfiff er erneut und die zweite Gruppe lief mit ihren Boards ins Wasser.

Er schaute mich mit einem ernsten Gesichtsausdruck an.

„Du kannst dein Lycra ausziehen", sagte er. Fragend schaute ich ihn an.

„Das brauchst du nicht mehr, du bist jetzt Surflehrerin." Ich traute meinen Ohren nicht. Ich hatte bestanden?!

„Wirklich?", fragte ich ihn ungläubig.

„Ja, wirklich", antwortete er und lächelte mich an. Ich konnte nicht anders, als ihm um den Hals zu fallen, vielleicht war es merkwürdig, aber ich sprudelte über vor Glück.

„Danke", sagte ich.

„Du musst dich nicht bedanken", sagte Benjamin. „Das ist dein Verdienst. Du bist wirklich gut gesurft."

Mir schossen Tränen in die Augen. Ich ließ meinen Ausbilder wieder los, blickte auf den Ozean und antwortete:

„Ja, das stimmt!"

„Geh ruhig noch ein paar Wellen nehmen, ich hab alles im Blick", sagte Benjamin zu mir.

Und genau das tat ich. Ich ging zurück zum Wasser. Mit stolzgeschwellter Brust und mit dem Wissen, dass ich es geschafft hatte. Mit dem Wissen, dass mir alle Türen der Welt offenstanden und ich niemandem mehr etwas beweisen musste. Der Druck, die Selbstzweifel und Zukunftssorgen, sie waren weg. Ich fühlte mich leicht und spürte wieder den Sand unter meinen Füßen. Ich atmete die salzige Luft ein und band meine Leash um.

Eine Freudenträne rollte meine kühle Wange hinunter. An der Wasserkante blieb ich stehen. Meine Füße wurden von kaltem Wasser umspült. Ganz langsam betrat ich den Ozean. Und da spürte ich wieder dieses Vertrauen. Dieses unendliche Vertrauen.

Danksagung

Ganz ehrlich, wer liest sich Danksagungen in Büchern durch?
Ich habe es bisher jedenfalls nicht getan.
Erst jetzt, da ich selbst mein erstes Buch fertiggestellt habe, verstehe ich Danksagungen. Denn nun möchte ich wortwörtlich „Danke" sagen.
Zu all denen, die mich auf diesem Weg begleitet haben. Die ein Stück zu diesem Buch beigetragen haben. Denn alleine wäre all dies nicht zu schaffen gewesen.

So, here we go:
Ich möchte mich bedanken, bei meiner besten Freundin Nina, die jederzeit für mich da war.
Bei Tabea, die mich immer ermutigt hat, weiterzuschreiben.
Bei Helga, die all meine Komma- und Zeichenfehler schon in der Grundschule rot angemarkert hat.
Bei Celina, die sich stets all meine Ideen und Gedanken angehört hat.
Und zuletzt bei Pia, die das wunderschönste Cover der Welt gestaltet hat.

Ohne euch wäre das Buch nicht so, wie es jetzt ist!

Danke

Originalausgabe November 2020
© 2020 Henrike Grimpe
Großkopfstraße 13, 30449 Hannover
Alle Rechte vorbehalten.
Cover: Pia Opfermann Illustration & Gestaltung

Printed in Great Britain
by Amazon